北京大学"双一流"建设成果
方李邦琴北京大学人文学科文库出版基金资助

| 北 京 大 学 | 北大东方文学 |
| 人文学科文库 | 研 究 丛 书 |

上田秋成文学研究

Studies on Ueda Akinari's Literature

岳远坤　著

图书在版编目(CIP)数据

上田秋成文学研究 / 岳远坤著. — 北京:北京大学出版社,2023.8
(北京大学人文学科文库.北大东方文学研究丛书)
ISBN 978-7-301-34047-9

Ⅰ.①上… Ⅱ.①岳… Ⅲ.①日本文学–文学研究–江户时代 Ⅳ.①I313.063

中国国家版本馆CIP数据核字(2023)第101040号

书　　　名	上田秋成文学研究 SHANGTIANQIUCHENG WENXUE YANJIU
著作责任者	岳远坤　著
责 任 编 辑	兰　婷
标 准 书 号	ISBN 978-7-301-34047-9
出 版 发 行	北京大学出版社
地　　　址	北京市海淀区成府路205号　100871
网　　　址	http://www.pup.cn　新浪微博:@北京大学出版社
电 子 信 箱	lanting371@163.com
电　　　话	邮购部010-62752015　发行部010-62750672　编辑部010-62759634
印 刷 者	北京中科印刷有限公司
经 销 者	新华书店 650毫米×980毫米　16开本　16印张　338千字 2023年8月第1版　2023年8月第1次印刷
定　　　价	98.00元

未经许可,不得以任何方式复制或抄袭本书之部分或全部内容。
版权所有,侵权必究
举报电话: 010-62752024　电子信箱: fd@pup.pku.edu.cn
图书如有印装质量问题,请与出版部联系,电话: 010-62756370

总 序

袁行霈

人文学科是北京大学的传统优势学科。早在京师大学堂建立之初,就设立了经学科、文学科,预科学生必须在五种外语中选修一种。京师大学堂于1912年改为现名,1917年,蔡元培先生出任北京大学校长,他"循思想自由原则,取兼容并包主义",促进了思想解放和学术繁荣。1921年北大成立了四个全校性的研究所,下设自然科学、社会科学、国学和外国文学四门,人文学科仍然居于重要地位,广受社会的关注。这个传统一直沿袭下来,中华人民共和国成立后,1952年北京大学与清华大学、燕京大学三校的文、理科合并为现在的北京大学,大师云集,人文荟萃,成果斐然。改革开放后,北京大学的历史翻开了新的一页。

近十几年来,人文学科在学科建设、人才培养、师资队伍建设、教学科研等各方面改善了条件,取得了显著成绩。北大的人文学科门类齐全,在国内整体上居于优势地位,在世界上也占有引人瞩目的地位,相继出版了《中华文明史》《世界文明史》《世界现代化历程》《中国儒学史》《中国美学通史》《欧洲文学史》等高水平的著作,并主持了许多重大的考古项目,这些成果发挥着引领学术前进的作用。目前,北大还承担着《儒藏》《中华文明探源》《北京大学藏西汉竹书》的整理与研究工作,以及《新编新注十三经》等重要项目。

与此同时,我们也清醒地看到,北大人文学科整体的绝对优势正在减弱,有的学科只具备相对优势了;有的成果规模优势明显,高度优势还有待提升。北大出了许多成果,但还要出思想,要产生影响人类命运和前途的思想理论。我们距离理想的目标还有相当长的距离,需要人文学科的老师和同学们加倍努力。

我曾经说过:与自然科学或社会科学相比,人文学科的成果,难以直接转化为生产力,给社会带来财富,人们或以为无用。其实,人文学科力求揭示人生的意义和价值,塑造理想的人格,指点人生趋向完美的境地。它能丰富人的精神,美化人的心灵,提升人的品德,协调人和自然的关系以及人和人的关系,促使人把自己掌握的知识和技术用到造福于人类的正道上来,这是人文无用之大用!试想,如果我们的心灵中没有诗意,我们的记忆中没有历史,我们的思考中没有哲理,我们的生活将成为什么样子?国家的强盛与否,将来不仅要看经济实力、国防实力,也要看国民的精神世界是否丰富,活得充实不充实,愉快不愉快,自在不自在,美不美。

一个民族,如果从根本上丧失了对人文学科的热情,丧失了对人文精神的追求和坚守,这个民族就丧失了进步的精神源泉。文化是一个民族的标志,是一个民族的根,在经济全球化的大趋势中,拥有几千年文化传统的中华民族,必须自觉维护自己的根,并以开放的态度吸取世界上其他民族的优秀文化,以跟上世界的潮流。站在这样的高度看待人文学科,我们深感责任之重大与紧迫。

北大人文学科的老师们蕴藏着巨大的潜力和创造性。我相信,只要使老师们的潜力充分发挥出来,北大人文学科便能克服种种障碍,在国内外开辟出一片新天地。

人文学科的研究主要是著书立说,以个体撰写著作为一大特点。除了需要协同研究的集体大项目外,我们还希望为教师独立探索,撰写、出版专著搭建平台,形成既具个体思想,又汇聚集体智慧的系列研究成果。为此,北京大学人文学部决定编辑出版"北京大学人文学科文库",旨在汇集新时代北大人文学科的优秀成果,弘扬北大人文学科的学术传统,展示北大人文学科的整体实力和研究特色,为推动北大世界一流大学建设、促进人文学术发展做出贡献。

我们需要努力营造宽松的学术环境、浓厚的研究气氛。既要提倡教师根据国家的需要选择研究课题,集中人力物力进行研究,也鼓励教师按照自己的兴趣自由地选择课题。鼓励自由选题是"北京大学人文学科文库"的一个特点。

我们不可满足于泛泛的议论,也不可追求热闹,而应沉潜下来,认真钻研,将切实的成果贡献给社会。学术质量是"北京大学人文学科文库"的一大追求。文库的撰稿者会力求通过自己潜心研究、多年积累而成的优秀成果,来展示自己的学术水平。

我们要保持优良的学风,进一步突出北大的个性与特色。北大人要有大志气、大眼光、大手笔、大格局、大气象,做一些符合北大地位的事,做一些开风气之先的事。北大不能随波逐流,不能甘于平庸,不能跟在别人后面小打小闹。北大的学者要有与北大相称的气质、气节、气派、气势、气宇、气度、气韵和气象。北大的学者要致力于弘扬民族精神和时代精神,以提升国民的人文素质为己任。而承担这样的使命,首先要有谦逊的态度,向人民群众学习,向兄弟院校学习。切不可妄自尊大,目空一切。这也是"北京大学人文学科文库"力求展现的北大的人文素质。

这个文库目前有以下 17 套丛书:

"北大中国文学研究丛书"(陈平原 主编)

"北大中国语言学研究丛书"(王洪君 郭锐 主编)

"北大比较文学与世界文学研究丛书"(张辉 主编)

"北大中国史研究丛书"(荣新江 张帆 主编)

"北大世界史研究丛书"(高毅 主编)

"北大考古学研究丛书"(沈睿文 主编)

"北大马克思主义哲学研究丛书"(丰子义 主编)

"北大中国哲学研究丛书"(王博 主编)

"北大外国哲学研究丛书"（韩水法 主编）
"北大东方文学研究丛书"（王邦维 主编）
"北大欧美文学研究丛书"（申丹 主编）
"北大外国语言学研究丛书"（宁琦 高一虹 主编）
"北大艺术学研究丛书"（彭锋 主编）
"北大对外汉语研究丛书"（赵杨 主编）
"北大古典学研究丛书"（李四龙、彭小瑜、廖可斌 主编）
"北大古今融通研究丛书"（陈晓明、彭锋 主编）
"北大人文跨学科研究丛书"（申丹、李四龙、王奇生、廖可斌 主编）[①]

这 17 套丛书仅收入学术新作，涵盖了北大人文学科的多个领域，它们的推出有利于读者整体了解当下北大人文学者的科研动态、学术实力和研究特色。这一文库将持续编辑出版，我们相信通过老中青学者的不断努力，其影响会越来越大，并将对北大人文学科的建设和北大创建世界一流大学起到积极作用，进而引起国际学术界的瞩目。

2020 年 3 月修订

---

① 本文库中获得国家社科基金后期资助或入选国家哲学社会科学成果文库的专著，因出版设计另有要求，因此加星号注标，在文库中存目。

丛书序言

北京大学是中国近代建立的第一所真正意义上的综合性大学。北京大学最早设立的学科中，就包括外语和外国文学研究。如果要进一步追溯历史，北京大学的前身之一，有同治元年（1862）由清政府设立的京师同文馆。同文馆之下，分设有东文馆，"东文"一词，当时指日语。日语是东方语言之一种，因此，东文馆或许就可以说是近代中国东方语言教学最早的起点。

但无论是同文馆，还是东文馆，还是京师大学堂时期，外语一科，在这个时候，基本上只是语言的教学和翻译，说不上有多少研究的成分，更说不上东方文学的研究。东方文学的研究，如果说有，是1916年蔡元培担任北京大学校长，北大的学科全面更新以后的事。

二十世纪的前三十年，北京大学作为中国高等教育和学术发展最重要的代表机构，在学科建设上，开始引进东方语言、东方学的教学和研究。具体的表现是，一方面，在一般的语言文学的课程中，不同程度地引入了今天所说的东方文学研究的内容，另一方面，除了日语以外，还尝试开设其他东方语言的课程。后者的一个事例是，1920年以蔡校长的名义，邀请流亡的爱沙尼亚学者钢和泰（A. von Stael-Holstein）到校教授梵文，以及与印度宗教、印度文学相关的课程。这一安排，也是当时中国学术界的一批有识之士为了发展中国的东方学研究，整体所做的努力的一部分。所有这些，可以说是为后来中国东方文学的学科建设所做的铺垫。

在此之前，有件事，与东方文学有关，也值得提一下。讲东方文学，印度是很重要的国家，印度近代最有名的诗人泰戈尔，在1913年获得诺贝尔文学奖，这是亚洲人最早获得的诺贝尔奖，很让正在寻求世界新身份的亚洲知识界人士感到兴奋。北京大学的教授陈独秀，积极追求和宣传新思想，1915年，把泰戈尔的获奖作品《吉檀迦利》中的四首短诗，用文言翻译为中文，发表在1915年10月出版的《青年杂志》上。陈独秀研究的问题，有关文学的很少，但他作为近代中国知识界，后来也是政治界的领袖人物之一，引领风骚，曾经有过极大的影响。陈独秀翻译泰戈尔的诗，不过是他一生所做的很多事中很小的一件事，但就这一件小事，足以说明泰戈尔和泰戈尔代表的东方文学作品当时所受到的关注。

在中国教育和学术新变革和新发展的大背景下，1924年，北京大学曾经设立过一个"东方文学系"。不过，限于条件，这个时候的"东方文学系"最后实际设立的专业只有日语和日本文学。担任系主任的周作人，虽然后来个人有"失节"的问题，但在学问，尤其是日本文学的翻译和研究方面，确实在当时乃至今天也还是一位很有见识，很有成就的学者。也是在这个时候，"东方文学"作为一个学科的名称，在国内被广泛地接受。周作人，以及与周作人同时代的一些学者，其中包括鲁迅、许地山等，都大力倡导东方文学的研究，同时他们也身体力行，各有成就。鲁迅一度在北大任教，讲授文学方面的课程，其中也包括东方文学的内容。

不过，在中国最早的，真正比较有规模，也比较完整的东方语言和东方文学的教学与研究机构，是北京大学在1946年设立的东方语文学系。当时季羡林先生从德国留学归来，成为东方语文学系的第一位教授同时兼任主任，教员中有阿拉伯语的马坚，其后金克木、于道泉、王森等先生陆续加入，再其后原在南京的国立东方语言专科学校、中央大学边政学系的教师并入东方语文学系，语种除了最初的梵语、巴利语、阿拉伯语、蒙古语、藏语，到1952年全国高校院系调整前，已经增加到十多个亚洲语种。以教师和学生的人数论，东方语文学系一度成为北京大学最大的一个系。此后东方语文学系的名称稍有调整，更名为东方语言文学系。从五十年代到六十年代中期，东方语言文学系的教师们在做好语言教学的同时，很大的精力都放在东方文学，尤其是亚洲各国文学的研究上，东方文学研究得到快速发展。亚洲国家，尤其是印度古代经典以及当代文学作品，不少被翻译出来，同时还发表有相关的研究著作和论文。

十年"文化大革命"，让所有的学术研究中断。七十年代末开始的改革开放，让北京大学的东方文学研究重获生机，得到很大的发展。教师们翻译出更多的作品，有了更多的研究著作，其中成就最大的，首推季羡林和金克木二位先生。新时期，各方面又有不少的变化。1993年，东方语言文学系改名为东方学系，扩大了教学和研究的范围，但东方文学仍然是最主要的研究课题，同时新的研究，涉及更多的问题，不是"小文学"，而是"大文学"。在北京大学校内，1985年成立的比较文学研究所——后来改名为比较文学与比较文化研究所——强调"比较"，比较所及，相当一部分也涉及东方文学。

1999年9月，北京大学组建外国语学院，东方学系并入其中，分别成为外国语学院建制下的阿拉伯语、朝（韩）语、东南亚、南亚、日语、西亚、亚非七个系。与此相配合，又建立了东方文学研究中心，2000年申报教育部人文社科重点研究基地，经过评审，成为全国高校百所重点基地之一。北京大学有关东方文学的研究工作由此大多由东方文学研究中心负责实施。中心成立至今，先后组织开展五十余项与东方文学研究直接相关的课题，召开学术会议，出版各类研究著作，包括《东方文学研究集刊》，每年举办以东方文学为主题的暑期学校，培养人才。时至今日，东方文学研究中心在一定程度上已经成为国内高校这一学科的代表性学术机构。

以上简要的回顾，只是想说明，中国的东方文学研究，最初从北京大学开始，传统延续下来，历久弥新，至今依然活跃而具有充分的生机。过去的一个世纪，前辈们为我们树立了典范。新的世纪也已经过去了20年。这十多年间，就东方文学的研究而言，北京大学的教师又有了不少新的成果。这让人感觉鼓舞和兴奋。

但更让人鼓舞和兴奋的是，北京大学人文学部2016年决定创建"北京大学人文学科文库"，集中出版北大人文学科教师的学术新著。"文库"包括多种丛书，其中一种是"北大东方文学研究丛书"。人文学部主任申丹邀请我担任这一丛书的主编。我在北京大学学习和工作，至今已经41年，自己的专业和研究又大多与东方文学有关，接受这个任务义不容辞。相信这套丛书能对促进北大东方文学研究的发展起到积极作用。

我很希望通过这一"文库"成果的不断面世，北京大学人文学科多年的学术传统能够得到进一步弘扬，学校的学科建设能由此取得更大的成绩。

王邦维

2020 年 9 月 29 日

摘　要

　　上田秋成是日本江户时代最为优秀的作家之一，他的小说《雨月物语》和《春雨物语》一方面具有深厚的日本传统文学的底蕴，另一方面又体现了作者对人性的深入思考，具有超越时代的近代性。他对人性与道德、秩序与情欲的思考，是在日本 18 世纪出现的肯定情欲的思潮的时代语境中产生的，而这种肯定情欲的人性解放思潮与中国晚明的文学思潮又有着千丝万缕的联系。本书以晚明的人性解放思潮和上田秋成同时代的日本思想家的言论为参照，通过新的出典与材料的挖掘与分析，以晚明思潮中的关键词"情""理""欲"为中心，考察上田秋成文学对人性与道德、秩序与欲望的思考，将上田秋成文学置于东亚的语境中进行重新审视与思考。

　　第一章主要对上田秋成的游记作品《秋山记》和《去年的路标》中表现的旅行观为切入点，从秩序与欲望、故乡与旅行的视角重新审视《雨月物语》中的人物形象及主题。在空想的游记《去年的路标》中，上田秋成批判了常年漂泊的芭蕉，认为他没有正确认识到自己所处的时代和身份。而《雨月物语》中描写了各个阶层和时代的离乡的人们和他们的命运，体现了上田秋成对人类社会发展的宏观思考以及对人性的洞察。一方面他主张回归故乡这个共同体，另一方面又细致地描绘了人类无法控制的情欲。整个《雨月物语》都贯穿着故乡（作为秩序的共同体与情欲的冲突）这个主题。

第二章紧承第一章，以上田秋成晚年的赠序体散文《故乡》为研究对象，以知命保身为关键词，通过与原典《送李愿归盘谷序》的比较，结合上田秋成的阅读视野中的《古文真宝后集》与韩愈谪居时的其他散文，同时通过苏轼的诗文、扬雄的《反离骚》，以及朱熹、李贽、日本古学派学者等对《反离骚》的评价和他们对屈原的认识为参照，将本文置于近世东亚的思想文脉当中，联系上田秋成早年的小说和晚年的其他作品，进一步考察了《故乡》中所体现的"知命保身"思想的渊源及其形成的语境，并分析其中所体现的安分意识。

第三章是前两章的补充与扩展，主要以《雨月物语》中的《贫福论》为中心，对上田秋成的财富观和义利观进行考察。日本近世是庶民的时代，无论从经济发展程度还是社会结构方面，都与中国明代有很多相似之处。主张回归故乡从事"实事"的上田秋成，讽刺道学家的清贫主义，主张追求利益是人性自然的体现，认为财富当求但不一定可求，并认为财富是富国安民的根本。合理追求财富的思想在上田秋成同时代的徂徕学派的学者中比较普遍，而与中国晚明阳明学左派的学者李贽则有着惊人的相似之处。本章以李贽的相关言说为参照，同时结合上田秋成同时代的思想家对于义利的思考，考察了《雨月物语》中最后一篇小说《贫福论》所体现的义利思想。

第四章主要考察其散文作品《旌孝记》与阳明学左派的关系。《六谕衍义》传入日本之后，对江户时代的庶民教育和儒家思想的传播产生了重要影响。本文结合明代儒学者和日本近世儒学者对《六谕衍义》的解释，考察了《旌孝记》中有关"真心"的论述，"不学不受"思想与阳明学左派思想的关联性。在席卷整个东亚的这股思想潮流中，这种思想并不像日本学者所说的那样是一种特别的思想，而是在中国晚明的思想中能够找到它的源头，与阳明学左派的思想以及日本同时代的思想家都有着诸多的共通之处。

第五章作为第四章的延续，主要以《雨月物语》和《春雨物语》中的父子关系与父亲形象为中心,进一步考察上田秋成文学中对"孝道"的思考及其文学作品中所体现的审父意识。在道德与人情这个问题上,上田秋成不反对儒家道德本身,却反对道德的教化与强加,反对以父母为中心、主张子女无条件顺从的程朱理学的孝道观,对父母本身的行为进行了审视。通过阳明学左派思想家的孝道观、童心说等为观照,深化了对上田秋成孝道观的认识。在上田秋成文学中,从早期浮世草子作品开始,父子关系就出现了不和谐的倾向,作为秩序中心的父权亦成为被审视的对象。

第六章则主要以儒家伦理中的封建旧道德——即强加于女性的贞节观念与女性形象塑造中"情"的发现为中心,对上田秋成文学中的烈妇形象进行了考察。《吉备津之釜》中矶良的骤变说明了情不能为道德所束缚,而在《浅茅之宿》中,上田秋成则塑造了一个殉于情而非殉于道的宫木形象。《宫木之冢》中,通过家庭与道德的缺位描写,描绘了烈妇宫木的童心以及与之形成鲜明对比的人物形象,揭示了人性的复杂与权力之恶。上田秋成反对权力对道德的绑架,认为绑架道德的权力才是恶的源泉,这一点在其晚年的作品《春雨物语》中体现得尤其明显。本章的第二节通过对"宫木"形象塑造的变迁的考察以及相关中日文学文本的分析,论证了以上观点。

第七章以上田秋成的散文和小说中佛教相关的篇目为中心,考察了上田秋成的佛教观与阳明学左派的关联,并通过部分散文和小说作品,考察了上田秋成对宗教信仰、权力与智略的思考。

起源于中国晚明的人性解放思潮,在清代以后遭到理学的强大反扑,消解于礼教当中。而在朝鲜也最终未能成为主导文艺界的重要力量。但是,这种肯定情欲的思想却在江户时代的日本保存了生命,成为主导18世纪江户文艺的重要力量,并最终将日本历史推向了近代化改革。这也是因为日本古典文化传统为这种人性解放思潮提供了良好的土壤。在这个土壤中,源自于中国晚明的人性解放思潮产生了强大的生命力,这是上田秋成文学一方面继承传统,一方面又具有对人性和情欲的近代化思考的重要原因。

凡　例

（1）上田秋成文学文本引用出处如下：《雨月物语》和《春雨物语》引用自小学馆『英草紙・西山物語・雨月物語・春雨物語』。《藤篓册子》的文本引用自岩波书店『近世歌文集』所收的《藤篓册子》，《胆大小心录》的文本引用自岩波书店『上田秋成集』所收的《胆大小心录》，《诸道听耳世间猿》引用自国书刊行会出版的『上田秋成初期浮世草子評釈』，《去年的路标》因中央公论社出版的新全集尚未收入，引用自国书刊行会出版的『上田秋成全集』。其余均引用自中央公论社出版的新版『上田秋成全集』，从全集引用的部分，原文没有浊点的，笔者将其转换为浊音。

（2）李贽作品的引用均为引自《李贽全集注》（张建业主编，社会科学文献出版社，2010年）。

（3）其他文本的引用均在第一次出现时进行了标注，参考文中脚注。

（4）日文文本的长段引用均为日文原文，括号内附有中文译文（笔者译）。译文中出现的中略部分以省略号"……"代替。但正文中出现的较短的日文词句引用，出于行文的需要，均翻译成了中文，并在注释中注明了日文原文。

为保证行文的连贯，日文学术论文和专著的引用均由笔者译成了中文。

目　录

序　章·· 1
  第一节　上田秋成和他的时代································· 1
  第二节　上田秋成文学研究综述································· 5
  第三节　本研究的基础、方法和意义··························· 15

第一章　上田秋成文学中的故乡与旅行
    ——秩序与欲望·· 24
  引言·· 24
  第一节　战乱的结束与作为共同体的故乡的确立············ 26
  第二节　从《去年的路标》看上田秋成的旅行观············ 30
  第三节　《雨月物语》中离乡人的处境和命运················ 39
  本章小结·· 60

第二章　上田秋成的散文《故乡》
    ——知命保身思想与安分意识的渊源······················ 62
  第一节　作为思想表达手段的赠序体散文····················· 63
  第二节　知命保身思想的渊源与近世东亚文脉中的屈原观······ 64
  第三节　作为秩序共同体的"故乡"与安分意识············· 74
  第四节　此心安处是吾乡——《故乡》与韩愈的《送区册序》、
          苏轼的《定风波》··································· 77

本章小结 ………………………………………………………… 80

第三章　从《贫福论》看上田秋成的财富观
——当求与可求 …………………………………………… 82
　　第一节　《乌宝传》作为典据的可能性 ……………………… 83
　　第二节　从《贫福论》看上田秋成在义利之辩中的立场 …… 92
　　第三节　《贫福论》所示财富观源流——从李贽到上田秋成 … 98
　　本章小结 ………………………………………………………… 107

第四章　上田秋成的孝道观与阳明学左派
——以《旌孝记》为中心 ………………………………… 108
　　第一节　《旌孝记》与《纪今治人矢野养甫蒙藩恩旌孝之事》
　　　　　　的比较 ………………………………………………… 110
　　第二节　"不学不受"的孝道观与阳明学左派思想中的不学不虑 … 114
　　第三节　读书的富家子弟与不读书的贫家子弟之对照叙事方式 … 125
　　本章小结 ………………………………………………………… 130

第五章　上田秋成文学中的审父意识 ………………………… 132
　　第一节　日本近世戏剧文学中的恶父形象 …………………… 133
　　第二节　早期作品浮世草子中的父子关系 …………………… 138
　　第三节　上田秋成文学中的"孝"与"审父意识" ………… 145
　　第四节　《樊哙》的弑父、绝对自由的否定与道德的达成 … 159
　　本章小结 ………………………………………………………… 162

第六章　上田秋成文学中的烈妇形象
——殉情与殉道 …………………………………………… 164
　　第一节　《吉备津之釜》论——在情与理之间 ……………… 165
　　第二节　从宫木形象塑造方法的变化看上田秋成文学中"情"的
　　　　　　发现 …………………………………………………… 183
　　本章小结 ………………………………………………………… 197

第七章 上田秋成的佛教观与阳明学左派·················· **199**

第一节 日本佛教的历史与上田秋成的佛教观··············· 199
第二节 上田秋成的佛教观与阳明学左派················· 204
第三节 上田秋成文学中的高僧形象——以法然为中心·········· 208
第四节 宫木的"信心"——强烈的意志与现实顺应············ 213
第五节 佛教信仰既不带来现世利益也不带来冥福············ 216
本章小结······························· 217

结　语································ **218**

参考文献······························· **223**

序　章

第一节　上田秋成和他的时代

江户幕府建立之初，将朱子学作为统治思想。尤其是第五代将军德川纲吉继位之后，励精图治，将儒家以德治国的方针引入治国方略，并修改武家的各项法度，淡化武士的军事功能，主张"奖励文武忠孝，以正礼仪"（天和令）[①]，幕府的统治从此由武功转向文治。第八代将军德川吉宗主政时期进行了被称为江户时代三大改革之一的享保改革，强化了幕府的政治和经济基础。除此之外，他还大力推行儒家思想，刊行《六谕衍义大意》，正式认可大阪的民间朱子学堂怀德堂，编撰彰显道德模范的《官刻孝义录》等书籍，加速了儒家伦理道德在民间的渗透。正如中村博保指出，"因强大的经济实力而领导了时代的市民阶层迅速趋于保守，在新的社会规范中走向秩序化"[②]。他同时指出，尤其是明

[①] 日文原文为：文武忠孝を励まし、礼儀を正すべきこと。

[②] 中村幸彦、高田衛、中村博保校注：『英草紙・西山物語・雨月物語・春雨物語』，東京：小学館，1995年，第578頁。

和到安永年间(1764—1781),文化上经过17世纪的积累,开始呈现出思想的成熟。在这一时期,日本社会中出现了一个被称为"文人"的人群,他们在语言文字的渗透下,形成了新的思想。"如果不了解近世中期的这个现实,即因语言文字的渗透而带来的体制的整顿与随着这种体制的整顿而形成的个人的思想,便无法理解秋成个性的形成。"[1]中村博保在这里所说的语言文字的渗透,主要是指当时政府主导下的各种儒家道德教化读本的发行与寺子屋教育的普及,以及语言文字的学习给人的思想带来的影响。除此之外,伊藤仁斋、荻生徂徕等肯定情欲的儒学思想流派的流行,一方面加速了儒家道德思想在民间的渗透,另一方面催生了近世文人自我意识的萌芽。

就在这样的社会背景下,上田秋成于享保十九年(1734)出生于大阪。4岁时被大阪纸油商人上田茂助收养,成为上田家的养子。

正如李卓指出,中国的家族是以血缘关系为纽带的集团,而日本的家则是一个"家业经营体"[2],日本的家与中国的家最大的不同在于它是一个"以家业为中心的家族共同体"[3],"对于商家来说,家业不仅包括祖先传下来的财产,还包括积累这笔财产的商贾买卖及经商的经验,甚至包括代表这些东西的商号、屋号"[4]。因此,当一个家族没有男丁时,为了保证家族经营体的继承,这个家族便会收养养子或者招入赘女婿继承家业。那么,作为养子的上田秋成的使命是显而易见的,那就是继承上田家的家业并将其发扬光大。上田秋成晚年常使用"命禄"一词,可以说继承并经营上田家的家业便是他的"命"。而且,值得一提的是,上田秋成的养父上田茂助也是养子。茂助出身于武士之家,被商人上田氏收为养子之后,继承了上田家的家业,并将生意打点得井井有条。这些都给上田秋成的思想带来了很大影响。一方面,在上田秋成的意识中,始终有一种继承家业完成自己作为养子的使命的责任感;另一方面又正如他自己所说,年

---

[1] 中村幸彦、高田衞、中村博保校注:『英草紙・西山物語・雨月物語・春雨物語』,東京:小学館,1995年,第581頁。

[2] 李卓:《中日家族制度比较研究》,北京:人民出版社,2004年,第170页。

[3] 同上书,第174页。

[4] 同上书,第175页。

轻时是一个"狂荡之徒",喜欢放荡而不务家事。养子的身份使得上田秋成不能像当时的其他国学者和文人一样,撇开一切去做自己喜欢和擅长的事情。对于他来说,安于本分打点家业始终是处于第一位的。

上田秋成的养父十分注重对他的教育,在他晚年的自传中提到自己年少时父亲教自己读写,并对自己十分严厉。除了基本的读写之外,上田秋成还可能在当时大阪非常著名的朱子学堂怀德堂学习过。这一点虽然至今仍无确凿的证据可以证明,但是从上田秋成晚年的《胆大小心录》中将怀德堂的五井兰洲称为"先生"这一点来看,上田秋成很有可能在怀德堂与年龄相仿的中井竹山(1730—1804)①和中井履轩(1732—1817)兄弟同窗研习过朱子学。虽然上田秋成在晚年曾经批判过中井履轩,但是从上田秋成与中井履轩曾经合赞过一幅鹌鹑图来看,至少可以证明两人在一段时期曾经有过亲密的交往。②不管是在怀德堂学习也好,还是与怀德堂的人有过交往也好,怀德堂都是研究上田秋成思想的特征时难以绕过的一个课题。在时代风潮的影响下,上田秋成肯定情欲,也曾讽刺与批判儒者的虚伪,但是这些都与李贽等阳明学左派的思想家一样,并没有否定过儒家道德的本质。从这一点上来说,少年时怀德堂的教育或者是与怀德堂学者们的交往对他产生这样的认识必然产生了重要的影响。

27岁时上田秋成与植山玉结婚,一生没有子嗣。28岁时,养父去世。成家后的上田秋成开始真正承担起继承家业与养家的责任。33岁时开始写作并出版文学作品浮世草子《诸道听耳世间猿》(1766)和《世间妾形气》(1767)。虽然这两部作品中的许多短篇已经包含了后来的读本小说

---

① 怀德堂第二代学主中井甃庵长子,后来成为怀德堂第四代学主。与其弟中井履轩皆为江户中晚期著名的朱子学者。

② 宫川康子:『自由学問都市大阪——懐徳堂と日本の理性の誕生』,東京:講談社,2002年,第88頁。关于上田秋成是否在怀德堂学习过一事,近年来关注怀德堂研究的上田秋成研究者、大阪大学教授饭仓洋一持比较肯定的态度。鹌鹑合赞图『鶉図』,昭和九年曾经刊登在《上方》杂志的上田秋成特集号上,之后原本佚失,直到2010年年底才再次被发现,《读卖新闻》(大阪本社版)2011年6月20日的晚报社会版对此作了题为「上田秋成・中井履軒の寄せ書き軸、80年ぶり見つかる」的报道。此后『懐徳堂研究』第三号(2012年2月29日)刊载了由饭仓洋一和滨住真有合著的介绍性论文「中井履軒・上田秋成合賛鶉図について」,详细介绍了这幅合赞图的发现经过和两人的关系。

《雨月物语》和《春雨物语》的思想的萌芽，但是当时浮世草子这种类型的现实主义文学形式已经走向衰落，这类作品的创作显然未能满足上田秋成的创作欲望。一年后，《雨月物语》（1768）初稿完成。这一时期，上田秋成已经开始接触国学，最初接触的是契冲的著作，后来拜贺茂真渊的弟子加藤宇万伎为师[①]，开始系统学习国学。38岁时，上田家遭遇火灾后破产。之后他开始随儒医都贺庭钟学习医学。都贺庭钟同时也是当时知名的读本小说作者。上田秋成在此期间不仅跟随都贺庭钟学习了医学，还跟他学习了白话，在小说的创作方法上受到了很大的影响。43岁时，《雨月物语》刊刻出版。[②]

怀德堂的五井兰洲、国学家加藤宇万伎和儒医、读本小说家都贺庭钟可以说是上田秋成人生中最重要的三位老师。少年时代的儒家道德启蒙，青壮年时期接触作为时代思潮前沿的古学派、徂徕学派和国学，是上田秋成形成自己独特思想的关键。一方面，少年时代的儒家道德启蒙让上田秋成对伦理道德心存敬畏。另一方面，儒家古学派、徂徕学派、阳明学派和国学作为朱子学的反动，肯定作为人性自然的情与欲，反对以僵化的道德束缚人性的自然。这种走在时代前沿的人性解放思潮对于上田秋成来说不仅是新鲜有趣的，同时也是让年轻狂荡的上田秋成能够产生共鸣的思想。正是这些主情主义的人性解放思想激发了上田秋成自我意识的觉醒。

上田秋成在《雨月物语》的序言中自称剪枝畸人，表面上这是对自己断指的自嘲，但是另一方面也体现了上田秋成区别于他人的自我意识。中野三敏认为，这里的"畸人"与阳明学左派所说的"狂者"是完全重合的，是上田秋成自我意识的体现。[③]

1809年，上田秋成去世。上田秋成的一生中，除了小说创作之外，他将主要精力用于国学和古典文学研究方面，其中有《源氏物语》研究著述

---

① 关于拜师时间有明和三年（1766）和四年（1767）两种说法。

② 这段时期的变故对上田秋成带来的影响以及学界的争论详见本书第一章及相关注释。

③ 这个观点主要在其著作『江戸狂者傳』（東京：中央公論新社，2007年)和『近世新畸人伝』（東京：岩波書店，2004年）中进行了论述。此处参考其演讲集『江戸文化再考』（東京：笠間書院，2012年）第四章「近世の自我——思想史再考」。

《射干玉之卷》（ぬばたまの卷）、万叶集研究著述《歌圣传》《冠辞续貂》《金砂》等，古代史论《远驼延五登》、随笔集《胆大小心录》、歌文集《藤篓册子》、茶道研究著述《清风琐言》等。

第二节　上田秋成文学研究综述

1. 近代以来日本上田秋成文学研究的历史和现状

　　上田秋成文学研究的起步，始于《雨月物语》的研究。而有关《雨月物语》的研究，在20世纪50年代就已经达到一个相当的高度，其成果主要集中在注释学方面和出典方面，代表性的研究者主要有山口刚、后藤丹治、重友毅和中村幸彦等人，这些学者对出典的详细考证，尤其是中村幸彦的注释，直到现在依然是后学学习和研究上田秋成文学的起点。

　　1953年沟口健二拍摄了电影《雨月物语》并在威尼斯电影节上荣膺银狮奖。这部电影在内容上虽与原作相比有了较大的改变，但是这部电影的成功一方面反映了当时《雨月物语》研究的水准，另一方面也体现了当时《雨月物语》研究的盛况。而这部电影在国际上的成功，同时又反过来促进了上田秋成文学的研究。

　　60年代以后，《雨月物语》的研究呈现出多元化的趋势。比如高田卫的《上田秋成文学研究序说》，通过对作为创作主题的"私愤"问题的解读，解明了《雨月物语》创作的必然性。中村博保主要通过对小说结构的分析，写出了优秀的作品论。浅野三平依然致力于出典的研究，鹫山树心则将研究的重心放在上田秋成文学与佛教的关系方面，德田武主要关注上田秋成与中国文学的关系。70年代以后，上田秋成文学研究的重心逐渐向《春雨物语》转移，其中特别值得指出的是日野龙夫的思想史和文学史的跨界研究以及长岛弘明和稻田笃信提出的"命禄"的问题，而今已经成为《春雨物语》研究中难以绕过的主题。

　　20世纪后半期，以长岛弘明为代表的诸多研究者将《春雨物语》的诸本整理完善①，90年代以后，《上田秋成全集》（已刊12卷）的陆续出版，让上田秋成文学研究不再局限于早期浮世草子、《雨月物语》和《春雨物语》，而是呈现出更加多元化的趋势。1994年出版的论文集《共同研究 上田秋成和他的时代》集中体现了这种多元化的趋势，该论文集中收录的论文涉及上田秋成的小说、随笔、俳谐、狂歌以及他的交际圈，作为国学者而非单纯的小说家的上田秋成形象逐渐变得清晰起来。对上田秋成的国学思想的研究也促进了《春雨物语》的研究。正如长岛弘明指出，《春雨物语》不像《雨月物语》那样是一部单纯就作品本身就可以进行议论的作品②。同时，《雨月物语》的研究出现停滞，《春雨物语》的研究开始呈现出愈发活跃的倾向。

在上田秋成文学研究呈现多元化的同时，另一方面，与中国文学有着千丝万缕联系的上田秋成文学研究，却在比较文学或者出典研究方面鲜有新的成果或突破。

在这样的局面中，一些上田秋成文学研究中的少数派学者，依然执着地挖掘上田秋成和中国文学的关系，比如德田武即是其中的一位。而中野三敏提出的上田秋成文学观与阳明学左派的关系，也受到学界的关注，但遗憾的是，相关研究在中野三敏之后并没有深入。他认为，上田秋成的"寓言"的核心，不是"教训"，而是"叹息"与"悲伤"等个人内心的感情，这一点受到了明末清初阳明学左派的清新论文学观的影响。他认为，"狂"的意识，"愤"的文学观，自我的肯定等江户中期文学的各种因素，都是受到阳明学左派学说的影响，而老庄学的流行只是这种影响所带来的一种附属现象。他还引用岛田虔次的观点指出，阳明学式思考的一个重要的特征，就是对异端的宽容态度。阳明学左派的学者如王龙溪等人则更加极端，认为"良知才是三教之灵枢"，主张儒佛道三教一致。然后以此为基础对日本近世文学中的三教一致思想进行考察，指出江户初期从佛教的角度提倡三教一致的言说，到了享保年间（1716—1735）的俗文学

---

① 详见長島弘明：『秋成研究』，東京：東京大学出版会，2000年。

② 長島弘明：「学会時評　近世」，『国文学　解釈と教材の研究』，1998（6），第156-157頁。

中便开始以新的形式出现，其中最令人关注的一点便是道教的流行。中野三敏认为，18世纪中叶的这种道教思想和学问之风的弥漫，也是受明儒，而且是王学左派三教一致思想的影响。①

中野三敏最早提出这个观点是在20世纪60年代末期，距今已有将近半个世纪的时间。日野龙夫认为，中野三敏指出阳明学左派思想对日本近世中期文艺思潮的影响，是可以与丸山真男的徂徕学发现相匹敌的大发现。②但是，除了个别学者的拥护之外，他的学说在学界虽然没有遭到反对，但是依然没有成为学界的主流学说，而今甚至已经到了孤军奋战的地步。

近年来，中野三敏除了通过各种演讲重复自己的"明风影响"的主张之外，还撰写了《江户儒学史再考》③和《近世李卓吾受容之大概》④，前者夯实了其学说的理论基础，而后者则对与上田秋成文学相关的阳明学左派代表人物李卓吾（李贽）的书籍在江户时代的传播和阅读情况进行缜密考证，对自己以前的论文起到补充的作用。

他还认为，阳明学左派问题的发现并非他的独创。他在《江户文化再考》一书中指出，其研究的源泉和基础是中村幸彦对上田秋成和古学派儒学者伊藤仁斋的关系的研究，并认为中村幸彦其实已经意识到阳明学左派的问题，只是顾虑到当时学术界的主流话语，没有指出这个问题而已。

在上田秋成文学与思想的研究方面，以下学者亦取得受到关注的成果。

日野龙夫一直致力于文学史和思想史的跨学科研究。在其著作《宣长与秋成》一书中，除了论及荻生徂徕对本居宣长的影响之外，还承袭

---

① 中野三敏：『十八世紀の江戸文芸——雅と俗の成熟』，東京：岩波書店，1999年，第86-89頁。
② 日野龍夫：「近世文芸思潮研究」，『文学・語学』76，1976（4），第13頁。
③ 中野三敏：「江戸儒学史再考——和本リテラシーの回復を願うとともに」，日本思想史学会編：『日本思想史学』40，2008年。
④ 中野三敏：「近世に於ける李卓吾受容のあらまし」，『国語と国文学』88-6，2011（6）。这篇论文补充与完善了其本人在1998年发表的论文「江戸の中の李卓吾」，『大学出版』39，1998（10）。

中野三敏的学说，论及近世老庄思想的流行与徂徕学派的关系。这些对于理解上田秋成的思想亦有启迪意义。在"秋成与复古"一节中，他指出，上田秋成对于本居宣长所致力于考证的古代持怀疑态度，认为"记述古代的研究与记述取材于古代的虚构其实是同一种营生"①。另外，他在《严峻的恋爱与哀切的恋爱》中分析了上田秋成与本居宣长对恋爱与道德的不同观点，指出上田秋成针对本居宣长提出的抛却儒家道德因素的"知物哀"（情趣）的恋爱观，主张"道德的恋爱观"或曰"道德的恋爱文学观"②。

主要关注上田秋成思想研究的饭仓洋一是中野三敏的《寓言论的展开》的拥趸之一，虽然其本人的研究并未涉及上田秋成与阳明学左派的关系，却在上田秋成思想研究方面颇有建树。在其著述《秋成考》③中，他也主要围绕学界普遍关注的"自然""愤""分度""命禄""女子气"（めめしさ）④等问题展开。

野口武彦和井上泰至曾就《白峰》中体现的王道与霸道的思想、孟子问题以及王霸之争的问题进行展开。⑤井上泰至和小椋岭一曾分别就《贫福论》中所表现的义利观与徂徕的两位弟子——太宰春台和海保青陵的经济思想的关系进行了考证。⑥

鹫山树心指出，若是上田秋成受到贺茂真渊全盘否定儒教的观点的影响，断然不会写出像《白峰》或《菊花之约》这种站在肯定儒家思想本质

---

① 日野龍夫：『宣長と秋成——近世中期文学の研究』，東京：筑摩書房，1984年，第250頁。
② 日野龍夫：『宣長・秋成・蕪村』，東京：ぺりかん社，2005年，第249頁。
③ 飯倉洋一：『秋成考』，東京：翰林書房，2005年。
④ 此处译为"女子气"，受到美国学者艾梅兰著《竞争的话语》（中文版由江苏人民出版社出版）论述明清文学中主情主义文学思潮时中所用的女子气一词的启发。
⑤ 分别见于两学者的专著：野口武彦：『王道と革命の間——日本思想と孟子問題』，東京：筑摩書房，1986年；井上泰至：『雨月物語論——源泉と主題』，東京：笠間書院，1999年。
⑥ 详见本书第三章注。

性立场上的作品，从而婉转地指出上田秋成并不否定儒家思想的本质。①

稻田笃信是致力于考察上田秋成与中国文学关系的重要学者之一。《庶民的分度——上田秋成与论语》考察了上田秋成对论语的言及以及论语对上田秋成的影响②，《江户学艺与明清汉籍——松斋、庭钟、秋成》，以奥田松斋、都贺庭钟和上田秋成为例子，考察了近世中期日本学者的汉籍阅读情况，探讨明代文学对日本文人的影响，并以上田秋成《胆大小心录》为例，选取其中提及的明清文人之轶事，探讨了上田秋成及其同时代的学者对中国明代文化的憧憬和接受。③《明人文集与上方学艺》④主要通过对大阪儒学者奥田元继（号松斋）汉籍读书笔记《拙古堂日纂》和《拙古堂杂抄》中抄录的明清汉籍的考察，指出明人文学和思想（如归有光等人反道学的贞女论等）对上田秋成同时代的作家建部绫足（1719—1774）的影响。该论文虽然并未涉及上田秋成，但是对上田秋成文学与明代文人思想关系的研究具有重要的启迪意义。其关于上田秋成的名分论和关于上田秋成命禄思想的研究也为本研究奠定了基础。稻田笃信对《李卓吾批点世说新语补》⑤在上田秋成同时代的日本的接受与影响的关注，也对研究和思考上田秋成文学的形成具有重要的启发意义。上述一系列成果

---

① 鷲山樹心：『上田秋成の文芸的境界』，東京：和泉書院，1983年，第198-199頁。本书主要考察了上田秋成的佛教观，但是该学者以现代人对武士道的理解，认为上田秋成毫无保留地表达出儒家的信义和武士道的信义的一致性，这一点有待商榷。

② 稻田篤信：「庶民の分度——上田秋成と『論語』」，『二松』32，2018，第97—115頁。另外，稻田笃信2018年11月于北京大学日语系以《上田秋成的言语观》为题进行演讲，以明代的《世说新语补》为参照，考察了上田秋成的语言观与《世说新语补》的关联。

③ 稻田篤信：「江戸の学芸と明清漢籍——松斎・庭鐘・秋成の場合」，『台大日本語文研究』22，2011，第21-42頁。

④ 稻田篤信：『名分と命禄——上田秋成と同時代の人々』，東京：ぺりかん社，2006年，第203-218頁。

⑤ 除上述论文论及《世说新语补》之外，其论文《和刻本〈世说新语补〉的三种手批本》（日文题名：和刻本『世説新語補』の書入三種，发表于日本二松学舍主办的『日本漢文学研究』第8号，2013上，中文版发表于《域外汉籍研究集刊》第十四辑（中华书局，2016年）、《中井履轩〈世说新语补〉雕题本考》（日文题名：中井履軒『世説新語補』雕題本考，发表于日本二松学舍主办的『日本漢文学研究』第9号，2014上）分别考察了《世说新语补》在上田秋成同时代的日本文坛的接受情况。

形成专著《日本近世中期上方学艺史研究——汉籍阅读》，更加清晰地展现出上田秋成与中国文学的关系及其文学生成的时代背景。稻田笃信从上田秋成的文本出发（专著《江户小说的世界——秋成与雅望》），其后尝试在上田秋成与同时代学者的关系中思考上田秋成思想形成的原因（专著《名分与命禄——上田秋成与同时代的人们》），最后从近世学艺史的视野，将其置于东亚汉籍交流与阅读的视野中，探讨汉籍在日本的影响与接受，并进一步探讨上田秋成与汉籍的关系，更加立体地展示出上田秋成思想的成因，也是一部近世中期文艺史研究的集大成制作。这一系列的成果不仅加深了上田秋成研究的深度，也为后辈学者提供了日本古典文学研究的范式与路径。①

2. 上田秋成文学在中国的译介与研究

（1）译介

上田秋成文学在中国的译介主要以《雨月物语》为主，在1986年就有刘牛的译本（福建少年儿童出版社）②。《雨月物语》和《春雨物语》共有五个译本，除上述刘牛译本外，分别为阎小妹译《雨月物语》（人民文学出版社，1990）、申非译《雨月奇谈》（农村读物出版社，1996）、收录在《日本读本小说名著选》中的李树果译本（天津人民出版社，2005）、王新禧译《雨月物语·春雨物语》插图本（新世界出版社，2010）③、北燕译《怪谈：雨月物语》（天津人民出版社，2019）。根据周以量的考察，能够对翻译进行讨论的高质量译本只有旅日近世文学研究者阎小妹的译本（人民文学出版社，1990），认为阎译"基本上沿用上田秋成所利用的中国古代小说的表现"，"可见译者对中国古代小说的原文

---

① 其中提到的三部日文原题分别为：『江戸小説の世界——秋成と雅望』，東京：ぺりかん社，1991年。『名分と命禄——秋成と同時代の人々』，東京：ぺりかん社，2006年。『日本近世中期上方学芸史研究——漢籍の読書』，東京：勉誠出版，2022年。

② 根据题记的标注可知，该译本并非根据原文译出，而是根据日本学者后藤明生翻译的现代日语译成中文。

③ 2020年中国台湾地区引进出版该版本的繁体版，出版社为光现出版。

是熟悉的"。①而通过笔者对上述译文的比对，申非译本存在大量翻译上的错讹与纰漏，而王新禧译本沿袭旧译的情况较多，至于其是否译自日文的现代文翻译有待进一步考证。②上田秋成的其他文学作品的中译只有李树果节译的《胆大小心录》③。

上田秋成文学总体译介自不必说，即便是比较热门的《雨月物语》，到目前为止也只有近世文学研究者阎小妹和李树果的译本比较可靠，相对于遍地开花的《源氏物语》中译本，可以说少得可怜，而且没有具有学术价值的注译本，不得不说是日本文学研究的偏颇与缺憾。

（2）上田秋成文学研究

相对于译介的冷清，上田秋成文学研究尤其是《雨月物语》与中国文学的关系，在相对冷门的古典文学研究中是一个热门选题。出版于20世纪80年代的王晓平的《近代中日文学交流史稿》中介绍了《雨月物语》中的《吉备津之釜》对原作《牡丹灯记》的翻案，并梳理了《牡丹灯记》在日本的传播状况④，是较早介绍上田秋成文学与中国文学关系的一部学术著作。90年代，李树果的《日本读本小说与明清小说——中日文化交流史的透视》系统介绍了日本读本小说与中国文学的关系，该书详细地介绍了中国明清小说在日本的传播情况及其对日本读本小说产生的影响，其中关于上田秋成，则主要介绍了《雨月物语》中的翻案味道最浓的三篇——《菊花之约》《蛇性之淫》和《梦应鲤鱼》，并对其翻案特色进行了分析。⑤

2000年以后，上田秋成文学研究越发活跃，出现了一些独创性的研

---

① 周以量：《从读本小说的表现手法看江户小说的汉译》（北京日本学研究中心文学研究室编：《世界语境中的〈源氏物语〉》，北京：人民文学出版社，2004年，第176页）。

② 董嘉蓉：《〈雨月物语〉中译策略与方法研究——以〈菊花之约〉、〈梦应鲤鱼〉、〈蛇性之淫〉为中心》（北京大学硕士论文，2021年）对阎译本、申译本和王译本进行了批评性的考察，肯定阎译本的同时，指出了申译本和王译本部分翻译方面的错讹，并指出了中文出典或化用部分再译成中文时出现的不当处理问题。

③ 收录于李芒、黎继德主编《日本散文精品 咏事卷》（昆明：云南人民出版社，1999年）中。

④ 王晓平：《近代中日文学交流史稿》，长沙：湖南文艺出版社，1987年。

⑤ 李树果：《日本读本小说与明清小说——中日文化交流史的透视》，天津：天津人民出版社，1998。该节中小说名译为《菊花约》《蛇性淫》，"翻案"称为"翻改"。

究成果。比如，乔光辉的《〈剪灯新话〉与〈雨月物语〉之比较——兼论"牡丹灯笼"现象》一文，主要从传播学的角度，详细梳理了《剪灯新话》在日本的传播，同时对《雨月物语》和《剪灯新话》中的相关故事的不同之处进行了比较，认为"与《剪灯新话》相比，《雨月物语》更关注个体"，"从时代背景来看，自德川幕府统治（1603）以后，日本商品经济发展，町人阶层壮大，个性解放与自由平等的呼声日渐高涨，上田秋成的宏观叙事走向微观叙事，由对客体的把握走向主体'人性'的探索。"[①]该学者的论文中虽然没有关注主张人性解放和主情主义的晚明文学思潮与上田秋成文学创作的关系，但是结论中对《雨月物语》和《剪灯新话》的不同点的总结却是独到而新鲜的。[②]张龙妹的《〈剪灯新话〉在东亚各国的不同接受——以"冥婚"为例》一文，虽然整篇论文并非以《雨月物语》为主，却从文化传播的角度，考察了"冥婚"这个题材在东亚各国的接受情况。之于《雨月物语》，她则着重考察了《吉备津之釜》和《浅茅之宿》与日本传统文学的关系，认为在这两部作品中，冥婚的怪异性仅仅是日本"传统文学"的点缀[③]，在方法论上具有重要的启迪意义的同时，对中国上田秋成文学研究者在研究中大多着眼于《雨月物语》的怪异性这一点起到了纠正作用。周以量的《比较文学视域下"雨"、"月"意象的解析——以〈雨月物语〉为例》一文，从中日两国古代诗歌中的"雨"与"月"的意象谈起，以《雨月物语》和《剪灯新话》为中心，对中日两国文学史上的有关"雨"与"月"的文学作品进行考察，认为上田秋成在接受《剪灯新话》的过程中格外关注"雨"和"月"的意象，不仅《雨月物语》的作品本身与中国文学关系密切，而且其题目中的"'雨'、'月'

---

① 乔光辉：《〈剪灯新话〉与〈雨月物语〉之比较——兼论"牡丹灯笼"现象》（收录于张伯伟编：《域外汉籍研究集刊》第三辑，北京：中华书局，2007年）。

② 其中认为上田秋成更注重微观叙事这一点，笔者认为还有待商榷。《雨月物语》是一部小说集，笔者认为其中的每一篇小说的确关注个体，注重微观叙事，但是整个《雨月物语》却是一个有机的整体，体现了上田秋成对历史走向和整个社会的宏观思考。这一点将在第一章中有所论及。

③ 张龙妹：《〈剪灯新话〉在东亚各国的不同接受——以"冥婚"为例》，《日语学习与研究》2009年第2期，第71页。

两个意象的形成和意义也与中国文学乃至中国文化紧密相关。"①这篇论文将着眼点集中在《雨月物语》的题目本身,以比较文学的方法,从一种崭新的角度考察了《雨月物语》对中国文学和文化的接受,也是近年来上田秋成文学研究中的一篇佳作。

目前有关上田秋成文学研究的学术论文中,像上述这种基于文本分析和文献考证的方法而撰写的论文,可以说还是少数派,大部分论文均流于上田秋成文学(主要是《雨月物语》)与原作的简单比较或者总结日本学者的成果,缺乏深层次的分析或独创性的考察。

在学位论文方面,现在几乎每年都有硕士论文以上田秋成文学为课题,也有以上田秋成文学或思想完成的博士论文。日本来华留学生中田妙叶的《〈雨月物语〉研究——试论日本近世叙述文学与中国文化的关联及其文学意义》②是第一部用中文写成的有关上田秋成文学的博士论文,该论文从作为时代背景的日本近世文人群体和文人意识的产生及其与中国文化的关系出发(第一章),以"《雨月物语》的主题、情节结构和中国文化的视角",对《雨月物语》中与中国文学关系较大的《吉备津之釜》《蛇性之淫》《菊花之约》和《梦应鲤鱼》和上田秋成的小说观及其和中国文学的关系进行了考察,认为"中国文学的原初形象和含义给《雨月物语》带来了意味深长的影响,即③发挥了媒介作用,又刻画了人的内心世界的多面性",指出中国文学对上田秋成的创作产生的影响的同时,认为"中国古代文化与文学推进了他的种种思维与精神"。2011年杜洋的《上田秋成思想研究》则是第一部由中国人撰写的以上田秋成思想为题的博士论文,主要考察了上田秋成的儒佛观和町人伦理思想。其中的第三章"秋成文学作品中的国学思想"以上田秋成的早期浮世草子、《雨月物语》和《春雨物语》为中心,主要通过对这几部作品的介绍和部分文本对儒教和

---

① 周以量:《比较文学视域下"雨"、"月"意象的解析——以〈雨月物语〉为例》,林精华、程巍主编:《"文化转向"与外国文学研究》,北京:北京大学出版社,2013年,第306页。

② 中田妙叶:《〈雨月物语〉研究——试论日本近世叙述文学与中国文化的关联及其文学意义》,北京大学博士论文,2003年。

③ 原文用字有误,应为既。

佛教的谈及，考察了上田秋成对儒佛的认识，认为上田秋成"充分肯定儒佛二教的本质"，另外论及了上田秋成对朝鲜的认识与本居宣长的不同之处。[1]除此之外，还有部分博士论文涉及上田秋成文学，如2009年汪俊文《日本江户时代读本小说与中国古代小说》的第四章"初期读本的高峰——雨月物语与三言、剪灯新话"从上田秋成本人的生平写起，主要对《雨月物语》与作为原典的中国小说的文本差异的比较，指出了上田秋成的翻案特色，有"基本情节案有所据""小说旨趣的脱中国化""文学意蕴的国风化""小说风调的怪异性"四种。[2]2008年勾艳军的《日本近世小说观研究》第六章主要以寓言论在日本近世的传播与发展为线索介绍了上田秋成的寓言论和发愤著书说[3]。

专著方面，除以上杜洋的《上田秋成思想研究》外，还有从语言学角度对《雨月物语》中的汉字表记问题进行考察的日文专著《中国明清小说对日本〈雨月物语〉词汇的影响》（金灵著）[4]。同样，在国内出版的日文专著还有《〈诸道听耳世间猿〉对戏剧作品的受容》（王欣著，武汉大学出版社，2014年）[5]，对上田秋成早期的文学尝试——浮世草子的创作与同时代日本戏剧（包括歌舞伎、净琉璃等）作品相互影响的关系进行了考察，将上田秋成文学置于其他文学样式的相互关系中进行考察的视角，在一定程度上纠正了国内上田秋成研究的偏颇。

从目前有关上田秋成文学的期刊论文和硕士论文的研究对象上来看，研究以《雨月物语》为主，对《春雨物语》涉及较少，而对上田秋成早期的浮世草子作品、散文作品和游记作品则几乎没有人涉及。

---

[1] 杜洋：《上田秋成思想研究》，北京大学博士论文，2011年。其后以博士论文为基础出版了国内第一部上田秋成思想研究的专著，《日本近世国学中的"异端"：基于对上田秋成思想的研究》，北京：学苑出版社，2016年。

[2] 汪俊文：《日本江户时代读本小说与中国古代小说》，上海师范大学博士论文，2009年。

[3] 勾艳军：《日本近世小说观研究》，天津师范大学博士论文，2008年。

[4] 该书由日文撰写，原题名为：『「雨月物語」の漢字表記語について—中国白話小説の影響を探る』，武汉：武汉大学出版社，2008年。

[5] 根据该书的作者后记可知，该书的主体部分为2013年度提交日本同志社大学的博士论文。

第三节 本研究的基础、方法和意义

1. 本研究的基础

上田秋成文学的研究史很长，在众多的研究成果中，笔者介绍的以上这些日本学者及部分中国学者的研究是本书展开议论的基础。除此之外，就本书展开的理论基础补充如下：

刘岸伟认为，在日本的近世，统治的原理毋庸置疑是朱子学体系。原理的崩溃意味着这个儒学体系的核心概念"理"的分解及其精神性的丧失。对朱子学的批判，即通往"理"之再生的努力、新的精神价值的摸索，在中国明代中叶和日本的江户时代初期就已经出现。太阳神论争中体现的本居宣长的神道形而上学的构筑、秋成所表现出来的彻底怀疑的精神并援引"地球之图"等西方的新知识，这些多元化的文化状况，都体现出这种摸索的一个方面，而且让人联想到阳明学以后的中国思想界。而且他指出，明末文人的思想以某种形式对江户时代的反朱子学的思想产生了影响，这一点是可以想见的。但是要进行精密的追踪和考证则面临着许多困难。①

但是中野三敏指出，在江户时代为主导思想的不是朱子学，而是阳明学左派、日本阳明学以及其变种的古学派和徂徕学派。中野三敏承认自己在写作《秋成的文学观》时急于强调上田秋成文学与阳明学左派的关系，论据不足。但是他同时指出，由于上田秋成本人并未明确提及阳明学左派，便只能通过时代的风潮进行类推，以这种时代的风潮为背景检证上田秋成的言说。②

阳明学左派在中国被当成异端，有的甚至受到处罚或遭到迫害。江户时代的儒学者都清楚这一点。在官方标榜朱子学为统治思想的江户时代，很少有儒学者或者国学者愿意承认自己曾受到阳明学左派的影响。这给从文献传播方面证明阳明学左派的影响形成了障碍。也是因为这个原因，刘

---

① 劉岸偉：『明末の文人——李卓吾　中国にとって思想とはなにか』，東京：中央公論社，1994年，第152頁。
② 中野三敏：「秋成とその時代」，『文学』，2009(1)，第148-149頁。

岸伟在90年代时仅仅将这种影响说成是"波纹",并谨慎地通过阳明学左派的思想与日本近世思想的共通性的考察,在结论中使用"让人联想到"之类的词语①。而中野三敏则继承中国思想史学者岛田虔次的观点,提倡回归江户看江户,不能以近代的眼光看江户,认为贯穿整个江户时代的思想其实是阳明学左派。

但是,中野三敏过于着急推翻朱子学中心的江户观,认为阳明学以及作为其变种的古学派所代表的反理学思想才是整个江户的主导思想,以期证明中国晚明的人性解放思潮即阳明学左派思想对日本近世文学影响之大,这里略有矫枉过正之嫌。毕竟,江户幕府为了维护自己的统治,选择了朱子学,将朱子学作为官学进行普及这件事是毋庸置疑的。而作为反理学的阳明学和古学,其影响更多是在文艺界。因此笔者认为,在讨论江户时代儒学问题时应该分为官方和民间这两个层面,否则将非常容易陷入绝对主义的错误当中。

但是,抛却过于绝对的不足,中野三敏的认识是基于对江户时代进行考察的正确认识。《江户儒学史再考》一文所表达的主要观点如下:

(1) 对荻生徂徕的反朱子学思想是否独创提出疑问。

(2) 江户时代前期的儒学者接触的最前沿的儒学思想不是已经僵化的朱子学,而是作为新兴儒学流派的阳明学及其左派的思想。

(3) 初期假名草子中所体现的三教一致思想、对异端的宽容,都是与阳明学一脉相承的。在江户时代初期,日本思想界就是以明儒阳明学的特质为基础的。

(4) 区分阳明学与朱子学的根本理念是两个学派对性、情、心的解释,是肯定"情"还是否定"情"是区分二者的关键。

(5) 伊藤仁斋的人性肯定论是批判朱子学、接近阳明学的结果。

(6) 荻生徂徕在很多方面与阳明学有共通之处,如:尊重个性主义、容忍以诸子百家为基础的异端、重视文学与史学、对俗世领域的理解等等。

---

① 劉岸偉:『明末の文人——李卓吾 中国にとって思想とはなにか』,東京:中央公論社,1994年,第152頁。

2. 本研究的方法与问题的展开

第一，本研究主要以上面提到的学者尤其是中野三敏的理论为基础，以《雨月物语》和《春雨物语》这两部上田秋成的代表作品为中心，以上田秋成的和文①、随笔和古典研究著述为旁证，探究上田秋成文学与反理学的晚明文学思潮（以阳明学左派为中心）的关系。

如前所述，由于江户幕府的统治思想为朱子学，作为异端的阳明学左派的思想是受到压制的，客观上存在着文献考证的困难，因此本书在写作过程中，除了可能的基础文献考证的方法之外，更多地使用同时代对比的方法，证明江户时代的肯定情欲的思潮与中国晚明人性解放思潮具有承继的关系或至少具有同时代性。

在这里需要澄清的一个概念是，所谓的同时代性，当然并非指中国明代与江户时代在时间上的平行，而是文化上的同时代性。众所周知，虽然江户时代建立的时候中国正值晚明，但是不久之后便出现了王朝更替，江户时代的大部分时间是与清代重合的。但是，一方面江户初期接触的最前沿的文化是晚明的文化，而且另一方面在文化的传播上，中国文化对日本的影响有一定的间隔，如受到8世纪盛唐文化影响的平安初期的唐风文化到9世纪才迎来成熟，到了10世纪来自中国文化的因子才融入日本文化当中，催生了日本所谓的国风文化的隆盛。江户时代也是一样，前期浅井了意等对明代文学的模仿性质的翻案为后来江户文化的繁荣奠定了基础，经过百余年的消化和吸收之后，明代文化才终于融入日本近世文化的血液。另一方面，日本的儒学者（朝鲜也是一样）对非汉民族建立清朝有敌视和不信任的态度，相比于同时代的清朝，江户时代的日本文艺界更多接触的是明代文人与思想家的著作。

中国的明代与日本江户时代在文化上的同时代性主要表现在以下几个方面：

---

① 所谓和文，是相对于汉文而言的，主要是指近世中后期以国学者为中心的文人中流行的一种文章样式，以前又称雅文或拟古文。

(1) 战乱后的秩序重建与朱子学统治地位的确立

唐代之后，中国经历了群雄割据的五代十国，战乱不断。经过元朝短暂的大一统，1368年朱元璋统一中国，重新建立了一个中央集权的封建王朝。为了巩固统治，朱元璋推崇程朱理学，以朱子学作为治国安邦的基础。而经历了战国时代，终于迎来和平统一的日本江户时代，为了巩固统治、保证国家的长治久安，同样将朱子学作为政府的统治思想。在统治者的层面上，明代与江户时代有着共通之处。比如作为道德范本的《六谕衍义》的传播与渗透、官方主导的孝子节妇表彰运动以及相关书籍的编撰等等，江户幕府的统治者的统治理念与施政方针几乎是明代政府的翻版。而理所当然地，这种政治上的高压与理学的僵化，同样催生了反理学与主情主义思潮的兴起。

(2) 商品经济的发展、市民阶层的兴起、出版的发展与庶民文化的繁荣

明代与江户时代的另外一个共通之处是商品经济的发展与市民阶层的兴起，因此催生了庶民文化的繁荣，文艺形式趋于多样化，而江户时代的几乎每一种文艺样式都能在明代找到它的源头。正如刘岸伟指出："大量的白话小说、戏曲、民谣、笑话和野史杂著由明末的文人学者制作、编辑与刊刻出来。这些书籍随着商船运到日本，很快便转换了形式，在读本小说、黄表纸、小咄、逸闻随笔类的作品中延续了生命。"[①]在主情主义的影响下，很多描写情欲或肯定情欲的作品被创作出来，而这种肯定情欲的思潮也随之移植到日本江户时代的文学作品中。

(3) 反理学思想、人性解放思潮与主情主义思潮的兴起

一方面，反理学的人性解放思潮或曰主情主义思潮随着文学作品影响了日本近世的文学，另一方面这些反理学的思想家的著作直接影响了日本的思想界，或曰古学派，或曰日本阳明学，或曰徂徕学派，以种种形式继承了明末思想家的反理学与肯定情欲的思潮。起源于中国晚明的人性解放思潮，对于在封建枷锁下生活了几千年的东亚来说，是新鲜而又容易让人

---

① 劉岸偉：『明末の文人——李卓吾　中国にとって思想とはなにか』，東京：中央公論社，1994年。

接受的。但是东亚视域下的阳明学（人性解放）思想的传播方面的研究较少，韩国学者崔在穆的《东亚阳明学的展开》虽然并未将古学派和徂徕学派纳入研究的视野，但是在某种程度上填补了这方面的空白。笔者在其著述中了解到朝鲜半岛曾在阳明学的影响下，也出现了许筠这样的人欲肯定论者，但是不久之后便遭遇了挫折。①中国到了清朝阳明学左派也走向没落，其肯定情欲的思想消解于礼教当中。但是在日本，肯定情欲的思潮却在江户时代得到了广泛的传播。

第二，为了证明上面所说的同时代性，广泛搜寻与上田秋成文学有关的新材料，其中包括可以证明的出典、有作为出典可能性的材料以及可供与上田秋成文学进行比较和观照的新材料。

前面先行研究中已经提到，现在的上田秋成文学研究，已经很少看到在比较文学和新出典和文献的发掘方面取得突破性的成果。这一方面是因为上田秋成文学，特别是《雨月物语》的出典研究似乎已经到了山穷水尽的地步，另一方面的原因是池泽一郎指出的"近代以后欧美中心主义影响下的汉文读解能力的劣化"。该学者指出在读本研究中"彻底广泛地搜寻并阅读为日本的读本小说提供结构和素材的白话小说或文言小说，并与读本小说进行对比的研究方法，自山口刚以后，完全依赖于几位优秀的研究者，而其他的读本研究者虽然能够通过比较文学研究的方法，从更加精密的角度进行局部的修正，但是基本上沿袭山口刚及其后学中村幸彦、麻生矶次、德田武等研究者的成果，而早早放弃了培养自己阅读白话和文言中国小说的能力，纷纷转向以文献学为中心的研究、读本与浮世草子的对比研究，或者以插画为主的研究等。"②

但是，实际上，除了《雨月物语》的中国文学出典以及比较研究已经相当深入之外，其散文及其他著述中的与中国文学相关的部分仍然没有较深入的研究。尤其是90年代以后，老一辈的学者相继离世，《上田秋成全集》（12卷）出版后上田秋成文学研究虽然走向多元化，但是却很少有在

---

① 崔在穆：『東アジア陽明学の展開』，東京：ぺりかん社，2006年，第269頁。
② 井上泰至、田中康二编：『江戸の文学史と思想史』，東京：ぺりかん社，2011年，第76—77頁。

与中国文学比较或者出典研究方面的突破。

即便是《雨月物语》，其出典并非完全没有可发掘的余地，比如在本书的第三章论及的《贫福论》，其出典方面仍存在证明的可能性，这一点将在第三章进行论述。另一方面，与中国文学的比较方面，仍有许多可以议论的空间，在本书的第一章论及上田秋成的故乡意识时，主要通过比较《菊花之约》与其原典《范巨卿鸡黍死生交》，考察上田秋成在这部作品中体现出的原作中所没有的故乡意识。而第二章则着眼于散文（和文）方面与中国文学的关系，其中有着更多可以发掘的空间，《藤篓册子》收录了两篇仿中国文学作品而作的散文，对于这两篇作品的研究还很少。而且因为《藤篓册子》的研究起步较晚，当代的日本学者更多关注与日本古典文学的继承关系，即便涉及原文亦是浅尝辄止，在与中国文献的关系方面基本上还未超越中村博保的注释[①]。但是，实际上除了上田秋成明确指出的原典之外，还有出典可寻。本书第二章对《故乡》一文进行考察时便发现，除了《送李愿归盘谷序》之外，有个词别句还出自韩愈的另外一篇赠序《送区册序》。另外，虽不能证明出典关系，但是在各章中列举的晚明反理学儒学者和小说家的言论，对于理解上田秋成文学并进一步证明上田秋成文学与晚明文学思潮的同时代性具有重要的启迪意义。

作为阳明学左派思想的延伸，并为了梳理思想的传播路径，寻找上田秋成与同时代日本思想家（主要以古学派、徂徕学派和日本阳明学派的思想为中心）的著作中与上田秋成思想的相似性，以期寻找上田秋成思想的源泉以及这些思想给他的文学创作带来的影响。

第三，联系上田秋成小说以外的著作，尤以其散文、随笔及其古典文学研究著述为中心，从整体上把握上田秋成文学的特点。

本书一共分为七章，内容简介如下（以上提到的部分不再重复）：

第一章以沟口健二的电影《雨月物语》对原作的诠释为线索，通过游记作品《秋山记》和《去年的路标》分析上田秋成的故乡意识和旅行观，并"故乡"与"旅行"为视角，重新审视《雨月物语》中的人物形象与

---

① 中村博保注《藤篓册子》收录于岩波书店新日本古典文学大系《近世歌文集》（下）（铃木淳、中村博保校注：『近世歌文集』下，東京：岩波書店，1997年）。

主题。

第二章在第一章的基础上,以上田秋成晚年的散文作品《故乡》为考察对象,以知命保身为关键词,通过与原典《送李愿归盘谷序》的比较,结合上田秋成的阅读视野中的《古文真宝后集》与韩愈谪居时的其他散文,同时通过苏轼的诗文、扬雄的《反离骚》以及朱熹、李贽、日本古学派学者等对《反离骚》的评价和他们对屈原的认识为参照,将该文置于近世东亚的思想文脉当中,联系上田秋成早年的小说和晚年的其他作品,考察《故乡》中所体现的"知命保身"思想的渊源及其形成的语境,并分析其中所体现的安分意识。

第三章主要是以《雨月物语》中的《贫福论》为中心,考察上田秋成的金钱观与中国文学、晚明思潮(主要是李贽)和同时代儒学者太宰春台及海保青陵的关系。

第四章以《㳺孝记》为中心,探讨上田秋成的孝道观与阳明学左派的关联。

第五章作为第三章的延伸,通过对《雨月物语》和《春雨物语》中的审父、渎父意识的考察,解读上田秋成对作为秩序象征的"父权"的认识。

第六章主要考察《雨月物语》和《春雨物语》中的女性形象的塑造,并通过这些作品与作为前文本的中国文学作品、浅井了意的作品和都贺庭钟的作品的比较,参照晚明的女性解放思想,考察上田秋成对女性道德与情感的思考。

第七章通过上田秋成的部分作品探讨其佛教观与阳明学作品的关联。

3. 本研究的意义

首先,对日本学界当前偏向上田秋成文学与日本古典文学的关系而偏离与中国文学比较的研究起到补充作用。与晚明文学思潮的关系(同时代性)的证明、新出典的论证,以及新材料的发掘、列示与比较,将对日本学界进一步研究两者的影响关系起到补充和启发作用。

其次,如先行研究中所述,虽然随着研究的发展,上田秋成文学研究在中国也取得了一些优秀的独创性成果,但是大部分论文为日本学者所撰论文的介绍与模仿，且多数为《雨月物语》与原典的比较。与晚明文学思潮关系的介绍和以上田秋成文学为个案进行的研究，将为中国的近世文学研究者和上田秋成文学研究者提供一个新的视角，对理解晚明中国文学和文学思潮对日本文学的影响和传播具有一定的意义。

最后，由于晚明文学思潮在中国进入清代之后消匿，而在日本江户时代的中晚期却发展壮大，成为文艺界的主流，最终在江户时代晚期引发了近代启蒙与革新。以日本江户时代中晚期的作家上田秋成为个案进行的考察，将对理解两国近代的历史走向具有启迪意义。

4. 本书涉及的主要作品及《春雨物语》的版本问题

本书除了论及《雨月物语》和《春雨物语》之外，涉及的主要作品还有早期浮世草子作品《诸道听耳世间猿》，歌文集《藤篓册子》所收散文作品《故乡》和《旌孝记》等。

《雨月物语》因为都是由一个版木印刷出来的，不存在版本选择的问题。《春雨物语》是以手抄本的形式传世，上田秋成的创作前后花了十年时间。据中村博保介绍，文化五年（1808）时上田秋成曾一度将现存的十卷十篇物语写作完毕，但是在直到去世之前那一年多的时间里，上田秋成对这些作品进行了全面的修改，现存版本不一，主要有文化五年本、富冈本、两个版本之间的一些断章（天理卷子本）、记录了上田秋成构思的天理册子本，以及草稿集《春雨草纸》。其中完成度最高的是文化五年本和富冈本，而其他本子则为断章或者记录了上田秋成的构思的本子，可作为研究上田秋成创作意图及其思想轨迹的发展的参考。学界曾一度将富冈本视为《春雨物语》的最终形态[1]，但长岛弘明根据细致的比对与考证，提出有必要考虑文化五年本晚于富冈本成立的可能性[2]，这种观点如今已经成为学界的公论。而且现存的富冈本只有五卷五篇小说，只有文化五年本具有完整的十卷十篇。由于本论文中主要议论的三篇中的两篇之《尸首

---

[1] 本段有关《春雨物语》版本情况的介绍参考中村博保的介绍，详见：中村幸彦、高田衛、中村博保校注：『英草紙・西山物語・雨月物語・春雨物語』，東京：小学館，1995年，第610-611頁。

[2] 長島弘明：『秋成研究』，東京：東京大学出版会，2000年，第181-198頁。

的笑容》和《宫木之冢》在富冈本中没有收录,而《樊哙》在富冈本中也只有上卷。天理卷子本中有《宫木之冢》和《樊哙》(下)的断章。鉴于以上原因,在客观上本书只剩下文化五年本的这个选择。在中村博保校注的小学馆新全集中,如其凡例所示,《尸首的笑容》为文化五年本,《宫木之冢》以天理卷子本为基础,由文化五年本补充完整,《樊哙》(上)为富冈本,《樊哙》(下)开头部分为天理卷子本,后面由文化五年本补充完整。①中村博保谈及如此编辑的初衷时,指出因为这些不同版本甚至是断章的存在,作为一个整体"方能形象地体现(秋成)精神活动"②。长岛弘明同样认为,无论先后顺序如何,不同的异文具有相同的价值,它们一起向我们讲述着故事文本生成的过程③。鉴于以上原因,并考虑到普通读者阅读的感受,本文中引用的《春雨物语》日文文本,仍选用由中村博保校注的小学馆新编日本古典文学全集中所收的《春雨物语》的整合文本。

---

① 中村幸彦、高田衛、中村博保校注:『英草紙・西山物語・雨月物語・春雨物語』,東京:小学館,1995年,第417頁。
② 同上书,第611页。
③ 長島弘明:『秋成研究』,東京:東京大学出版会,2000年,第197頁。

第一章

上田秋成文学中的故乡与旅行
——秩序与欲望

引言

明治维新之后,日本走上了近代化的道路,一方面对江户时代进行全盘否定,另一方面开始打着富国强兵的旗号,走上了对外侵略扩张的道路。从日俄战争、甲午中日战争到全面侵华、太平洋战争,近代之后的日本,虽然通过近代化走上了强国之路,但是却战乱不断。虽然归根结底这些战争都是因统治者的扩张野心而起,但是很多日本的普通国民也在战争中无意识地成为侵略战争的附庸。功名的欲望、金钱的欲望、远走他乡淘金的欲望,各种欲望一度让近代的很多日本国民走向癫狂。

日本战败投降之后的民主化进程中,知识分子开始对日本的侵略战争进行反思。正是在这样的历史背景下,日本著名导演沟口健二于1953年将《雨月物语》改编成电影。电影将《蛇性之淫》和《浅茅之宿》融为一篇,以丰臣秀吉与柴田胜家之间的战争为历史背景,讲述了在战争中因为不同的欲望而远走他乡的两个男人和他们的妻子的故事。源十郎是一个朴实能干的农民,他的理想是做出更多陶器,赚钱让妻子宫木和孩子过上好日子。但是,他对金钱的欲望越来越深,为了趁着战争赚取更多的利润,他决定抛下妻儿,远走他乡。另一方面,他妹妹阿滨的丈夫藤兵卫则表现出对武士身份的向往和对功名的执着。阿滨对他的欲望感到恐惧,并进行斥责与阻止:"连长矛怎么个拿法都不会,还能当什么武士?你要不安分守己好好干活,将来一定会遭殃的。"①而藤兵卫却声称"这样的穷我是受够了",执意要成为武士,在战争中提升自己的身份与地位。另一方面,源十郎的妻子宫木也对源十郎只想着赚钱的想法感到担忧:"我高兴的可不是为了一件窄袖衣,是因为你有这一番心意……说真心话,我什么也不想要,只要你在,什么钱,什么东西也不想要。"但是,女人的劝阻并未阻止男人的欲望。藤兵卫成功获得了武士的身份,并在战场上立了个小功,在军队混了个一官半职,成功地取得了他所要的地位。但是他却不知道此时妻子阿滨已经沦落为妓女。一天,当他作为一个有地位的军官到妓院寻欢作乐时,却发现对象竟然是自己的妻子。而源十郎在销售陶器的时候,遇到了一个鬼魂幻化的美女若狭,源十郎与其日日欢愉,最后在一个僧人的指点下才终于迷途知返,保住了性命。但是,当他回到家乡的时候,才知道妻子已经被乱军杀害。

　　丰臣秀吉曾经发动对朝鲜的侵略,并妄图入侵中国,让日本天皇入主紫禁城,表现出极大的侵略扩张的野心。这部电影将故事的背景设为丰臣秀吉与柴田胜家之间的战争,明显是对日本侵略战争的影射。而两个男人对金钱与地位的欲望,则影射了日本侵略战争时期的社会丑恶和人们的欲望。

　　在这样的历史背景下诞生的电影作品,结合了战后的时代背景,可以说是对战争中离开熟悉的家乡去陌生的土地寻梦的人们的一个警醒。笔者深知时代的不同,现代的电影不能成为上田秋成文学论的佐证。但是,一方面这部电影的观感给本章的写作带来了很多启发,另一方面沟口健二对

---

① 本段中文译文引自金连缘译:《残菊物语、雨月物语》,北京:中国电影出版社,1982年。

《雨月物语》的重新诠释亦是一种出色的别类"先行研究",因此仅将笔者对电影的简评作为一个引子置于章前。

在战后百废待兴的时期,沟口健二带着对侵略战争的反思,在上田秋成的《雨月物语》中发现了故乡共同体与欲望这个主题。那么,在上田秋成的《雨月物语》中,这个主题是如何体现的?对于故乡、旅行与欲望等问题,上田秋成又是怎样思考的呢?

第一节 战乱的结束与作为共同体的故乡的确立

序章中已经提到,上田秋成生活的18世纪,是江户时代经历了鼎盛之后逐渐走向衰落,幕府采取各种政策试图加强统治的时期。德川家康结束了战乱时代,开创了一个延续了两百多年的和平时代。一方面,久经战乱的日本人终于得以摆脱战乱,开始了安居乐业,恪守各人之本分,居住在稳定共同体中的和平生活。正如《雨月物语》的最后一篇《贫福论》中最后一句八字箴言"尧羹日昊,百姓归家"所说的一样,江户幕府的建立与稳定社会的持续,让战乱中流离失所的百姓终于得以归家,重新建设作为世俗共同体的家乡。一般认为,这里的"家"是指德川家康,是上田秋成为了取得出版许可而进行的对当政者违心的赞颂。但是,中村幸彦曾指出这里的"家"的意义远远不止于谐音这么简单,上田秋成毕生对于自己生于昌平盛世一事感到幸福,且在《胆大小心录》中,上田秋成曾写下"生于此治世,二百年来实在太平"之类的话语。①

另一方面,江户幕府为了加强自身的统治,以儒家思想作为统治思想。儒家历来提倡安土重迁,反对人民的自由迁徙与移动,从统治者的角度希望人民能够安于自己的土地。故乡作为最基本的社会单位和共同体,对人民的制约作用历来受到统治者的重视。江户时代经由琉球传入日本的《六谕衍义》中有六条基本原则,第三条便是和睦乡里,仅次于孝敬父母和尊敬长上。《六谕衍义》中对此条做出了解释,其内容如下:

---

① 中村幸彦:「上田秋成とその時代」,『国文学 解釈と鑑賞』(上田秋成——幻想の方法＜特集＞),1976(7),第6-14頁。其中引用的《胆大小心录》中的日文原文为:此御治世になりてぞ、二百年来実に太平なり。

圣谕第三条曰：和睦乡里。怎么是和睦乡里？凡是城市乡村，同街共社，居址相近，地土相连，都是乡里。这些人虽比不得父母，虽不尽是长上，却自祖父以来，相交不止一日。自古道，土居三十载，无有不亲人。如人远行在外，撞着本乡的人，甚是欢喜。亲厚胜如自家骨肉一般。即此看来，乡里最是要紧的。（中略）若遇水火盗贼，大家自然合力救援。果得这样乡里乡村，岂不是个太平世界。①

故乡即人们出生成长的地方，是一个互相扶助的社会共同体。这个共同体一方面代表着秩序，对人们的行为起到约束的作用，另一方面也能给人带来保护，因为这是一个相互扶助的共同体，是扩大化的家族。《六谕衍义》传入日本，室鸠巢奉幕府之命，用和文解释和翻译，是为《六谕衍义大意》。②作为当时寺子屋③的必读道德读本，在全国普及，其宣传的道德思想在日本全国的庶民之间得以广泛渗透。因此，这里着重强调的乡土意识也必然成为当时日本国民的常识。

荻生徂徕在《政谈》中也从治国的角度提出限制人们的旅行，认为只有将国民束缚在各自的土地上，才能保证国家的长治久安。

---

① 此处引自日本国文学资料馆藏古籍资料《六谕衍义》（享保六年本，荻生徂徕训点、序跋），笔者翻刻并加了标点。

② 《六谕衍义大意》虽然并非完全忠实的翻译，但是继承了《六谕衍义》和睦乡里的基本思想。上文引用所对应的《六谕衍义大意》的内容如下：凡都鄙を論ぜず。同じ郷村に住居する人は、先祖以来、常に行かよひ、互に久しく馴習ぬれば、其筋目尤忘るべからず。たとへば他国にありて、我故郷の人にあはば、いとなつかしく、親族の思ひをなすべし。是にて同じ郷村の人は、常に疎略にすべからざる事をしるべし。（中略）凡郷村にある人は、 先是等の不義を相互に吟味すべし。さて相まじはるの道をいはば、常によろこひ弔をのべ、やみわづらひを問は、定りたる事と云ながら、尤礼儀を尽し、真実の志を致すべし。水火盗賊不慮の難あり互に合力して、随分救援べし。行跡の悪き人をば、幾度も常に諫べし。賢徳ある人をば敬ひ、学問ある人をば親しみ、材芸ある人をばほめあらはし、無能なる人をば教へ誘き、争ひに及ものをばとりあつかひ、愁にしづむ人をばとひ慰め、孤児寡婦老病かたわなる人をばいたみあはれみ、困窮無力の人をば賑はし、済ふべし。しからば一郷の人おもひ合て、一家の親しみに同からん。いかで和睦せざる事やあるべき。

③ 江户时代的平民教育机构，教师一般为僧侣、神职人员、武士和医生等，教授学生读写、算术与珠算等。

三代の古も、異国の代々も、また我が国の古も、治めの根本はとかくに人を地に付くるようにする事。これ治めの根本也。人を地に付くる仕形というは、戸籍・路引の二つ也。これにて世界に紛れもの無し。

（中文译文①：不管是三代之古昔，异国之历朝历代，亦或是我国之古代，治国之根本在于让人民安着于土地，此乃治国之根本也。让人民安着于土地的形式，有户籍和路引②两种。如是，则天下无乱民。）

日本国中の人を、江戸も田舎も皆所を定めてこれはいずくの人という事を極むる仕形也。されば子孫まで永々その所に住して、当時の如く他国と混乱させず、自由に他国の人となる事を禁制する時は、日本国中の人皆所を定めて、その所の土に在り付く故、人たるものに皆頭支配ありて、はなれものというものは一人もなく、これによりてまぎれものというはかつてこれなき也。③

（中文译文：这种形式可以让日本国中之人民，不管是在江户还是在乡下，都居有定所，知其为何方之人。如此，则子孙代代居于其地，不像当时与他国混乱往来，禁止人民擅自行走他国、成为他国之人。此时，日本国中之人均居有定所，安于其处，人皆有头领统治，无一人离叛。如是，则绝无乱民。）

在上面一段引文中，荻生徂徕甚至提出具体的方法——制定户籍制度，将社会上没有归属的闲散人员——即所谓的"乱民"视为妨碍社会稳定的危险因素。当然荻生徂徕与朱子学者不同，他肯定发自人类自然本性的"情"与"欲望"，但是也正是因为他认识到任由人的欲望发展会带来严重的社会后果，导致社会陷入混乱，才提出这样的政策。

从现代人的角度来看，这种政策限制人们的自由，有其思想上的局

---

① 本书中的所有中文译文除单独注明外均为笔者翻译，以下不再一一标注。
② 据《辞源》解释为："路人通行的凭证"。路引证明旅行之人的身份和通关许可，这种做法起源于中国的明代，江户幕府仿效。
③ 此处引自辻達也校注：『政談』，東京：岩波書店，1987年。

限性。但是这种限制人口流动，主张国民安居乐业、安分生产的政策，对于保证社会的稳定来说却有着积极的意义。尤其联想到日本军国主义统治时期的政策和当时一部分日本国民蠢动的欲望，不得不说的是，相比较而言江户时代的封建政策有一定的积极意义。也正是因为这个原因，第二次世界大战之后出现了重新肯定江户时代的思潮，50年代到70年代期间，山冈庄八的《德川家康》（26卷本）持续热销也正是这个原因。在山冈庄八的笔下，德川家康不再是明治时代以来的那种被丑化的形象，而是一个热爱和平和关注民间疾苦的明君形象。在这部作品中，德川家康为了结束战乱，缔造一个和平的时代而不遗余力。可以说在山冈庄八的笔下，热衷于对外侵略扩张的丰臣秀吉是战时日本政府的缩影，而德川家康致力于国家的建设与和平稳定，则无疑是战后日本人民的祈愿。

　　小说家山冈庄八基于对历史的考察，结合战后的时代背景，塑造出渴望和平并致力于缔造一个和平时代的明君德川家康。虽然小说含有一定的虚构成分，但是有一点是可以肯定的：到了江户时代之后，随着幕府统治的巩固，社会逐渐繁荣稳定，虽然到了江户时代中晚期种种社会问题也开始凸显出来，但是这个和平的时代一直持续了两百多年，社会经济和文化都达到了空前的繁荣。而社会稳定的持续在很大程度上则归功于儒家伦理道德的渗透。

　　冲绳出身的学者东恩纳宽惇的《六谕衍义传》出版于日本对外侵略扩张走向尾声的1943年。他在该书中肯定了《六谕衍义》对于乡土教育和乡邻互助的规定的积极意义。"我国的教育，明治维新之后受到西方的很大影响，以从封建旧习转向个性解放为急务，以自主独立为指标。因此，社会生活得到改善或改造，在物质生活方面取得了前所未有的发展。但是，在其反面，各人主要关注各自的经营，为了追逐职业的便利辗转移动，因此产生轻家离乡之风气，高筑与邻家的墙壁，与邻家无寒暄相问，如同陌生之路人。恒产已成而无恒心，傲慢且不愿劳烦他人，自他均将邻保互助之精神当做多管闲事。"①

　　就像以上所说的这样，在江户时代，由于稳定社会的持续，经历了

---

① 東恩納寬惇：『六諭衍義伝』，東京：文一路社，1943年，第3頁。

战乱的人们逐渐开始了安居乐业的生活，而在政府主导的儒家思想的教化下，带有儒家元素的乡土观念逐渐渗透到人们的深层意识当中。但是另一方面，随着交通设施的不断完善和人们生活水平的提高，作为消遣的旅游也逐渐增多起来。尤其是以芭蕉为代表的文人墨客对旅游的鼓吹，更是让旅游在追求风雅的年轻人中间成为一种时尚。如果说安于土地，本分从事生产是"理"，那么出外旅游则是摆脱束缚，代表着一种对自由的向往，是一种发自人内心的"情"，而将这种旅行不加约束地付诸行动则是"欲"。在这种回归故乡、维持秩序的"理"，摆脱束缚、向往自由的"情"和放荡不羁的"欲望"之间，上田秋成也有着自己的思考。

以下将通过对上田秋成的游记《秋山记》和《去年的路标》以及《雨月物语》中的人物形象的考察，分析上田秋成对故乡、旅行和战乱的思考，并以之为观照，考察他对情理欲的认识。

第二节　从《去年的路标》看上田秋成的旅行观

1. 对芭蕉及其追随者的批判

上田秋成的一生中，有两个人是他最不喜欢的，除了与他生于同一个时代并曾有过诸多辩论的本居宣长之外，另外一个就是江户时代前期著名俳谐师（诗人）松尾芭蕉。上田秋成在他的作品中不止一次对芭蕉和他的追随者进行了批判与讽刺。当然，上田秋成批判的并不是芭蕉的艺术成就，而是他"人在旅途"的生活方式。正如芭蕉在《奥州小道》的开头所写，"日日行旅以旅途为家""古人多死于旅途""随风漂泊"[①]，芭蕉的一生是行旅的一生，并因此写下了很多脍炙人口的游记名篇。

芭蕉出生于伊贺国，父亲的身份为"无足人"，即享受乡士待遇的上层农民。但是，他通过努力，开创了"蕉风俳谐"，被后人尊为俳圣。云英末雄对芭蕉做出如此评价：芭蕉是一个追求"风雅之诚"、生于旅途并

---

① 日文原文分别为：「日々旅にして、旅を栖とす」、「古人も多く旅に死せるあり」、「片雲の風にさそはれて、漂泊の思ひやまず」。

在旅途中发现人生真谛的漂泊的诗人。①

芭蕉的身份介于农民和乡士之间，一方面他是属于农村共同体的农民，另一方面他又是属于城市共同体的乡士。但是，换个角度来说，他又两者都不是，是一个边缘的存在。因此松田修认为，松尾一家是"与乡村共同体和城市共同体都绝缘的一种流民、外人"，或者用荻生徂徕的话来说就是"纷乱之人"，是"失去故乡"的那一类人。因此，失去故乡的芭蕉始终自称旅人，而所谓的旅人便是"从生计与生活的源泉中脱离出来的人、与土地和共同体绝缘的人、被诅咒的人"②。

根据以上这些对芭蕉的表述，便不难看出合理主义者上田秋成不喜欢芭蕉的原因：脱离作为共同体的故乡与脱离作为本分的生产、追求于物质生产无益的风雅、不安分。芭蕉去世之后人气与日俱增，到了上田秋成生活的那个时代，整个日本更是掀起了一股近乎个人崇拜的芭蕉热。安永二年（1773），上田秋成40岁的时候，芭蕉去世80周年；天明三年（1783）上田秋成50岁时，芭蕉去世90周年；宽正五年（1793）上田秋成60岁时，芭蕉去世100周年。每隔十年，都举行盛大的纪念活动，并"于天明三年和宽正五年，芭蕉热达到了前所未有的程度"③。许多年轻的"文艺青年"追随芭蕉的足迹，寻访与芭蕉相关的名胜古迹，尤其芭蕉的代表作《奥州小道》的路线最受欢迎。上田秋成经常在自己的著作中对芭蕉的这些追随者进行讥讽与嘲弄，批判他们的浅薄与不务正业。

在芭蕉去世一百周年纪念的前两年，上田秋成写成小说集《癎癖谈》。其中里面有一个故事，指出俳谐和赌博一样是不务正业的"徒事"。在《胆大小心录》中，上田秋成也辛辣地指出"反观俳谐，如贞德、宗因、桃青，皆为要嘴皮子功夫之人。"④

---

① 雲英末雄、高橋治：『松尾芭蕉』，東京：新潮社，1990年，第101頁。
② 加藤楸邨編：『芭蕉の本　第2巻　詩人の生涯』，東京：角川書店，1970年，第75頁。
③ 同上书，第158页。
④ 日文原文为：はいかいをかへりみれば、貞徳も、宗因も、桃青も、口まへのみの者とも也。

2.《去年的路标》——欲望的压抑与抉择

如果说以上仅止于对俳谐师的批判，那么他的纪行文《去年的路标》则将矛头直接指向了芭蕉"以旅途为家"的生活方式。

《去年的路标》写于安永九年（1780）。明和五年（1768），《雨月物语》初稿完成，而正式出版却是在8年后的安永五年（1776）。在此期间，明和八年（1771），因为一场大火，上田秋成失去了养父传下来的家业。上田家遭遇火灾破产前后的情况虽然无据可考，但是中村博保认为应该很容易推测出其中的一个原因，那就是上田秋成未能用心致力于家业的经营。[①]为了生计，他开始随儒医和读本小说作家都贺庭钟学习医学，并于安永二年（1773）开始行医，安永五年（1776）移居大阪尼崎，并于安永八年（1779）改建了自己在淡路町的家。

笔者在此列举以上年份是为了说明《雨月物语》的成书背景，关于从初稿完成到出版的这8年间《雨月物语》是否有过改动的问题，中村博保承袭重友毅和中村幸彦的观点，认为上田秋成对《雨月物语》的初稿进行了推敲。[②]《雨月物语》成书的这个时期，是上田秋成经历了人生的巨大动荡并终于走向稳定的时期，没有人比他更知道这种稳定生活的来之不易，而这也让年轻"狂荡"的他在思想上发生了很大的改变。因此不难推测出这种思想上的改变给《雨月物语》的最终成稿带来了影响。晚年的上田秋成曾在《胆大小心录》中回忆了这一时期的自己。

> 翁商戸の出身、放蕩者ゆへ、家財をつみかねたに、三十八歳の時に、火にかゝりて破産した後は、なんにもしつた事がない故、医者

---

① 中村幸彦、高田衛、中村博保校注：『英草紙・西山物語・雨月物語・春雨物語』，東京：小学館，1995年，第582頁。

② 中村幸彦、高田衛、中村博保校注：『英草紙・西山物語・雨月物語・春雨物語』，東京：小学館，1995年。这个解说由三人分别完成，写作上田秋成人物介绍部分的中村博保和写作《雨月物语》介绍部分的高田卫就这一点意见相左。分别见于该书第583页与第600页。高田卫在「評伝・上田秋成」（『国文学 解釈と鑑賞』（上田秋成——幻想的方法＜特集＞），1976（7），第144頁。）也曾提到这个争议。此处笔者同意中村幸彦和中村博保的观点。

を先学びかけたが、村居して、先病をたんさくに見習ふた事じゃあった。四十二で城市へかへりて、業をひらいたが、不学不術のはつの事故、人の用いぬ事はしつてゐる故、ただ医は意じゃとこゝろへて、心切をつくす趣向がついて、合点のゆかぬ症と思へば、たのまぬに日に二三べんも見にいた事じゃ。いやいやと思へば、外の医士へ転じさせても、相かわらず日々見まふた事じゃ故、病人もよろこぶ、家族もとかくうけがよかつたで、四十七の冬、家を買てさっぱり建直して、四十八の春うつった。

（中文译文：翁本商户出身，年轻时放荡，不善经营积累家财。于三十八岁时，遭遇火灾破产后，又无一技之长，遂开始学医，住在乡下，学习医病的方法。四十二岁时回到城市，开业行医。因不学无术，只学得别人用过的方法，且唯独理解"医者意也"这句话，为病人尽心尽力。若病症非我所熟悉的，即便并非约诊之日，每天去看两三次。若觉得自己医不了，则介绍别的先生，且依然每日探视，病人亦十分高兴，也受到其家人的欢迎。四十七岁那年冬天，购得一块宅地，重建家园，迎来四十八岁的春天。）

从上面可以看出，上田秋成认为自己之所以遭遇大火荡尽家产是因为自己年轻放荡，经营不用心。而大火之后，他开始学医，而且在作为医生开业之后，对于这个新的事业，他表现出不同于以往的勤奋与精心（至少在他自己看来是这样的），并取得了小小的成就感，"病人高兴，在其家人中也受欢迎"。他似乎终于鼓足了重振家业的干劲，买下宅子重建了自己的"家"。上田秋成在回忆中特意提到这一段往事，可见这一时期对于他一生的重要性，亦可以看出上田秋成在这段时期的心境，诚如稻田笃信所说，经历了一场大火之后，上田秋成对于建造一个稳定的居处"家"，有着一种"近似于执着的意愿"。①

就是在这样一个时期，上田秋成于安永八年（1779）将养母独自留在家中，带着自己的妻子，去温泉疗养。同年，上田秋成写成纪行文《秋山

---

① 稻田笃信：「秋成のつづら箱——狂蕩と安分」，『人文学報』（稻田笃信教授退官記念号），2012（3），第69頁。

记》①，第二年又仿照上岛鬼贯的空想游记《禁足之旅记》②写了一篇回忆性质的游记，就是《去年的路标》。所谓空想游记，依鬼贯的《禁足之旅记》来说，是指作者根据自己以往的旅游经验，空想一次新的旅游，并将其记录下来的作品。在《去年的路标》中，上田秋成写到自己写作这篇回忆性游记的原因，提到了鬼贯的事亲至孝一事对自己的触动。

  むかし、鬼貫といふ人有りけり。何わざして世を過せし人にやありけん。其人の書捨しものを見れば<u>老いたる親によくつかへる人</u>とぞ見えたれ。
  （中文译文：以前，有一位叫做鬼贯的人。他是一个怎样的人呢？读其写下的文字可知，似乎是一位<u>侍老亲至孝之人</u>。）

上田秋成从什么地方感受到鬼贯的孝心呢？鬼贯在《禁足之旅记》中写到自己之所以空想一次旅游并将这次空想写成游记的起因。

  鬱寥たる秋の中々吾妻のかたにたびしたけれど、<u>用なきに身を遠く遊ぶ事</u>、暫老親のためにおもければ、こしかた見つくしたる所々居ながら再廻のまなこをおよぼし、日々心ばかりを脱けてゆかば、我願ひも叶たり。<u>不孝にもあらずとおもひ立ぬ</u>。③
  （中文译文：我曾在萧瑟的冷秋去关东旅游。但如今家有老父需要照顾，无事闲游之愿终不能实现。可是，若在家中回忆曾经游览过的名胜古迹，每日只任由心神离开身体出游，则亦能实现夙愿，又非不孝之举动，<u>遂下了决心</u>。）

从上面的引文可以看出，鬼贯认为，舍下父亲自己在家，出去进行一次"没有用处"的旅行是不孝的。但是，平日里又难以抑制自己内心出行的愿望。他在尽孝与旅行之间权衡，选择了进行一次空想的旅游。

---

① 收录于《藤篓册子》中。
② 上岛鬼贯（1661—1738），江户中期的俳谐师，代表作有《独言》《犬居士》。《禁足之旅记》是鬼贯根据自己以前从大阪前往江户旅行的实际经验写成的一篇空想游记，收录于《犬居士》中。
③ 文本引自復本一郎校注：『鬼貫句選・独ごと』，東京：岩波書店，2010年。

孝是"理",而旅行则是人人都会有的欲望。人们往往会因为"理"而感到一种压抑和束缚,试图摆脱压抑和束缚是人性自然的体现。如阳明学左派的学者一样,上田秋成反对"理"对人的束缚,但是他却不反对有情的"理",养父母对自己的养育之恩,是上田秋成一直念念不忘的。这种情,让他总是倾向于对"理"和家庭的回归,而不是任由自己内心欲望的发展,任由自己摆脱故乡、家庭和产业。关于这一点,在第四章考察其孝道思想的时候还会详述,在此仅仅指出一点,那就是故乡和家对于上田秋成来说,和"理"以及作为封建秩序的象征的"父权"是一样的,一方面让他感到束缚和压抑,另一方面也给他带来一种心安的感觉。在权衡之中,他选择的是心安,而不是没有拘束的自由。这正是鬼贯的说法给他带来触动和影响的地方。对于鬼贯来说,首先旅行的目的要有实用性,不能影响到家业的经营,其次是不能与对父母的尽孝产生冲突。上田秋成同样有着这样的旅行观。

上田秋成在《秋山记》中对于自己的旅行是这样写的:

あきの山見にとにはあらで、此三とせかほど、足びきのやまひにかゝづろうて、世のわたらひも何もはかばかしからぬ。かゝるを、昔は、但馬の城の崎のゐで湯にしるし見しかば、こたびもまたおぼしたてるを、しりに立てくる人も、としごろふかうそみしことあれば、ともにとて、はゝそ葉のおほせのまゝにめしつるゝなりけり。

(中文译文:并非为了游览秋山,只因这三年来,患有足疾,工作不甚顺利。以前曾去但马城崎温泉疗治,因颇见疗效,此次亦欲前往,妻子亦早心仪之,母亲建议一起前往,于是听从母亲的建议,我二人便启程了。)

上面叙述中的两个划线处是值得注意的。上田秋成通过上文强调的是自己这次出行有两个原因,一方面是因为患病而导致自己无法正常工作(这里是指行医),另一方面则是母亲的催促。他这次旅行的目的始终是为了疗养,而疗养的目的并非是为了游山玩水和附庸风雅,而是为了回来好好工作。实用性和母亲的许可是上田秋成旅行的两个基本必要条件。当然,前面也已经提到,上田秋成对养母的顾虑绝不是因为"理"的强制性，而是出于一种发自内心的情感，即对养母的感恩。

在《秋山记》中，上田秋成多次表达了自己对母亲的牵挂。为了能够按时回家，他为自己的旅行制定了周密的计划，中途不会轻易变更路线，思归之情溢于言表。到城崎的第九天，因为连续阴雨，上田秋成便已萌生归意，他问妻子今天是第几日，妻子告诉他今天已经是第九夜第十日。夫妻二人之间的寥寥数语，表达了上田秋成在旅途中的孤寂与思乡，接下来又提及对养母的挂念，这样写道：

　　673　いを寐ねは夢てふものも夜がれしてたよりほど故さとの空はゝそ葉のいかにさふさふしくてやおはすらん、かう<u>捨奉りて来ぬる罪かしこし</u>

　　（中文译文：浅眠梦易断，家书久未传，遥望故乡的天空。母亲该多么寂寞啊。如此扔下母亲独自在家，真是罪过。）

在第673首和歌中，浅睡与梦断体现了作者旅途中的"不安心"，而"故乡的天空"则体现了作者对故乡的思念。虽然这次出行是在养母的催促下进行的，但是上田秋成依然感到一种罪责。在归途中，当他来到养父的出生地黑井附近的时候，原本想要顺便去拜访一下，但是却又想到母亲在家等着自己回去，于是作罢。

　　右手の山にそひて、煙のたつがにぎはしく見ゆるをとへば、氷上の黒井といふ。この聞ゆる郷は、おやおほ父達の住たまひし古さとゝ、かねて聞きしものから、かゝるつい手につけて尋ゆかましを、<u>母刀自のいかに待わびたまふらんとおもひ棄て</u>、こくりやうの坂道にかゝる。

　　（中文译文：右手边的大山，烟雾缭绕，向路人打听，知是冰上黑井。我早就听说，这一闻名于世的乡里乃父祖居住过的故乡，原本意欲顺道去看一看，但念及母亲在家孤独等候，遂踏上国领的坡道。）

虽然上田秋成反对儒家道德的强加，但是从上田秋成的这篇游记中却可以看出，他其实在忠实地践行着一条儒家的理念，那就是"父母在，不远游，游必有方"。这也是上岛鬼贯的空想游记给上田秋成带来巨大触动的原因。在《去年的路标》中，上田秋成赞赏了上岛鬼贯的选择，并在后半部分对"以旅途为家"而且"游而无方"的芭蕉和他的追随者们进行了批判。

《去年的路标》后半部分写到自己在旅途中遇到一个旅行者。这位旅行者是芭蕉的追随者和疯狂崇拜者。当上田秋成问他要去什么地方修行时，对方回答自己只是"将身交予云水，亦非只为拜佛以求来世，实为侵染风月，陶冶心灵，寻访我翁之足迹。"①

上田秋成的问题说明了他对旅行的一贯认识，那就是目的明确且有实用性，但是这位旅行者却声称自己的旅行只是随着白云和流水，没有固定的方向，别说是为现世的日常之用，连佛家为后世的安稳祈福他都不屑一顾。他的旅行只是为了追求风雅，陶冶心灵，为了追寻芭蕉的足迹。而这种不务正业的"风流之心"一向是上田秋成所鄙夷和摒弃的。因此，上田秋成在接下来的叙述中对这位旅行者表示出了不屑，并阐述了自己对芭蕉的认识。

> 寔やかの翁といふ者、湖上の茅擔、深川の蕉窓、所さだめず住なして、西行宗祇の昔をとなへ檜の木笠竹の杖に世をうかれあるきし人也とや。いともこころ得ね。彼古しへの人々は、保元寿永のみだれ打つづきて、宝祚も今やいづ方に奪ひもて行らんと思へば、そこと定めて住つかぬもことわり感ぜらるる也。（中略）八州の外行浪も風吹たたず、四つの民草おのれおのれが業をおさめて、何くか定めて住つくべきを、僧俗いづれともなき人の、かく事触て狂ひあるくなん。誠に尭年鼓腹のあまりといへ共、ゆめゆめ学ふまじき人の有様也とぞおもふ。
>
> （中文译文：呜呼，此处谓之翁者，乃号称居无定所，谓湖上之茅擔，深川之蕉窓，倡导学习西行宗祇之古昔，戴一顶桧木斗笠，拄一根竹杖，四处漂泊游荡之人也。其行为令人无法理解。彼古代之

---

① 日文原文为：身は雲水にまかせたれど、仏菩さつに後の世の事のみ打頼めるにあらず、風月にふかく心を染みて、我翁おちこと尋ねあるくなるはと云ふ。

人,自宝元寿永之乱后,战乱持续,今日不知明日将是何人掌权,人们居无定所,尚可以理解。(中略)但如今,八州之外,风平浪静,四民各有其业,应各自居于定所。非僧非俗之人,却如此胡乱走动。诚为尧年鼓腹之余,断为不可学之人也。)

这段话是各家剖析上田秋成的芭蕉观时常引用的一段话。上田秋成将生于乱世的西行和宗祇与生于盛世的芭蕉进行了对比。西行和宗祇因为生于乱世而居无定所,不得不走向旅途。芭蕉却生于盛世。他所在的元禄时代正是江户时代最为鼎盛的时期,四民安居乐业,各守其分从事本分的生产。但是芭蕉却在这样的盛世漂泊于外,以旅途为家。因此,上田秋成认为他实在是一个"不值得学习的人"。高田卫对这一段有精辟的总结,那就是"芭蕉生于一个元禄这个社会安定的时代,却漂泊放浪。秋成强烈批判了芭蕉的这种时代错误。"

松田修曾经指出,对于芭蕉来说,故乡并非唯一性、一次性和绝对性的。[①]他失去了故乡,却将很多暂居的地方都称为自己的故乡。但是,上田秋成心中的故乡只有一个,那就是他出生和成长的大阪。大阪对于上田秋成来说是他唯一的和绝对的故乡,让他始终难以忘怀。晚年的他即便在京都住了多年,但是他却从来没有把这个暂居的地方当做自己的故乡。

在《故乡》一文中提到,即便故乡穷陋,人也多不风雅有趣,但是却是一个温暖的地方。而他乡则代表孤独与无助,因为没有人可以交流。因此,在旅途中遇到故乡之人的时候,上田秋成表现出极大的欣喜。《秋山记》中这样写道:"此处亦有故乡之人来访,顿觉忘却了旅愁。"[②]通过《去年的路标》可以知道,这里的故乡人是大阪伊丹的俳人义竹。"他乡遇故知",给旅途寂寞和思乡的上田秋成带来了很大的安慰,甚至让他暂时忘掉了旅愁。

上田秋成的旅行与芭蕉及芭蕉的追随者们所谓的追求风雅和文艺修

---

① 加藤楸邨编:『芭蕉の本 第2卷 詩人の生涯』,東京:角川書店,1970年,第72頁。

② 日文原文为:故さと人もここに在りて、とふらひ来たるにぞ、旅ごこちすこしわするるやうなり。

行有很大的不同。这次旅行对于上田秋成来说始终是一次以疗养为目的的实用性的旅行。但是这次旅行必定给上田秋成带来了精神上的愉悦，竟因此对一次旅行写了两篇游记。定居与群居的生活让人感到安心，但是同时心灵也会被日常的琐碎束缚，会不由得想要摆脱安稳的日常，这便是人们自己都无法控制的人性。上田秋成也是一样。他一方面主张人们应该安居乐业，但是另一方面在定居之后却又控制不住想要摆脱日常琐碎的自由之心。中村幸彦将前者称为"实事"，即安居乐业从事生产，将后者称为"徒心"，即追求风雅、享乐和自由之心。这次旅行给上田秋成带来的精神上的解脱和愉悦必定是难忘的，但是同时刚刚进入人生稳定期的他也从中感受到了一种威胁。这是他在第二篇回忆性的游记《去年的路标》中之所以痛斥芭蕉的原因。芭蕉的漂泊之心正是上田秋成内心另一面的写照。最终，在他的内心中前者战胜了后者，第二年他没有出游，却写了这样一篇带有批判性质的游记，表面上是对芭蕉的批判，实际上亦可以说是对自己的一种警示。

第三节　《雨月物语》中离乡人的处境和命运

1. 崇德院的怨恨与他的思乡之情

《雨月物语》的第一篇是《白峰》。西行到白峰的崇德院的陵墓拜谒时，遇到了崇德院的亡灵。崇德院的父亲鸟羽院去世后，围绕皇位继承的问题，崇德院与其同父异母的弟弟后白河天皇（即小说中提到的雅仁）产生了激烈的矛盾，最终兵戈相向，历史上称为保元之乱。因发动保元之乱并在兵变中失败而被流放的崇德院向西行历数父亲鸟羽院和政敌的罪过，与西行就王道与霸道进行了一番争论，极力证明自己发动政变的正当性。在争论中，西行逐渐占据上风，而崇德院也逐渐开始承认自己内心的私欲。这时，崇德院向西行坦陈自己在流放地的孤寂以及思乡之情。

> 院長嘘をつがせ給ひ、「今、事を正して罪をとふ。ことわりなきにあらず。されどいかにせん。この島に謫れて、高遠が松山の家に囲められ、日に三たびの御膳すゝむるよりは、まいりつかふる者も

なし。只天とぶ雁の小夜の枕におとづるゝを聞けば、都にや行らんとなつかしく、暁の千鳥の洲崎にさわぐも、心をくだく種となる。烏の頭は白くなるとも、都には還るべき期もあらねば、定て海畔の鬼とならんずらん。ひたすら後世のためにとて、五部の大乗経をうつしてけるが、貝鐘の音も聞えぬ荒磯にとゞめんもかなし。①

（中文译文：爱卿如今正是非，问罪于朕，所言并非没有道理。但朕又有何办法？自从朕遭人流放此地，便深居于松山的高远府邸之内，除了送一日三餐之人，没有一人肯来拜谒。只有空中飞翔的鸿雁发出叫声，深夜传到朕的枕边。朕常常心想，那鸿雁该不是飞往京城吧？于是心中升起思念之情。拂晓时分，海滨海鸟的聒噪，亦令朕闻之心碎。乌发变成白头，朕依然没有返乡之期，注定化为海边之孤魂野鬼。于是，朕终日抄写五部大藏经，但为来世祈祷。可这连海螺声和钟声都听不到的偏僻渔村，连一个寺院都没有，留下这种东西，也是可悲的徒劳。）

他将自己抄写的经文连同一首表达思乡之情的和歌一起，送到京都的寺院。但是，后白河天皇的权臣藤原信西却认为这封饱含思乡之情的和歌与经文是对新帝的诅咒，将和歌与经文送还孤岛。因此，他的愿望最终没有实现，因此而生出的怨念也终究没有因为他与西行的辩论而消解。所有的"理"在人们内心的怨念（情与欲）面前，都不再产生任何约束力。这时，"理"的力量让位于发自内心的怨念。正如小说中他的预言，"尔等有所不知。近来凡间之乱皆为朕之所为。朕在世之日即已志于魔道，发动平治之乱，死后继续作祟朝廷。你等着瞧吧，朕马上就会让天下陷入大乱。"他发动的保元和平治之乱以及他的怨念将日本的历史推向了一个一发而不可收拾的战乱时代。

《雨月物语》虽然是由短篇小说组成的小说集，但是故事的前后顺序却可以说是作者有意排列的。《白峰》中的主人公崇德院的亡灵将日本推

---

① 中村幸彦、高田衛、中村博保校注：『英草紙・西山物語・雨月物語・春雨物語』，東京：小学館，1995年，第582頁。以下对《雨月物语》《春雨物语》的引用，均引自本书，不再一一标注。

向了战乱,紧接着作者在《浅茅之宿》和《菊花之约》中描述了战乱时代的人们的爱情、友情、事业以及功名。以《梦应鲤鱼》为界,后半部分的《佛法僧》《吉备津之釜》《蛇性之淫》则没有对战争本身的描述,虽然时代设定比较模糊,但是故事的主人公与前几篇作品中流离失所的主人公不同,他们过着安居乐业的生活,因此可以断定这三篇是以和平时代为背景的,或者可以说是上田秋成本人生活的近世。这些短篇有机排列起来,组成了一幅从战国到近世推移的历史绘卷,表现了作者上田秋成在写作《雨月物语》时着眼于对历史和社会推移的宏观思考,通过对不同时期的个体的思考,展现日本历史发展的轨迹,同时探讨秩序与情欲纠葛的人类世界,而非简单地着眼于怪异的书写。

战乱时代,人们流离失所。和平时代,人们安居乐业。不管是在哪个国家,在什么样的时代,对于习惯群居生活的人类来说,故乡都是一个重要的场所,是一个互相扶助的共同体,而在儒家的传统伦理中,对故乡这个共同体则尤为重视。但是不管是在战乱时代还是在和平时代,人们都会因为各种原因或主动或被动地离开自己的故乡。《菊花之约》中的宗右卫门为君卖命而流落异乡、《浅茅之宿》的主人公胜四郎为了重振家业离开家乡、《佛法僧》中那对闲游的父子、《吉备津之釜》中与情人阿袖私奔的正太郎、《蛇性之淫》中去他乡散心并在他乡与自己曾经心仪的女子真女子享受生活的丰雄,《雨月物语》中的几乎每一篇小说,都涉及离乡的登场人物。

上田秋成在《去年的路标》中曾经批判芭蕉,认为他生于和平时代却效仿生于乱世的西行,四处漂泊而居无定所,是没有正确认识自己所处的时代。而他的这种生于和平时代便应安于故乡的合理主义思想其实在写作《雨月物语》时便已露出端倪。本节以《雨月物语》中离开故乡的人物为主线,并以战争时代和平时代为标准将这些人物分为两种,考察上田秋成对故乡、安分和旅行的认识,以及在上田秋成文学中故乡共同体之于个人的双重意义。

2. 战乱时代的故乡与旅行——以《菊花之约》和《浅茅之宿》为例

《菊花之约》虽然是根据中国的白话小说《范巨卿鸡黍死生交》(以

下称《死生交》）改编的一个虚构的故事，故事中也没有特别指出故事发生的时代，但是却涉及真实的日本历史人物和事件，即战国时代的武将尼子经久①和他在历史上的崛起。主人公宗右卫门离开富田城期间，尼子经久夺回了富田城。而据历史记载，尼子经久夺回富田城的时间是1486年②，因此可以断定这个故事发生于15世纪末期。15世纪末，室町幕府式微，诸侯割据一方，互相争夺地盘与权力，战乱不断，直到丰臣秀吉完成暂时的统一，日本历史上将这段时期称为战国时代。而《菊花之约》的故事正是发生于这个民不聊生的战国时代的初期。

《浅茅之宿》同样是一个以真实的历史事件——享德之乱为时代背景的故事。足利成氏与上杉宪忠的矛盾越来越深，1454年12月，成氏将宪忠招到镰仓西御门邸将其暗杀，在接下来的几年时间里，上杉军和成氏的军队之间战争不断，关东地区提前进入了战国时代，史称享德之乱。③

这两个故事都以日本历史上最为混乱的战国时代为时代背景，讲述了真实历史背景下的众生相。《菊花之约》将叙事的视角聚焦在有稳定居处且甘于清贫、甘居素位的儒生左门身上，以他为中心讲述了他与流落他乡的宗右卫门的相遇与相知，而《浅茅之宿》则将叙事的视角聚焦在离开故乡的胜四郎身上，讲述了他与妻子的分离与阴阳两隔的经历。可以说这两篇作品通过这两种不同的叙事视角为读者呈现出一个全方位的战国景象。

《菊花之约》的故事如下：

左门是播磨国的一位清贫且不得志的儒生，安于故乡，以诗书为伴。一日，他遇到旅途中患病的宗右卫门。这个宗右卫门出生于出云国的松江，因"略懂兵书"，被富田城的守护代官盐冶扫部介招为军师。一次，宗右卫门奉命作为密使前往近江的佐佐木氏纲家中。其间，富田城原来的城主尼子经久率领山中党于大年夜对富田城进行了突袭，守护代官盐冶扫部介战死。富田城原为尼子经久的居城，佐佐木氏纲曾一度夺得，派盐冶

---

① 尼子经久（1458—1541），日本战国时代的武将，16世纪以后将势力范围扩张到山阴诸国，并入侵山阳道诸国，先后与大内氏和毛利氏对立。
② 池上裕子：『戦国の群像』，東京：集英社，1992年，第79頁。
③ 今谷明：『日本国王と土民』，東京：集英社，1992年，第221頁。

作为守护代守护富田城。佐佐木氏纲是一个外勇而内怯的愚将，富田城被尼子经久夺得之后，他不但不出兵相救，反而将宗右卫门留在近江。宗右卫门不愿在"无因由之地久留"①，便伺机脱身，踏上了返回故国的旅途。正是在回乡的路上，宗右卫门患上了"邪热"，几乎丧命，幸亏遇到隐居的左门。在左门的精心照顾和诊治下，宗右卫门终于康复。二人结为兄弟，宗右卫门因"父母双亡已久"，便认左门之母为自己的母亲。但是，宗右卫门依然挂念故国，遂决定暂别左门母子，去云州看一下动静，与左门约定"重阳日便是归期"。当他回到云州之后，却发现国人大多已经臣服于尼子经久的麾下，无一人顾念盐冶的旧恩，于是宗右卫门便萌生归意，与左门母子团聚。但是尼子经久却听从丹治的建议，将宗右卫门囚禁。重阳之日为约定的再会之期，宗右卫门为了遵守约定，自杀殒身，以魂魄日行千里，终与左门再聚，履行了自己与左门的约定。

小说的开头部分围绕主人公左门的生活环境，进行了如下叙述：

> 播磨の国加古の駅に丈部左門といふ博士あり。（中略）其の季女②なるものは同じ里の佐用氏に養はる。此の佐用が家は頗富さかえて有りけるが、丈部母子の賢きを慕ひ、娘子を娶りて親族となり、屢事に托て物を餉るといへども、「口腹の為に人を累さんや」とて、敢て承ることなし。

> （中文译文：播磨国加古驿有一博士，名曰丈部左门。他甘于清贫，以书为友，厌恶一切日用调度之絮烦。家中有一老母，不让孟母之德。平日纺棉织布，以佐左门之志。还有一个妹妹，嫁与同乡之佐用氏。此佐用氏家业兴旺富足，慕丈部母子之贤，求娶其妹，结为姻亲。常托故接济左门日常之用，左门却每以"岂以口腹累人邪"③为

---

① 日文原文为：故なき所に永く居らじ。
② 原意为最小的女儿，这里是妹妹的意思。
③ 典出《东汉观记·闵贡》：后汉太原闵贡字仲叔，客居安邑，老病家贫，不能得肉，日买猪肝一斤。屠者或不肯与。安邑令闻敕令常给仲叔，怪而问之，乃叹曰：闵仲叔岂以口腹累人邪。遂去。客沛。（引自《东坡诗集注》）。这个故事见于《太平御览》《世说新语》、李贽《初潭集》《藏书》等作"岂以口腹累安邑耶"。《东坡诗集注》等上述书籍均为上田秋成同时代的文人经常阅读的书目。

由，不肯应承。）

在原典《死生交》中，相当于左门的人物是一个叫做张劭的秀才，文中对其描述如下：

> 今日说一个秀才，乃汉明帝时人。姓张名劭，字元伯。是汝州南城人氏。家本农业，苦志读书，年三十五岁，不曾婚娶。其老母年近六旬，并弟张勤努力耕种，以供二膳。①

在原作中，主人公张劭与弟弟张勤一起耕种，侍奉母亲。作者仅仅描写了他的家庭，而对他所处的环境没有着墨。但是，在上田秋成的改编中，却将弟弟改为妹妹。众所周知，在以男性血缘关系为中心的封建社会中，女子的出嫁即意味着离家，成为别人家的人。原作的作者仅仅关注到主人公的家庭和他的家人，比如他的母亲是谁，弟弟是谁，在做什么事情等等。但是在上田秋成的改写中，妹妹的出现以及娶她为妻的佐用氏和这个家族，让家庭这个社会最小的单位扩大为一个区域性的共同体。左门母子拒绝佐用氏的接济，称"岂以口腹累人邪"，虽然也明显地将佐用氏看成了与自家无关的他人。但是，即便如此，同住一个"乡里"，便有相互扶助的义务。虽然左门母子拒绝佐用氏的接济，但是一旦有事的时候，佐用氏亦总是伸出援手，比如后来左门为了替宗右卫门复仇而离开家时，便将母亲托付给了佐用氏。因此可以说，原作的叙述着眼于主人公的家庭，而上田秋成在改编中却特意对"乡里"这个共同体进行着墨。稻田笃信在《雨月物语》的注释中，对《梦应鲤鱼》中出现的"里"做出这样的解释："里是与山野相对的，是人们出生和成长，形成村落生活的地方。"②，并在专著《名分与命禄——上田秋成与其同时代的人们》中特意指出这个注释的意义。在《菊花之约》中的"里"亦有着同样的意义。

《菊花之约》仅在开头部分就两度出现了"同一乡里"，除了上面的引用之外，另外一处出现在接下来左门与宗右卫门相遇的时候，而上田秋成对细节的改写也说明了作者将着眼点放在了"乡里"这个共同体上。

---

① 冯梦龙编，恒鹤等标校：《古今小说》，上海：上海古籍出版社，1992年，第613页。
② 高田衛、稲田篤信校注：『雨月物語』，東京：筑摩書房，1997年，第182頁。

《死生交》和《菊花之约》中对主人公相遇时的描写分别如下：

> 时汉帝求贤。劭辞老母，别兄弟，自负书囊，来到东都洛阳应举。在路非只一日，到洛阳不远。当日天晚，投店宿歇。是夜，常闻邻房有人声唤。劭至晚，问店小二间壁声唤的是谁。小二答道："是一个秀才，害时症，在此将死。"劭曰。"既是斯文，当以看视。"小二曰："瘟病过人．我们尚自不去看他，秀才你休去。"劭曰："死生有命，安有病能过人之理？吾须视之。"小二劝不住，劭乃推门而入。见一人仰面卧于土榻之上，面黄肌瘦，口内只叫救人。劭见房中书囊衣冠，都是应举的行动。遂扣头边而言曰："君子勿忧，张劭亦是赴选之人，今见汝病至笃，吾竭力救之，药饵粥食，吾自供奉，且自宽心。"①

> 一日左門同じ里の何某が許に訪ひて、いにしへ今の物がたりして興ある時に、壁を隔て人の痛楚声いともあはれにきこえければ、主に尋ぬるに、主答ふ。「これより西の国の人と見ゆるが、伴なひに後れしよしにて一宿を求めらるるに士家の風ありて卑しからぬと見しままに、逗まゐらせしに、其の夜邪熱劇しく、起臥も自らはまかせられぬを、いとほしさに三日四日は過ごしぬれど、何地の人ともさだかならぬに、主も思ひがけぬ過し出でて、ここち惑ひ侍りぬ。左門聞きて「かなしき物がたりにこそ。あるじの心安からぬもさる事にしあれど、病苦の人はしるべなき旅の空に此の疾を憂ひ給ふは、わきて胸窮しくおはすべし。其のやうを見ばや」といふを、あるじとどめて、「瘟病は人を過つ物と聞ゆるから家童らもあへてかしこに行かしめず。立ちよりて身を害し給ふことなかれ。」左門笑ひて言ふ。「死生命あり。何の病か人に伝ふべき。これらは愚俗のことばにて吾們はとらず」とて、戸を推て入りつもその人を見るに（後略）

---

① 冯梦龙编，恒鹤等标校：《古今小说》，上海：上海古籍出版社，1992年，第613页。

（中文译文：一日，左门去同乡某氏家中拜访。二人谈古论今，正兴致高昂之时，忽闻隔壁有痛楚之声，甚为哀戚，遂问主人，主人答曰："看似西国之人。说是赶路时与同伴走散，要在此求宿一晚。我见他有武士之风，形容不俗，便答应让他留宿于此。没想到当晚他就发起了高烧，起卧不能自理。可怜见的，就这样过了三四日。亦不知他是何方人士，我也真是不小心拦下这档子麻烦，正不知如何是好。"左门听了，说道："的确可怜。阁下心中不安，也在情理之中，然患病之人旅途中举目无亲，想必更加痛苦难捱。我要去瞧瞧。"主人劝阻说："瘟病会传人，我家家童尚且不让他去。你休要过去，免得害了自己。"左门笑曰："死生有命。哪有什么病可以传人。这些都是愚俗之言，我们不信。"遂推门而入……）

通过上面两段文字可以看出，上田秋成在《菊花之约》的改编中，与原作最大的不同是两位主人公相遇的地点和契机。在原作中，张劭遇到范式的地点是在赴京赶考的路上，在一家旅馆中。在这个地方，两位主人公都是异乡人，又同是进京赶考的举子，同病相怜是张劭舍身相救的主因。

但是，在《菊花之约》中，左门是在自己的乡里遇到的宗右卫门。他去拜访某氏，并谈古论今，相谈甚欢，一方面说明左门并不是一个性格乖僻之人，另一方面这里的描写承接前面对左门母子与佐用氏关系的描写，进一步说明了在"同一乡里"这个共同体中的人们的紧密联系与和平氛围。在历史上，尼子经久夺回富田城的1486年前后到1518年这段时间，尼子经久将主要精力用在巩固内政加强自身实力的方面。① 虽然后来随着尼子氏的崛起，播磨国亦遭到尼子氏的入侵，变成尼子氏的势力范围，此时距离出云国较远的播磨应该是处于暂时和平的时期。而在小说当中，从左门的生活和左门与同乡人的交往来看，左门生活的这个区域也是一个没有受到战争惊扰的和平地区。但是，宗右卫门对于这个平静的共同体来说不仅是一个外乡人，更是一个将会给他们带来麻烦的不速之客。

原作中，店小二对身染瘟疫的范式的冷漠，体现了晚明时期商业社会

---

① 池上裕子：『戦国の群像』，東京：集英社，1992年，第79頁。

的发展造成的人情冷漠，而张劭对范式的舍命相救，范式的舍命赴约，则用行动诠释了友情的珍贵。而在《菊花之约》中，店小二这个角色变成了主人公左门的同乡，这个同乡对左门说："不知他是何方人士，便让其留宿家中。我真是犯了个大错，正不知该如何是好"，这句话一方面是对左门的警示，另一方面也暗示了故事的结局。虽然疾病的瘟疫并没有传染给左门，但是战争的"瘟疫"却由这个外乡来客带到了他们生活的播磨国。这一点从历史的走向即播磨最终被尼子氏入侵这一点上可以看出来。左门生活的圈子从未离开乡里，但是宗右卫门的出现却打破了左门原本清贫却又宁静的生活，以至于最后导致失去故乡的命运。从这个意义上来说，在学术界一直争论不休的有关"轻薄之人是谁"的问题，或许可以有个结论，那就是宗右卫门。

相对于"生不逢时"的左门，宗右卫门是一个真正的战国武士。在左门家养好病，他一点也不留恋安稳的生活，而是选择深入敌人的腹部去"观看动静"，在他发现"久留无益"的时候才选择离开。当然，这时他已经身陷囹圄，无法脱身。

说到这里，要澄清一个可能会产生的误会，那就是作者是否以批判的眼光看待宗右卫门的。答案是否定的。作者批判的笔锋始终是战争本身。生活在乱世中的宗右卫门对利弊的权衡和对功名的追逐都是时代使然。他最终身陷囹圄无法赴约，则形象说明了人们在战争时期的身不由己。战争让人们背井离乡，或者无法自由行动，甚至连赴约都不可能。这一点通过另外一篇以战乱为背景的作品《浅茅之宿》也可以看出来。

《浅茅之宿》的主要内容如下：

主人公胜四郎生于下总国葛饰真间乡，身份是农民，家境殷实。但是由于胜四郎不守本分的性格，使得家业荡尽，亲戚也逐渐开始疏远他。这时他听雀部曾次说起足利染之绢可以赚钱，因此便决定弃农经商，将剩下的田地卖掉，买了很多绢素，跟着雀部去京城做生意。妻子宫木虽然表示担忧并进行阻拦，但是胜四郎去意已决，与妻子约定秋天回来。但是，胜四郎一去便是七年，而此间妻子宫木已在故乡变成了孤魂。

同样生活在乱世之中的胜四郎和宗右卫门的经历其实有着惊人的相似之处，甚至可以说是一个人的一体两面。宗右卫门的故乡在出云国的松江，但是他并没有像左门那样安于故乡以诗书为伴，却选择前往富田城为政治和军事效命，为了功名而离开了故乡。而胜四郎则是因为家产荡尽，为了"重振家业"而弃农经商，远走他乡。如果说宗右卫门的漂泊是为了功名，那么胜四郎便是为了金钱，两人追求的内容不同，本质却是一样的。

但是，不管出于什么目的，宗右卫门最终完成了他与左门之间的约定，而且是以"死亡"这种极端的方式。但是胜四郎却在七年后才回归故乡，等待他的是物是人非的景象与妻子的亡灵。因此一般认为胜四郎是一个不守约的人，是作为宗右卫门的反面而塑造的一个人物。宗右卫门为了遵守与义兄弟的约定，不惜牺牲自己的生命，以保全信义。而胜四郎却将自己与妻子的约定抛在脑后，最终导致夫妻离散，阴阳两隔。历来研究认为，胜四郎与宫木之间的心的隔阂——一方面是女人等待丈夫的宿命，一方面是男人志在四方的秉性，导致了夫妻之间阴阳两隔悲剧的发生，这一点是毋庸置疑的。但是，生在战乱时代的胜四郎的爽约并非完全出于主观。

胜四郎离开故乡之后，作者首先讲述了这一年即享德年间的夏天，上杉与足利成氏反目交战，胜四郎的故乡陷入战乱之中。"老人逃入山林，年轻人被抓为壮丁"，整个八州已非"安身之处"。只有胜四郎的妻子宫木苦苦守候到了第二年，依然不见丈夫回来。另一方面，作者将叙事的视角切换到远走他乡的胜四郎身上。这段叙述与前面对宫木的叙述是平行进行的，在时间上不是先后，而是平行进行的两个画面。在宫木苦苦守候胜四郎归来的时候，胜四郎也并没有忘记与妻子的约定。

> 勝四郎は雀部に従ひて京にゆき、絹ども残りなく交易せしほどに、当時都は花美を好む節なれば、よき徳とりて東に帰る用意をなすに、今度上杉の兵鎌倉の御所を陥し、なほ御跡をしたふて責討ば、古郷の辺りは干戈みちみちみちて、逐鹿の岐となりしよしをいひはやす。まのあたりなるさへ偽おほき世説なるを、ましてしら雲の八重に隔たりし国なれば、心も心ならず。八月のはじめ京をたち出て、岐曽の真坂を日くらしに踰けるに、落草ども道を塞へて、行

李も残りなく奪はれしがうへに、人のかたるを聞けば、是より東の方は所々に新関を居て、旅客の往来をだに宥さゞるよし。さては消息をすべきたづきもなし、家も兵火にや亡びなん。妻も世に生てあらじ。しからば古郷とても鬼のすむ所なりとて、こゝより又京に引かへすに、近江の国に入て、にはかにこゝちあしく、熱き病を憂ふ。

（中文译文：胜四郎随雀部到达京城，将绫罗绸缎全部卖掉。当时京城中人偏爱华丽之风，胜四郎赚得许多银两，随即收拾行囊，返回东国。然而就在此时，管领上杉的军队攻陷镰仓的御所，一路乘胜追击，将皇家的军队打得落花流水。胜四郎的故乡下总一带化为干戈之地。就连眼前发生的事，也因许多流言蜚语而真假莫辨，何况千里之外的故乡，那些可怕的传闻让胜四郎心神不宁。

胜四郎八月初离开京城，不一日便翻越歧曾的真坂，却被强盗挡住了去路，行李被打劫一空。而且，听说再往东去处处都设了新关卡，不许旅客往来。"如此，也没有办法托人捎信回家。家里的房屋一定也都在战火中烧成灰烬了。或许连妻子也都已经不在人世。这样的话，故乡想必也已经成了孤魂野鬼的居处。"）

从上面可以看出，胜四郎将绢物全部卖掉，说明他在生意上的成功，已经达到了赚钱的目的。此时，他并没有留恋京城的花好月圆，而是打点行李准备回家。从这一点上可以看出，胜四郎在主观上并没有爽约的意愿，而是想着回家与妻子团圆。当他听说故乡一带发生了战乱的时候，虽然担心，并且肯定预料到途中必然遇到的重重困难，但是他仍然选择在与妻子约定的秋天即于"八月初离开京城，不一日便翻越歧曾的真坂，却被强盗挡住了去路，行李被打劫一空。"歧曾的真坂是长野县木曾郡山口村马笼峰的古名，是中山道上的难关，位于从京都到江户的中山道的中间位置。也就是说，胜四郎回家的路程到这里已经进行了一半，而且从叙事的紧张节奏上也可以看出胜四郎赶路的匆忙。这些都体现了胜四郎回乡心切。但是，这时他却遇上了强盗。行李被洗劫一空。中山道历来险阻最多，失去行李后没有任何盘缠的胜四郎如果继续沿着中山道走下去，那么等待他的将是死路一条。而且这时他又听说"再往东去处处都设了新关卡,不许旅客往来。"从历史的事实上来看,这些传闻都是真实的。因此,无论从物质条件上还是从环境条件上来说,胜四郎都已经失去了顺利回家的可能。事实上后面与妻子鬼魂的相见、妻子对往事的叙述以及邻家老翁的告知印证了胜四郎当时的推测。对于此时的胜四郎来说,一方面,新关卡的设置和流寇的横行亦阻挡了他主观上归乡的意愿,另一方面,家乡已经沦陷在战乱当中,那里除了鬼魂之外已经没有任何东西。当然,从另一方面来说,与女性的执着相比,作为男性的胜四郎显然亦有些草率并容易放弃。也正如前面所说,胜四郎与宫木之间的心的隔阂——一方面是女人等待丈夫的宿命,一方面是男人志在四方的秉性,导致了夫妻之间阴阳两隔悲剧的发生。

总之,在关卡与流寇面前的胜四郎打消了还乡的念头。失去故乡的胜四郎进入近江国,开始"发烧"。这里情节的设置又让人想起宗右卫门。失去故乡的旅人在途中患病一方面说明旅人对他乡的不适,直接反映了旅途的孤寂与无助。另一方面,他的突然发烧也印证了宫木的死亡。上田秋成在《去年的路标》中批判了芭蕉,却没有批判生活在中世的西行和宗祇,就是因为上田秋成认为战乱时代的漂泊是迫不得已的。混乱的秩序让很多人流离失所,背井离乡,即便想要回家与妻子团聚(胜四郎)或者赶赴与朋友的约定(宗右卫门)这种简单的事情都难以实现。在《雨月物语》中,作者通过不同的视角,对生在乱世而身不由己且不得不漂泊在外的人们进行了塑造。胜四郎和宗右卫门与其说是性格不同的两人,不如说是同一人的一体两面。宗右卫门杀身履约的选择在朝不保夕的战乱时代终究是一个被文学作品升华的理想,而放弃回到已遭到战乱涂炭的家乡的胜四郎才是战国时代最为普通的众生相。

3. 和平时代的故乡与旅行

(1)《佛法僧》的意义

从《佛法僧》开始,故事的时代背景从战国时代转到了近世,叙事的基调也突然变得明快起来。《佛法僧》的开头这样写道:

うらやすの国ひさしく、民作業をたのしむあまりに、春は花の下に息らひ、秋は錦の林を尋ね、しらぬ火の筑紫路もしらではと械まくらする人の、富士筑波の嶺々を心にしむるぞそゞろなるかな。

（中文译文：太平盛世由来已久，人民安居乐业。闲暇时，春日憩于樱花之下，秋日遍访锦绣山林。更有人向往不曾去过的筑紫路，心中想着"定要去看一看"，遂荡起双桨前往。望着富士或筑波的群山便不由得被吸引，心驰神往。）

开头的这一段描写，将故事背景设定在太平盛世。人们安居乐业却不满足于物质的生产，通过人物话语的描写刻画了人们在满足了物质需求之后的精神需求，生出很多无法自已的欲念与情感，醉心于美丽的大自然，追求他们的诗与远方。

德川幕府建立之后，随着秩序的不断完善和交通设施以及道路的完善，越来越多的人在闲暇的时候出门旅行，寻访名胜古迹，甚至前往更远的九州地区（筑紫）。虽然也有很多人出门是公差或者商旅，但是更多的普通民众仅仅是为了一种消遣，或赏花赏叶附庸风雅，或去温泉疗养身心。近世人的境遇与战国时代人们身不由己的漂泊或者迫于生计而远走他乡的境遇有了很大的不同。《佛法僧》的主人公梦然是一位富裕的农民，他早早地便将家业传给长子，再加上身体健朗，从不得病，准备享受隐居的生活，游山玩水，寻访自己心中理想的古代风雅。但是，季子作之治生性"冥顽"[①]，梦然常常担心，所以决定带着作之治去京都游玩，让他看看京城人的风雅。这里作者没有交待"冥顽"性格的内涵，但是《蛇性之淫》中的丰雄被塑造成一个爱好风雅的"温柔"[②]性格。这里的"冥顽"应该是与"温柔"相反的一种性格，即不懂风雅。

父子二人踏上了附庸风雅的旅程，没有实用的目的和固定的路线。在吉野赏花之后，梦然又突发奇想，想要顺道去一下高野山，于是便带着儿子到了高野山。在《秋山记》和《去年的路标》中，上田秋成也每每在旅途中生起顺道拜访名胜古迹的念头，但是每次想到自己定好的归期和养母

---

① 日文原文为：かたくな。
② 日文原文为：生長やさしく。

的挂念便会放弃自己的这个念头，沿着预先设想的路线准时归家。这里梦然的做法与上田秋成的旅行观形成了鲜明的对照。而梦然的这次一时兴起的顺道游历也成为他后来体验恐怖的原因。

到了高野山上，因为旅途劳顿，作之治感觉疲惫，亦担心父亲禁不住旅行的劳顿而病倒。但父亲梦然却晓之以理，对他说："旅行的情趣正在此处。"①自古以来的文学作品中，旅途常常与病患相伴，病患在文学中的描写往往为作品增添几分旅愁与诗意。在日本的近世，随着社会的稳定和受教育人口的增加，加上文人雅士尤其是推崇复古主义的国学者对风雅的鼓吹，许多附庸风雅之人简单地将古诗文中旅愁当成一种高尚的情趣。梦然正是这样的人。但是往往现实却并非如此美好且充满情趣。实际上，胜四郎和宗右卫门都因为不得已而在外的漂泊，发起"邪热"，差点丢掉生命。在战乱的时代，旅途中的病患让不得不背井离乡的人们的苦难雪上加霜，人们唯恐避之而不及。

追寻风雅的梦然在高野山上遇到了丰臣秀次的亡灵，体验了一种前所未有的恐怖，这里的设定甚至可以说是作者上田秋成的一种恶意。稻田笃信列举《雨月物语》各篇的禁止事项时指出，《佛法僧》的禁止命令为"老后要安分，不要看不该看的东西"②，而长岛弘明也曾指出，"他们差点要被带往修罗道时体验的恐怖，实际上并非因为秀次喜怒无常，而在某种意义上来说是他们必然要付出的代价。"③

梦然遇到秀次的亡灵和他的家臣举行酒宴，酒宴上大家举行了连歌会。这个场面正是梦然理想中的风雅生活，梦然自然也参与了进去。然而，快到黎明的时候，秀次指着梦然父子，要将二人带入修罗道。梦然遂大惊失色，气绝晕倒。

修罗道又称阿修罗道，由凶猛好斗的阿修罗主管。《佛教大辞典》中对阿修罗的解释为"（前略）六道之一，天龙八部之一。该神在古印度原

---

① 日文原文为：旅はかかるをこそ哀れともいふなれ。
② 稻田篤信：『名分と命禄——上田秋成と同時代の人々』，東京：ぺりかん社，2006年，第18頁。
③ 長島弘明：『雨月物語——幻想の宇宙』，東京：日本放送出版協会，1995年，第37頁。

为与因陀罗争夺天界权力的恶神，经常与天神因陀罗进行战争。"①

由此可以看出，阿修罗象征着争斗或者战争。梦然追寻的古人的风雅与他实际见到的古代世界产生了龃龉，近世人梦想的古代的美好景象其实有可能只是一个战争的修罗场。当秀次要将其带回自己所属的修罗道时，梦然表现出极大的恐惧，形象说明了近世尚古、鼓吹复古的风雅之士其实不过是叶公好龙式的虚伪。丰臣秀吉的时代比16世纪中期已经有了很大的好转，但是血腥的争斗依然不断。这里"修罗道"的设定体现了上田秋成对那个战乱时代的认识。上田秋成通过近世人梦然对战乱末期的那种"修罗场"的体验，想要说明近世人应该珍惜眼前的和平时代，安居乐业，而非横生不安分之心，放弃安稳的物质基础，一味追求精神上的风雅。

（2）离乡者正太郎和丰雄的不同结局——《吉备津之釜》与《蛇性之淫》的人物形象塑造与主题

除了《佛法僧》的梦然之外，《雨月物语》中还有两个追求风雅、不务正业的年轻人，一个是《吉备津之釜》中的正太郎，另外一个是《蛇性之淫》中的丰雄。两人在家中的地位不同，正太郎是肩负着继承家业使命的独生子，而丰雄则是没有家业继承权的次子。虽然丰雄是次子，但是辅佐兄长振兴家业依然是他责无旁贷的使命。两个人的性格相似，但是一个死于非命，一个经历了磨难之后却平安活了下来。那么，造成这两人不同结局的原因是什么呢？

正太郎生于吉备国贺夜郡庭妹乡，曾祖父是播磨赤松国的武士，嘉吉元年发生兵变，离开赤松，来到这个吉备国贺夜郡庭妹乡，到正太郎的父亲这一代已经历经三代。春耕秋收，家境富裕。嘉吉元年是1441年，到正太郎时是第四代，也不过百年，似乎正太郎依然是生活在16世纪中晚期的人物。但是与《菊花之约》和《浅茅之宿》不同的是，整篇小说虽然提及正太郎的曾祖父因为兵变从播磨逃到吉备，但是除此之外再没有任何对战争本身的描述，更多的笔墨用在描写正太郎的父亲井泽庄太夫的勤恳以及井泽家的富有，社会和平，秩序井然，血腥的战争在这篇小说中已经成为发生在主人公的曾祖父那一代的遥远过去。虽然按照时间推算，故事发生

---

① 任继愈主编：《佛教大辞典》，南京：江苏古籍出版社，2002年，第710页。

的时间大概是16世纪中叶，但是从故事内容上来说，这篇小说与《蛇性之淫》中的"不知何时何代"一样，所谓的"历经三代"在这里只是一个虚数，从小说的内容上判断，故事的时代背景是一个没有战争的和平时代，也可以说是作者本人生活的近世。而在日本近世的庶民道德教科书《六谕衍义》中则指出"土居三十载，无有不亲人"，意即几十年的共同居住让乡里成为一个互相扶助的共同体。正太郎一家在此地耕种三代，可以说已经融入当地，与当地的居民形成了一个牢固的共同体。

正太郎生于一个没有战争威胁的时代，是一个富裕农家的长子，原本应该肩负起继承和振兴家业的使命。他却"厌倦农业，耽于酒色，不守父亲的规矩"①。即便如此，生活在共同体中的他，一方面受到秩序的约束，另一方面亦得到了秩序的保护。正太郎的父母为了让他回心转意，替他定了一门亲事，娶了一个贤惠的妻子，叫做矶良。正太郎并未因此而收心，依然放荡不羁，甚至将一个叫做阿袖的青楼女子赎出来，将其养在别墅当中。即便如此，妻子矶良依然任劳任怨孝敬公婆，正太郎也并未因此受到任何惩罚。究其原因，大概只有一条，那就是因为他生活在家乡这个共同体当中，受到共同体的保护。但是，当他终于无法忍受规矩的羁绊，带着情人阿袖私奔他乡之后，原本贤惠的理想妻子变成了怨灵，将其杀害。在故乡时不务正业且无可救药的正太郎并没有受到任何伤害，而他的丧命是在离开故乡这个共同体之后。从作者对阿袖死后的正太郎的处境的描写中，可以看出正太郎之所以丢掉性命的原因。

　　正太郎、今は俯して黄泉をしたへども、招魂の法をももとむる方もなく、仰ぎて古郷をおもへばかへりて地下よりも遠ここちせられ、<u>前に渡りなく、後に途をうしなひ</u>、昼はしみらに打臥て、夕々ごとには壙のもとに詣て見れば、小草はやくも繁りて虫のこゑすずろに悲し。

　　（中文译文：正太郎如今俯首叩拜，虽思黄泉之人，却无招魂之术，只能仰望苍天，思念故乡，却反而觉得故乡比地下更加遥远，<u>前

---

① 日文原文为：農業を厭ふあまりに、酒に乱れ色に耽りて、父が掟を守らず。

无进路，后失归途。白日卧床不起，傍晚去（阿袖的）坟前祭拜。不知不觉间，坟头杂草丛生，秋虫发出悲戚的叫声。）

这里的"前无进路，后失归途"形象地说明了正太郎离开故乡并失去阿袖之后所处的孤单境地。对于这时的他来说，故乡已经遥不可及。而如最后一句所述的杂草丛生和秋虫悲戚的叫声营造出恐怖的气氛，进一步烘托了正太郎的孤单处境。

实际上，从正太郎离开故乡的那一刻开始，他便感到了失去保护的不安。原本要去京都的正太郎在途中的播磨国遇到阿袖的亲戚彦六。彦六对他说"便是京城，也未必有可投靠之人。不如留在此地，俺与你分些饭吃，共同过活。"彦六的这句话让原本心里没底的正太郎感觉有了依靠。而当阿袖开始发烧的时候，正太郎亦马上想到了被他抛弃留在故乡的妻子。这个细节一方面体现出正太郎内心的愧疚之情，另一方面体现了他在离开故乡和家庭这个共同体之后所感到的不安。正像他担心的那样，在远离故乡的这个地方，他最终丢掉了生命。这正是因为他失去了故乡这个共同体的保护。

《蛇性之淫》也没有说明具体时代，但是从主人公的生活方式来看，时代背景也是近世。日本到了近世之后，人们终于结束了战乱和漂泊的生活，大部分人得到稳定的居处并可以安心于物质生产，并因此产生了共同的生活习惯和风俗。共同的礼仪、制度和规矩将人们联成了一个共同体。生活在同一个共同体中的人们关系密切，而这种密切的关系，正如日本学者池内敏所指出的那样，"有时会让人感到一种拘束力、桎梏，甚至会产生一种想要从那里脱离的冲动。但是与此同时，只要委身于这个地方，最基本的生存是可以得到保障的"。①正太郎想要追求自己爱情甚至可以说是性的自由，逃离了约束他的共同体，但是同时也就失去了制度的保护，以至丧命他乡。《蛇性之淫》的主人公丰雄同样生活在一个有各种拘束的共同体中，天生温柔与爱好风雅的性格，总是让他不时地产生一种想要逃离的冲动。

---

① ひろたまさき編：『日本の近世16民衆のこころ』，東京：中央公論社，1994年，第282頁。

丰雄生于纪伊国三轮崎的一个渔民之家，家里雇着很多渔夫，生活富裕。哥哥太郎"生性质朴且勤劳"，姐姐嫁到大和。在实行长子继承制的近世，丰雄的人生有两个选择：要么去别人家做养子，要么一生作为"太郎的累赘"。丰雄的父亲认为，对于没有"过活心"的丰雄来说，即便让他去做别人的养子，也必然会荡尽家产。因此对他也并不严加管束①，只希望他一辈子生活在太郎的家中，求个衣食无忧。

三轮崎是一个地处偏远的渔村。据《角川日本地名大辞典》介绍，三轮崎在明和到宽政年间家数与船只倍增，仓库增加到了六个。因此可以推断在这一时期此地的渔业非常兴盛。②而《雨月物语》脱稿于明和五年（1768），因此对于上田秋成同时代的读者来说，三轮崎与渔业的联系是一个众所周知的事实。爱好风雅的丰雄却生活在近世的这样一个非常现实与粗鄙的乡村，一方面享受着不劳而获的优渥物质生活，另一方面又无法摆脱自己内心追求"风雅"的欲望。

丰雄在新宫遇到了真女子。他在新宫跟随新宫的神主安倍弓麿学习。一般所说的新宫，是指熊野速玉大社，自从平安末期以来，以京都的皇族和贵族为首的熊野参拜风俗开始隆盛，新宫也逐渐发展起来，成为熊野的一个中心，到了江户时代，这里人口众多，成为一个富裕而繁华的城市。③可以说新宫是三轮崎这个粗鄙现实的生产世界与外界的风雅世界沟通的一个交汇点。不管从丰雄的认知来说，还是从近世的现实来说，新宫相对于丰雄的故乡三轮崎都是一个富有文化气息的都市。而他在这里遇到了真女子，给他提供了一个摆脱现实束缚的出口。小说中的真女子"年不及二十，容貌娇丽，穿着一件远山纹的衣服，色彩搭配恰到好处。带着一个十四五岁的丫鬟，拿着一个小包袱，全身湿透。看到丰雄，脸微红显娇羞状，容姿高贵"，于是丰雄"不觉心动"，并在心中认定此人是"京城人士"，到这里来是来游玩的。当丰雄去真女子的家中拜访时，发现真女子家中非常气派而且都是"古代的好东西"，这更加让丰雄确信真女子来

---

① 这里的不加管束是有条件的，详见第五章中对《蛇性之淫》的论述。
② 角川日本地名大辞典编纂委员会编纂：『角川日本地名大辞典』，東京：角川書店，1985年。
③ 同上。

自他憧憬的京城。从真女子的言行及其家中的摆设当中，丰雄似乎第一次摆脱了故乡的粗鄙现实，幻视到自己追求的优雅生活。而真女子本人和她的生活本身，正是与现实对照的理想世界，或者说是丰雄内心无法抑制的"情欲"的体现。

真女子将自己的大刀送给丰雄作为定情信物，而丰雄亦毫不犹豫地接受。这时他已经完全忘记了自己所处的现实和身份。直到被代表着现实世界的哥哥太郎看到，并指出"如此昂贵之物，与渔民之家颇不相称"，"此乃军将大人所佩高贵之物"，指出身为渔民之子的丰雄的"不守本分"行为，而平时对丰雄并不严加管教的父亲对于丰雄此时的"不守本分"的行为亦感到非常生气。

共同体的束缚，让爱好风雅的丰雄感到压抑，同时也给了他保护。当地方政府断定这把大刀是失窃物的时候，父亲震怒并决定牺牲这个儿子以保全家业。但是当丰雄被证明无辜的时候，亦即丰雄的罪过并不足以危及整个家族的利益时，以父兄为代表的故乡这个共同体选择了对丰雄进行保护。"大宅父子贿以诸多物品，丰雄被捕百日之后终被释放。"

被释放出来的丰雄并没有安分，他再次找借口逃离了故乡。他去了姐姐家所在的石榴市，而在那附近的大和初濑，他再次遇到了象征他向往的理想生活的真女子。现实中，作者上田秋成的姐姐为了追求自由的爱情被养父逐出家门，因此上田秋成文学中的姐姐、嫂子或者年长的女性亲属大多宽容仁慈，或许与此不无关系。丰雄离家到姐姐的婆家大和暂住一段时间，并在姐姐的支持下开始了自由的爱情生活。

大和初濑和石榴市都是远离三轮崎的地方。丰雄在这里远离了父亲和长兄的约束，在远离共同体的自由之地恣意地享受自己追求的风雅生活。这里的初濑，又写作泊濑，由于长谷观音信仰在贵族间的流行，自平安时代以来便盛行泊濑参拜，这一点在《源氏物语》和《枕草子》中均有记载。可以说这个地方是丰雄心中仰慕的贵族经常出现的地方，也是崇尚古代风雅世界的丰雄理想中的古代。

石榴市又叫做海石榴市，是万叶时代著名的歌垣，即男女自由恋爱求偶的地方，在《日本书纪》和《万叶集》中均有记载。但是，在"娶妻婚"已经成为主流的男权社会，婚姻必须经过父母的许可和承认。而丰雄在这里仅仅在姐姐的操办下便与真女子结为所谓的夫妻，开始享受幸福的婚姻生活。这样的做法不仅脱离了近世的现实，而且没有物质的保障。生于近世的丰雄与真女子的婚姻生活一开始便注定是一个脱离现实的乌托邦。后来的事实证明，当丰雄再次回到故乡时，这桩乌托邦的婚姻并没有得到人们的承认。丰雄的父母和兄嫂认为丰雄之所以遇到如此可怕的事都是因为"鳏居"之故，并为其操办了一桩共同体承认的婚事。

初濑也是一个远离近世现实的地方。在和歌中，初濑又常写作泊濑，枕词为"隐口"。上田秋成在其古典文学研究著述中曾对"隐口"做出如下解释：

　　隠国・隠口とも書、はつせの国とも云には山こもりの国と云い、又山口の立ちこもりたるとも云、今の寺ある所は山口にて、こもりかにもあらず、昔は是より奥まりたる方にてや在けん、古留山へこゆる方は、実に山こもりにて、長谷とも書も叶へり。

　　（中文译文：又写作隐国或隐口，人称泊濑之国，又称群山环绕之国，或称山口群山环绕。今寺院所在之处为山口，非为隐匿之处。古时或在更往里的地方。越过布留山，才是群山环绕之处，又写作长谷。）

　　　　　　　　　　　　　　　　『上田秋成全集』　第三卷　金砂　八
　　初瀬の国は山こもりなる所を云。
　　（中文译文：初濑之国，云群山环绕之处也。）
　　　　　　　　　　　　　　　　『上田秋成全集』　第二卷　楢の杣　一

从上面上田秋成对泊濑的枕词"隐口"的解释可以看出，不管是在上田秋成本人的观念当中，还是在同时代读者的印象中，泊濑都是一个与近世的现实世界隔绝的地方，又因为观音信仰的盛行而飘荡着王朝世界的气息。

但是，正如前面所说，丰雄在初濑找到了只有在典籍中才会出现的古代，即在近世文人雅士的幻想中才有的古代风雅，但是这种脱离现实的风雅世界其实只是一个没有现实基础的乌托邦。后来，当他在当麻酒人的指点下想起现实世界的时候，感到的是一种恐慌和战栗。他想到了俗世间的伦理，觉得应该要"为父兄尽孝（悌）"，于是回到了故乡纪伊国。穷追不舍的真女子与《吉备津之釜》中的矶良一样，表现出对负心人的怨恨，但是丰雄却没有像正太郎一样丧命。家人的保护、象征着秩序的法海和尚的帮助，以及丰雄本人的"收心"——即对物质生产的世界和共同体秩序的回归，让丰雄最终保住了性命。

生活在和平时代的两个年轻人——正太郎和丰雄与生在乱世的胜太郎和宗右卫门一样，也可以说是同一个人在同一个时代体现出的一体两面。作者通过两个方面的假设和这个假设带来的结局，说明了和平时代中人们的宿命。其中一人在欲望与秩序的挣扎中，选择了回归故乡这个共同体，在秩序中安分守己地生活，终于得以保全自己的生命。当然，这样的结局也代表着融入秩序和自我的消亡。另一个年轻人正太郎则为了追求不受约束的自我，未能控制脱离秩序的欲望，离开故乡这个共同体，虽然得到了自由却失去了保护，因此丢掉了生命。

因此可以说上田秋成通过两篇战乱时代的小说和两篇和平时代的小说讲述了同一个主题，那就是秩序与欲望之间的关系。

（3）《梦应鲤鱼》的意义

《梦应鲤鱼》也是《雨月物语》中翻案气息较浓的一篇，这篇小说是以《古今说海》中的《鱼服记》和《警世通言》中的《薛录事鱼服证仙》为蓝本而创作的一篇小说，讲述了主人公三井寺的高僧兴义因生前羡慕"鱼之乐"，突然病倒后灵魂离身游历异乡的故事。

从概念上来说，这里的异乡是有别于人类世界的另外一个世界，与《浅茅之宿》和《蛇性之淫》中的那种现实中的他乡有所不同。但是，从摆脱束缚和自由自在这一点上来说，实际上这里的异乡就是丰雄和正太郎的他乡。

兴义灵魂离身之后，"扶杖出门，渐忘病情，如同笼中之鸟重归云空。"原来不通水性的他进入了这个水国的异乡之后，竟然可以随心所欲地游泳。而穿上鱼服之后，他更是"随心逍遥"。

水国对于兴义来说是一个没有束缚的异乡，他在这里得到了自由，但是他也因此付出了自由的代价，那就是世界的隔绝以及语言的不通。他无法忍住饥饿这个现实的物质需求，吃了渔民的诱饵，无论他怎么呼喊，渔民文四都无法听懂他的话。于是他被放上砧板，大声哭喊却无人回应。这时，对于渔民文四来说，这时的兴义只是一个异类，而成为异类的他已经不再受到人类社会中秩序的保护。正如高田卫所说，"在得到自由的那一瞬间，他的声音也已经无法与现实沟通。这一处的描写正反映出这样一个凄惨的事实。而且这个故事也似乎暗示着所谓的获得自由，最终的结局不过是被人放在现实伦理的菜板上，被切个粉碎，被杀掉。逃脱现实，便必然会被现实杀死。仔细想来，这种所谓的自由梦想的二律背反，其实是上田秋成的宿命意识的体现。《梦应鲤鱼》不过是一个美丽的传说。现实中的上田秋成，毕生都在追求这样一个主题。"①

高田卫此处对《梦应鲤鱼》的评价，准确地说明了上田秋成对故乡和安分的思考。在秩序井然的和平时代，只有依归于秩序、回归现实，才是保全自己的良策。上田秋成的这种思考可以与他在《故乡》中提倡回归故乡这一点相互印证。兴义来到水国这个异国他乡后，失去了与他人交流的最基本的语言。相对于异乡的孤单与无助，毋宁回归有诸多束缚却能够受到保护的故乡，可以说是《梦应鲤鱼》一篇的意义所在。

本章小结

本章首先通过对上田秋成的游记作品的考察，分析了上田秋成的旅行观，进一步证明了上田秋成的故乡认识：他主张回归故乡，知命与安分，对于漂泊的诗人芭蕉持批判态度，认为芭蕉生于和平时代却居无定所，四处漂泊，是没有正确认识到自己的身份和所处的时代。

在此基础上，从整体上对《雨月物语》中的离乡人和他们的命运进行梳理，分析了《雨月物语》中所体现的上田秋成的故乡意识，从而对《雨月物语》这部作品的主题进行了重新诠释和解读。在这一部分，笔者主要按照主人公所处的时代将他们分为两类，一类是生活在乱世的人，一类是生活在和平时代的人。乱世中人们身不由己，而在盛世时人们有了定居的生活却又从中感到束缚而抑制不住离乡的冲动。通过对《雨月物语》中

---

① 高田衛：『江戸幻想文学誌』，東京：平凡社，1987年，第124頁。

离乡人的考察发现，《雨月物语》中表现的故乡作为一个共同体有着双面性，一方面人们出于自己的本性自然，常常会在其中感到压抑和束缚，但是另一方面，这个共同体也是一个给人保护的避风港，能够保证人们最基本的物质生活不受侵害。正如稻田笃信在论及共同体内的规矩和秩序时这样说道："禁止与压抑内外有别，规矩是夯实共同体内部的秩序并将其维持下去的伦理。在这个意义上来说，是从人与人之间的微观的相互关系到国家层面上的控制与服从的伦理。另外，相反的，这也是弱者可以依存的一个相互扶助的伦理，在共同体内部安分守己便会得到安分守己的保护与利益，而超越分度的人则会受到惩罚。"①

故乡与象征秩序的父权一样，都是双重的。压抑让人逃离，但是逃离后的无助又会让人想到回归，这就是秩序的双重性。在秩序中生活又是生活在社会中的人类的必然宿命。上田秋成是一个合理主义者而不是反封建的斗士，他一方面反对封建的道德和秩序，也在其中感到束缚和压抑，但是另一方面他又站在一介国民的角度，倾向于对秩序的回归，主张安于故乡和安分，因为只有这样才能保护自己。当然，他的这种思考并不能简单地理解为对秩序的一种妥协，而是站在自身角度的一种明哲保身之策。这一点可以进一步证明阳明学左派的思想对上田秋成文学创作的影响。关于这一点，将在本书第二章进行更加详细的考察。

---

① 稻田篤信：『名分と命禄——上田秋成と同時代の人々』，東京：ぺりかん社，2006年，第18頁。

第二章

上田秋成的散文《故乡》
——知命保身思想与安分意识的渊源

上田秋成是日本近世著名的文学家,因其小说多改编自中国文学作品,受到中日学界广泛的关注,而其更适合直接表达思想的散文作品与中国文学作品或晚明思潮也有着千丝万缕的联系,但是在中日两国学界,尤其是在国内学界,几乎没有得到相应的关注。上田秋成晚年的歌文集《藤篓册子》中有不少仿照唐宋散文创作的作品,有《应云林院医伯之需拟李太白春夜宴桃李园序》《故乡——效韩退之送李愿归盘谷序》等在标题中表明其为仿拟之作的散文,也有如《古战场》《砚台》《枕流》等散文作品,虽未标注仿拟但其构思分别来自李华的《吊古战场文》、唐庚的《古砚铭》和欧阳修的《秋声赋》。而以上作为原作或出典的五篇脍炙人口的唐宋散文作品,均收录于江户时期流传十分广泛的《古文真宝后集》。[①]此外,卷四的《初秋》和《中秋》两篇作品,也被认为受到《古文真宝后集》中苏轼的《赤壁赋》

---

① 倉本昭:「秋成和文の方法——『古文真宝後集』利用の一側面」,『近世文芸研究と評論』45,1993年,第34頁。

的影响。①

关于《故乡》一文表达的思想，日本学者铃木米子认为，《藤篓册子》中很多文章都表现了上田秋成晚年的不遇、薄命意识及其对老衰的思考，而以不遇者为题材的中国古典散文作品作为出典的《故乡》一文，浓厚地表达了上田秋成的不遇意识②。山本绥子在《〈藤篓册子〉〈故乡〉的自我像》中，主要通过考证《故乡》与《徒然草》的出典关系，说明了上田秋成的隐者观，同时指出《故乡》与《送李愿归盘谷序》的不同，认为上田秋成晚年留在京都而没有选择返回故乡大阪，实际上是出于追求风雅之心，出于主观的意志，而非客观条件所致③。本文主要从《故乡》的文本出发，通过与原作《送李愿归盘谷序》的比较，结合上田秋成的阅读环境及其阅读视野内的《古文真宝后集》《唐宋八家文读本》，联系韩愈谪居时所作的《送区册序》、苏轼的《定风波》，并以扬雄的《反离骚》以及朱熹和李贽等人对《反离骚》的评价等作为参照，从近世东亚文脉的梳理中，考察《故乡》中所体现的"知命保身"思想的渊源及其思想形成的文化语境，分析其中体现的安分意识。

第一节 作为思想表达手段的赠序体散文

《送李愿归盘谷序》原为韩愈为即将归隐的友人李愿写的一篇赠序，收录于《古文真宝后集》（卷之三）。所谓赠序，是中国古代散文文体的一种，起源于六朝时的饯别诗序，但唐代以后，赠序文逐渐发展成一种独立的文体，多数文章中已经没有饯别诗歌，但仍为饯别友人时所作。罗灵山指出，促使赠序这种文体脱离诗歌而走向独立化，除了因为很多人开始主动请人为自己做赠序之外，另一个重要原因就是"韩、柳等古文家赋予它更多的社会内容"，从而"改变了单叙亲朋故旧私情的作风，而每每反

---

① 長島弘明：『秋成研究』，東京：東京大学出版会，2000年，第329頁。
② 鈴木よね子：「秋成散文の表現——『藤簍冊子』の自己言及」，『見えない世界の文学誌——江戸文学考究』，東京：ぺりかん社，1994年，第341-354頁。
③ 山本綏子：「『藤簍冊子』「故郷」における自己像」，『鯉城往来』4，2001年，第27-40頁。

映了作者的一些政治思想见解"①。《送李愿归盘谷序》正是这样一种包含更多"社会内容",表达作者思想的作品,亦是因为这篇赠序丰富的思想性,在历代受到了高度的评价,成为脍炙人口的古文名篇。而上田秋成的《故乡》一文,是效仿韩愈的《送李愿归盘谷序》而作的一篇日文文言散文。上田秋成的朋友力斋主翁向他提起韩愈的这篇文章,并跟他提起苏轼对此文的称赞:"余谓唐无文章,惟韩退之《送李愿归盘谷序》而已。平生欲效此作一文,每执笔辄罢,因自笑曰:不若且放,教退之独步。"②这段话在其晚年的随笔集《胆大小心录》中亦有提及,可见苏轼的这段评价对上田秋成的影响之大。力斋主翁希望上田秋成能仿照这篇赠序为其作文一篇。从主动请人作序这一点上来说,上田秋成的这篇和文与《送李愿归盘谷序》本质上是相同的,并非单纯表达送别亲友的离愁别绪,而是一篇包含丰富的社会内容,表达作者思想、作为独立文体的赠序体散文。

第二节　知命保身思想的渊源与近世东亚文脉中的屈原观

在《送李愿归盘谷序》中,韩愈首先对友人李愿隐居之地盘谷的秀丽风景进行铺陈,然后借李愿之口述怀,将世上的人分为三类:第一类为得势之人,知命于天子而施展抱负。第二类为不得势则"我则行之",回归自我,归隐山林。而第三类人则为"伺候于公卿之门,奔走于形势之途,足将进而趑趄,口将言而嗫嚅,处污秽而不羞,触刑辟而诛戮,侥幸于万一,老死而后止者",不得势却蝇营狗苟、趋炎附势、不择手段之人。李愿认为前两类人都是在传统儒家思想中被视为理想人格的"大丈夫",而第三类人则为人所不齿。他指出自己之所以选择归隐山林,"非恶此而逃之,是有命焉,不可幸而致也。"③

---

① 王凯符、张会恩主编:《中国古代写作学》,北京:中国人民大学出版社,1992年,第417页。
② 此句见于宋人胡仔纂集的诗话集《苕溪渔隐丛话》前集卷十八"韩吏部下"。
③ 其中《送李愿归盘古序》的文本引用对照早稻田大学馆藏古籍『古文真宝後集諺解大成』(林羅山諺解,鵜石斎编),宽文三年(1663)刊确认。

李愿称自己并非不愿"遇知于天子、用力于当世",实在是因为"命"之所致。上田秋成在《故乡》中一直围绕"命"这一议题展开。众所周知,上田秋成晚年频繁使用的"命禄"一词,出自王充的《论衡》并受其重要影响,这一点已经是学界的共识。稻田笃信认为上田秋成使用的"命禄"一词,意为人之遇与不遇受到天命的支配,不以个人意志为转移①。长岛弘明则对上田秋成文学中"命禄"一词的用例进行梳理,认为宽政九年妻子瑚琏尼的去世和十年的双眼失明,使得上田秋成在老衰和贫困潦倒中认识到"命禄"的存在,并认为"命禄"是贯穿《春雨物语》的重要主题。只是,他同时指出,让上田秋成认识到"命禄"、让他的文学观从"发愤著书"转变为"安不遇"的契机,并非仅仅是生命的老衰和生活的贫困,更根本的原因应该是他在《安安言》中如"古古而今今之安安才是庶民之分度"所示的分度意识。②而此处所谓的分度,意指本分,指符合某种身份、地位与境遇。他在这里认为,时代发展的潮流不可逆转,安于时代而不是幻想复古、将美好的幻想寄托于古代,才是百姓的本分。由此可见,其知天命的思想与安分意识是息息相关的。

按照长岛弘明整理的用例,"命禄"一词最早出现在游记作品《山里》中。③上田秋成早年的作品中虽然没有使用"命禄"一词,但在其创作《雨月物语》时期其实就已经意识到"命禄"的存在,比如《贫福论》中这样写道:

又身のおこなひもよろしく、人にも至誠ありながら、世に窮られてくるしむ人は、天蒼氏の賜すくなくうまれ出でたるなれば、精神

---

① 稲田篤信:『名分と命禄——上田秋成と同時代の人々』,東京:ぺりかん社,2006年,第127頁。

② 《安安言》写作于1792年,以对本居宣长的古道论批判为中心,阐述了秋成自己的历史观和学问观,批判了本居宣长的复古主义思想,表明了上田秋成的反复古主义的思想。本句引用的日语原文为:古古而今今之安安ヲコソ、庶民ノ分度ナルベケレ,意为将古代当成古代,将今日当成今日,安于今日之安稳,乃庶民之分度。

③ 長島弘明:「秋成と『論衡』——命禄を中心に」,『近世文学と漢文学』,東京:汲古書院,1988年,第149-168頁。

を労しても、命のうちに富貴を得る事なし。

（中文大意：品行端正，亦有至诚之心，却穷困潦倒。（这种人）乃因生来受天苍氏恩赐较少，即便劳其精神，终老亦无法得到富贵。）①

此处所说的"天苍氏"指造物主或天帝，假托钱神之口，指出富贵与福报乃是命中注定，可求但不一定可得。而《菊花之约》中亦提到"死生有命，富贵在天"的语句。因此可见，在上田秋成写作《雨月物语》时就流露出这种"命禄"的思想。只是随着晚年遭遇的不幸越来越多，他更加频繁地使用"命禄"一词，认为人的命运被不可知的力量左右，是不可预知的。可以说，《送李愿归盘谷序》中反复提及的"命"，正是此文打动上田秋成并使其产生强烈共鸣的重要原因。

在《故乡》的第二段和第三段中，上田秋成集中论述了知天命的思想，将世上的人分为两类，一类是得遇之人，一类是不遇之人。他认为人能获得成功或得势，关键不在于聪明或愚笨，而在于能不能遇。而能不能遇，并非可以通过主观努力求得，而往往是命运的安排。接着，他又通过中日两国的历史人物阐述知天命的思想，即人生由一种"不可知"②的力量即命运来安排。上田秋成肯定人们追求富贵的欲望，同时也认为富贵在天，强求不得，正如《贫福论》中钱神所说："古代贤人，求而得益则求，求而无益则不求，随自己的喜好遁隐山林，安度一生。"在《故乡》一文中，他也表达了同样的观点，具体如下：

出て遇ざるは退き、挙らゝは進む，是ぞ世に立人の心にして、おのがほどほどをたもつなりき。あながちに隠れしぞきたらんもたがひたらめ，すゝむべくにしぞくは、身をあやまれるにて、後とり

---

① 本书中引用的上田秋成作品中文译文，均由笔者译自中央公论社《上田秋成全集》，但因文本分析需要，个别地方会依据原文直译或照搬原文的汉字用词。

② 日野龙夫考察徂徕学与本居宣长的影响关系时指出，不可知的思想也是徂徕学和本居宣长的共通点之一，详见：日野龍夫：『宣長と秋成——近世中期文学の研究』，東京：筑摩書房，1984年。

かへさまほしき世もいでこんものぞ。又退くべき時をうしなひて、罪かうむるを、後いかにせん。垣ねの菊を折はやし、南の山を朝よひに打望みたりし人は、<u>此いはほの中にかへりしたぐひの、ほどほどをたもちて安きを楽しむ也。やめられてかなしともおぼさぬ人、ことにたふとし。</u>我と避て飢につき、水に入し人を、おろかなりともいはぬは、さるべきことわりのいとせめたるにこそおはすらめ、罪なくて、海山のおもしろき所の月をみてまし と、独ごちし人は、おほやけにまめまめしからぬにはあらで、みそかに打歎かるゝよしも有つらめ。

（中文大意：出而不遇则退，获举则进，此乃世人立世之心，守住自己的分度。强行归隐也不是正确的选择。当进而退，错失了自身前程，就再也没有挽回的余地。而失去隐退的时机，无辜蒙冤受罪，那该如何是好？像那折东篱之菊、朝夕远望南山的人，归隐于山石之间者，是守住了自己的分度，乐享安逸。遭罢官而不悲戚之人，尤其可贵。而那逆势而为、入水自尽之人，不能说其愚笨，但一定是被理所逼吧。那窃声悲叹，愿以无罪之身、到青山之中沧海之滨赏月的人，必有难言之隐，而非对朝廷不忠。）

此处的论述与《雨月物语》中《贫福论》中钱神的观点相互照应。他认为得遇之时则进，不得遇之时则退，是人平安生活在这个社会上的立足之本。不该退隐时不强退，该退隐时毫不犹豫地退隐，不因为不得遇而伤心难过。他盛赞陶渊明退隐之后依然能够平心静气地享受生活的态度。其后举出与此对照的反面事例，所谓入水自尽之人是屈原，而愿以无罪之身到海滨赏月所指乃是源显基。源显基是日本平安时代的公卿，"愿以无罪之身"一句最早出自《江谈抄》第三卷第十五条，在各种说话文学作品中广为传颂，在近世之后更是成为脍炙人口的一句，而此处的引用与表达的隐逸思想则直接出自《徒然草》。

不幸に愁にしづめる人の、頭おろしなど、ふつつかに思ひとりるにはあらで、有るかなきかに門さしとめて、待つこともなく明し暮したる、さるかたにあらまほし。

> 顕基中納言の言ひけん、配所の月、罪なくて見ん事、さも覚えぬべし。①
>
> （中文译文：因遭遇不幸而深陷忧虑之人，不应轻率地剃发为僧。宜闭门隐居，不问世事，无所期待，悠然度日。显基中纳言有云：愿以无罪之身，赏配所之月。诚然如此。）

关于"愿以无罪之身"一句的意思，解释不尽相同。但在上田秋成的《故乡》中，是通过前后对照的方式，将屈原和源显基与陶渊明的选择进行对比，对屈原不能审时度势入水自尽的选择和源显基未能退隐或没有及时退隐而蒙受莫须有的罪名、无法自由自在地安享归隐的生活表示惋惜。源显基惨遭流放，并非因为他对朝廷不忠，而是因为当归隐时未选择归隐。而屈原得不到昏庸的楚王的重用，谏言得不到采纳，遂悲愤投江。上田秋成认为不能说他的行为愚蠢，只是所谓的"理"束缚了他，他对屈原的选择表示出否定的态度。那么，上田秋成对屈原的这种评价，是他独特的认识吗？以下通过上田秋成的阅读环境和东亚文脉中屈原言说的梳理，考察上田秋成这种思想形成的时代语境。

如前文所述，《古文真宝后集》在日本近世刊行各种版本，成为人们的必读基础书目，而《藤篓册子》中的散文创作有七篇直接或间接受到《古文真宝后集》的影响。有关屈原的作品，《古文真宝后集》卷一和卷二分别收录了《渔父辞》和《吊屈原赋》。其中《渔父辞》一说为屈原本人所作，所谓渔父"盖亦当时隐遁之士，或曰亦原之设词耳"。对于屈原的主张，渔父认为"圣人不凝滞于物而能与世推移，世人皆浊何不淈其泥而扬其波？众人皆醉，何不餔其糟而歠其醨？何故深思高举，自令放为？"屈原和渔父其实代表了两种不同的世界观，文中并未指出好坏之分。林罗山所注《古文真宝后集谚解大成》注释中高度评价屈原的精神"洁白高上"，因此才选择自尽，而渔父的说法都是"隐者之词"。但其后引用宋人葛立方所著《韵语阳秋》（第八）列出了反面观点，内容如下：

---

① 此处由笔者翻译。底本为：神田秀夫、永積安明、安良岡康作校注：『方丈記・徒然草・正法目蔵随聞記・歎異抄』，東京：小学館，1999年。

> 余观渔父告屈原之语曰：圣人不凝滞于物，而能与世推移。又云：众人皆浊云云；众人皆醉云云。此与孔子和而不同之言何异？使屈原能听其说，安时处顺，实得丧于度外，安知不在圣贤之域。而仕不得志，猖急褊躁，甘葬江鱼之腹，知命者肯如是乎？故班固谓露才扬己，忿怼沉江。刘勰谓依彭咸之遗则者，猖狭之志也。扬雄谓遇不遇命也，何必沉身哉。孟郊诗：三黜有愠色，即非贤哲模。孙郃云：道废固命也，何事葬江鱼。皆贼之也。①

葛立方首先指出渔父所言与圣人孔子的观点无异，认为如果屈原能听从渔父的劝说，其选择也符合圣贤之道，在"圣贤之域"，而他投江的做法则是"知命者"所不会选择的。后面则引用班固、刘勰和扬雄等人的说法，否定屈原的选择。历史上对屈原的选择持否定态度的，最著名是扬雄的《反离骚》，其评价如下：

> 夫圣哲之不遭兮，固时命之所有；虽增欷以於邑兮，吾恐灵修之不累改．昔仲尼之去鲁兮，斐斐迟迟而周迈，终回复於旧都兮，何必湘渊与涛濑！溷渔父之铺歠兮，絜沐浴之振衣，弃由聃之所珍兮，跖彭咸之所遗！②

扬雄认为，自古圣人均有不遇，以孔子为例说明，指出孔子在鲁国不被重用，便选择离开，直到知遇，才又回到故国。他主张屈原应该学习圣人的做法，不必为保全名节而投江。在此文的序言中，扬雄还指出，"君子得时则大行，不得时则龙蛇。遇不遇，命也，何必湛身哉"，以及"以神龙之渊潜为懿"，即不遇时选择归隐并不以为悲，反而能够自得其乐，这句话所体现的知命保身的思想，与《故乡》上述引用部分"归隐于山石之间者，是守住了自己的分度，乐享安逸。遭罢官而不悲戚之人，尤其可贵"一句几乎表达了同样的观点。

---

① 林罗山谚解，鹈石斋编：『古文真宝後集谚解大成』，宽文三年（1663）刊。此处由笔者翻刻为简体中文，并加标点。以下凡引古籍，均依此处理。

② 文本引用自张震泽校注：《扬雄集校注》，上海：上海古籍出版社，1993年，第171页。

扬雄非常喜欢屈原的赋，为屈原的死感到惋惜，因此作文凭吊，其中表达的观点直到宋代并未受到太多非议，也没有引起太大的争论。但宋代理学的出现，将这位"离经叛道"的《反离骚》作者推上了风口浪尖。朱熹认为"雄固为屈原之罪人，而此文乃《离骚》之谗贼矣"（《楚辞后语》卷第二"反离骚"第十六），对扬雄及其《反离骚》极尽讽刺。他虽然也认为屈原过于愚忠，却从道学家的角度对屈原忠君践道的做法进行辩护与褒奖，这样写道：

> 夫屈原之忠，忠而过者也。屈原之过，过于忠者也。故论原者，论其大节，则其它可以一切置之而不问。论其细行，而必其合乎圣贤之矩度，则吾固已言其不能皆合於中庸矣，尚何说哉。（中略）盖原之所为虽过，而其忠终非世间偷生幸死者所可及。①

朱熹从道学家的立场肯定了屈原以死尽忠保节的做法，认为屈原的选择符合儒家思想中的圣贤之道，绝非那些贪生怕死苟且偷生之人可比，并对扬雄的人格及其说法进行了猛烈的抨击。朱熹认为扬雄没有在王莽篡位时"自死"，而后却死在王莽当政之时，讽刺其所谓"不遇则退"的说法，认为"不必沉身"的主张是"妾妇儿童之见"。而对于扬雄所说的孔子不遇而退的做法，朱熹也进行了反驳，认为孔子与鲁国不同姓，可以去，但屈原与楚同姓，所谓"同姓无可去之义，有死而已"，他从儒家伦理道德的角度指出以死殉道是屈原在那种情况下的唯一选择。②

对于扬雄的《反离骚》和屈原本人的做法，阳明学左派学者们也从人性的角度进行了关注，尤其是李贽，在《焚书》（读史卷五）中作文三篇，其中《反骚》一文为扬雄辩护，认为扬雄才是真正爱屈原的人（"正为屈子翻愁结耳"），认为那些假道人既不理解扬雄，更不理解屈

---

① 朱熹撰，蒋立甫校点：《楚辞集注》，上海：上海古籍出版社，2001年，第241页。
② 关于中国古代有关屈原的争论，黄中模有详细的梳理，参见黄中模：《屈原问题论争史稿》，北京：北京十月文艺出版社，1987年，第208—220页。而关于扬雄《反离骚》所表达的思想，许结的论文《论扬雄与东汉文学思潮》（载《中国社会科学》1988年第1期）中有详细考察，其中亦提及相关的论争。

原（"彼假人者岂但不知雄，然亦岂知屈乎"），对于屈原，"盖深以为可惜，又深以为可怜"。在接下来的《史记屈原》一篇中，李贽认为屈原"虽忠亦痴"，而在《渔父》一篇中，认为渔父对屈原说的那些道理，屈原心中自然明白，但他依然以杀身殉道，是"愚不可及"。

李贽虽然一生激进，狂狷不羁，最后以言论获罪，因不堪羞辱而自杀于狱中，但他在自己的著述中却又主张知命保身。这种知命保身的思想源自于阳明学左派的创始人王艮。激进的阳明学左派一方面拥有狂者精神，主张人格的自由和独立，"甘居素位而又勇于承担"，"可转化为急人之难的侠义精神"，另一方面又主张尊身与安身。对于这种看似矛盾的两极，正如中国文学研究者左东岭指出，王艮的"安身并非单指修德，亦有肉体生命保障之意"，"不是令人屈从媚世甚或助纣为虐而苟活，而是在保障肉体生命的同时，更需得到人格之尊重。"①

上田秋成在《雨月物语》的《菊花之约》中曾塑造了一个扶危济困、甘于清贫却有着侠义精神的人物左门，亦可视为这种理想人格的体现。在《故乡》中未曾论及狂者侠义之精神，但在主张人格独立、人格尊严以及知命保身方面，他与阳明学左派尊身与安身的思想是相通的。

日本古学派的儒学者伊藤仁斋（1627—1705）也曾就屈原的问题进行过评论。在《童子问》②中，继第十章论及"知命"之后，第十一章着重批判了宋儒以身殉道的主张，他认为"以一木支大厦之倒，君子不为"，主张"智者不强为"，"宋儒谬解中庸明哲保身之旨，贻害善类甚大也"。其中伊藤仁斋所说的善类是指方孝孺和李东阳。方孝孺原仕建文帝，后朱棣发动靖难之役，取得帝位。方孝孺入狱，后经多名大臣联合为其求情，朱棣决定免其死罪，并想重用他。但是他却刚正不阿，对朱棣破口大骂，因此获死。伊藤仁斋认为这种做法是不正确的。而在十四章中，仁斋否定屈原的做法，引用《渔父》中渔父的话，认为屈原"之所以自取

---

① 本段引号内均引自左东岭：《李贽与晚明文学思想》，北京：人民文学出版社，2010年，第34—35页。

② 刊行于1707年。伊藤仁斋的代表作，全书以汉文写成，以问答的形式阐释了仁斋对儒家思想的思考。

其祸"是因为"众人皆醉"他"独醒",没有看清时势,而认为"渔父"的"与世推移"即顺应时代的潮流,不强行逆潮流或强权而动,才是真正的"智者之言"。他认为当国家失道时,应该"默足以容",这才是"学问之所成,道德之所熟","非屈子之所能及"。他认为屈原的不足之处便是没有认清时势,白白牺牲了性命。①

荻生徂徕(1666—1728)虽然没有提及屈原的问题,但是在知天命与安分的问题上,与上田秋成的认识显示出惊人的一致。他和上田秋成一样,认为人的命运乃是被一种神秘不可测的东西即"天"所左右的,认为人应该安于自己的身份、地位和境遇。关于以上两点,他的主张如下:

> 知命者,知天命也。谓知天之所命何如也。先王之道,本于天,奉天命以承之。君子之学道,亦欲以奉天职焉耳。我学道成德而爵不至,是天命我以使传道于人也。君子教学以为事,人不知而不愠,是之谓知命。凡人之力,有及焉,有不及焉。强求其力所不及者,不智之大者也。故曰,不知命,无以为君子也。后儒或曰知其所以然之理,或曰知吉凶祸福,或曰名利得失,毫不动心,皆不知道者之言也已。

> 天不待解,人所皆知也。望之苍苍然,冥冥乎不可得而测之。(中略)夫天之不与人同伦也,犹人之不与禽兽同伦焉。故以人视禽兽之心,岂可得乎。然谓禽兽无心不可也。呜呼天岂若人之心哉。盖天也者,不可得而测焉者也,故曰天命靡常,惟命不于常。(中略)宋儒曰,天即理也者,亦以私智测天者也。②

从以上两段话可以看出,徂徕批判了朱子学的天理观,认为"天不待解",认为天与人的关系如同人与禽兽的差别,二者不同伦,天命是人智所不能及的,是不可测的、不可知的力量。这即是徂徕的不可知论。

---

① 本段引用文本均出自家永三郎ほか校注:『近世思想家文集』,東京:岩波書店,1966年。

② 本段引自吉川幸次郎ほか校注:『荻生徂徠』,東京:岩波書店,1973年。在引用过程中笔者进行了简体转换,并对标点进行了改动。

他认为天神秘不可测（不待解），但是他又认为人应该"知天命"。日本学者田原嗣郎认为，"知天命"是"通过自己的行为和自己所处的客观位置和境遇，悟出上天赋予自己的使命"。①即这里所谓的"知天命"，是指安于上天赋予自己的境遇与地位，理解这是人智之"所不能及"的即知天之不可知，从而做一些以自己的身份、地位与境遇所能及的事情。而强求自己所不能及的，是不知命，不是君子所为。而在《论语徵》中徂徕又指出"不知命，无以为君子也。命者，道之本也。受天命而为天子，为公卿，为大夫，士故学其政，莫非天职，苟不知此不以为天子也"。②正如王青指出，"徂徕认为天命虽然神秘莫测，但如果能够甘于自己先天的社会地位和身份，恪守社会准则，做好自己的本职工作，就是参与了先王之道，因为每个人的本职工作就是自己的天职"。③由此我们可以看出上田秋成与徂徕学思想的相似之处，即安分与知命，安分是安于自己的身份和境遇，而知命则是知天之不可知，命运非人力所能改变，也是安于自己的客观境遇。日野龙夫在指出儒学尤其是徂徕学对国学的影响时，便有不可知论这一条。④与本居宣长同时代的上田秋成，虽然与本居宣长有诸多争论，但是在天之不可知与安分这一点上，也同样明显受到了徂徕的影响，有着浓厚的时代特征。

综上所述，上田秋成主张知命安分与保身保命，对屈原殉道的选择持否定态度，对陶渊明的选择却赞赏有加，赞赏其追求安适的生活以及辞官归隐后淡泊名利的生活态度。因此可以说，上田秋成在《故乡》中表达的安分意识、知命保身与否定殉道的思想，承袭扬雄的《反离骚》，与阳明

---

① 田原嗣郎：『徂徕学の世界』，東京：東京大学出版会，1991年，第110頁。
② 『荻生徂徠全集』第四卷，東京：みすず書房，1978年，第360頁。原为影印，翻刻与标点为笔者。
③ 王青：《日本近世思想概论》，北京：世界知识出版社，2006年，第45页。
④ 日本学者日野龙夫承认宣长思想的独创性，但是认为让宣长的理论构建成为可能的，是荻生徂徕的儒学学说的影响。这里的影响包括：文人意识、通过古语学习体验古代人的心的方法论、不可知论、道德的宽容主义、劝善惩恶的文学论的否定、注重表现美等。（参见：日野龍夫：『宣長と秋成——近世中期文学の研究』，東京：筑摩書房，1984年，第192頁。）

学左派李贽等人以及日本的古学派儒学者伊藤仁斋和荻生徂徕的思想一脉相承。

第三节　作为秩序共同体的"故乡"与安分意识

在《故乡》中，上田秋成多次用到表示身份与分度的词语（"ほど""ほどほど""身のほど"）。

① 昔は聖の御代にうまれあひて、賢しと云人の、ひとりは高きみくらにのぼり、一人はやまにはひかくれしをおもへば、<u>身のほどのたがひあるをいかにせん</u>

② <u>おのがほどをたもつなりき</u>

③ <u>ほどほどをたもちて安きを楽しむ也</u>。

④ 只うまれたる<u>ほどほど</u>に

⑤ 住て都のわびしきは<u>身のほど</u>の貧しきなり

⑥ 是ゆるしてしりに立人も、<u>おのがほどをしりたるなり</u>

⑦ 出てはつかへ、遇ざるはしぞく、<u>其ほどほどにあんずる</u>人の楽しみふかきをさへ思ひしらる

⑧ 夏冬の、うさをもいはで、昼はも、田刈斧とり、夜はもよ、真柴折たき、かづら綯ひ、<u>おのがほどなる、なりはひを、うしともあらず</u>

如前所述，上田秋成认为每个人的地位、境遇和身份等都是命中注定的，人们只有安于自己的地位、身份或境遇，才能保证自己在等级秩序森严的社会中生存下去，这种所谓的安分意识，与前面所说的荻生徂徕的观点是一致的。如《故乡》中写道，古时有两个知识渊博的人，一个荣登高位，一个隐居山林，是因为身份、地位与境遇不同。同时他又指出，乡下的农民应该努力种田，操持家业，不厌弃寒冬炎夏，不因自己身份对应的"业"而烦忧，如武士应该治理国家，农民应该种田等，各安其分。并继而抒发情感，认为自己住在贵族们居住的京都却感到孤独，大概是因为身份贫贱之故。上田秋成一方面道出自己移居京都时的孤独心境，另一方面

指出人们应该住在与身份相符的地方，只有安于境遇，才能获得心安，否则会劳心伤己，进一步指出安于身份和境遇而不强求的重要性。知足安分以安身保身，可以说是上田秋成一贯的人生哲学。那么，他认为何处才能安身呢？从《故乡》的叙述中可以看出，他认为这个可以让人安身安心的地方是故乡，并认为此乃命之所归，与其知命保身的思想是一致的。

上田秋成也曾应同一位朋友之约，仿李白的序文写过一篇《应云林院医伯之需拟李太白春夜宴桃李园序》①，题名几乎没有改动。而在这篇效仿韩愈序文写的《故乡》中，上田秋成不仅将原文的标题改成了《故乡》，而且在论述知命与安分的思想时，将笔墨重点放在对故乡的描述上，由此可以窥见上田秋成的主要意图。

原作《送李愿归盘谷序》中并没有出现故乡一词，而且韩愈在赠序中只写到送隐士李愿归盘谷，并没有说送李愿归故乡。关于李愿其人是谁，曾有学者认为是"西平王李晟的儿子"，"因罪去职，所以到盘谷做隐士"，但是钱伯诚通过对史料的考察，认为李愿另有其人。至于这位李愿是谁，至今尚无人得出可靠的结论。②但是，不管这位李愿是谁，读者只能确定一点：那就是他曾经入朝为官却不受重用，因此选择隐居，是一位隐士，而盘谷则是他的归隐处。

另外，汉语中的归，《说文解字》中解释为："归，女嫁也"（二篇上）③，是指归宿的意思。而《康熙字典》中，解释为"归，不返之辞"，"妇人谓嫁曰归，反曰来归"（辰集下）④。因此可以看出，古汉语中的"归"并非强调返回故乡或出生地，而大部分时候是找到归宿或者去了某个地方而不再回来，归附于某地或安于某地的意思。李白有一首题为《赠王判官，时余归隐居，庐山屏风叠》的诗作。当时李白寻觅报国途径却无功而返，遂决定躲避战乱隐居于庐山。⑤众所周知，庐山并非李白

---

① 收录于《藤篓册子》卷五。
② 钱伯诚：《泛舟集》，北京：中国社会科学出版社，1997年，第44页。
③ 许慎撰，段玉裁注：《说文解字注》，上海：上海古籍出版社，1981年，第68页。
④ 《康熙字典》，北京：中华书局，1958年，第578页。
⑤ 安旗、阎琦：《李白诗集导读》，北京：中国国际广播出版社，2009年，第277页。

的故乡，他只是暂时归隐庐山，仍用了"归"字。而在其寓居安陆（现湖北省安陆市）时，写过一首《安陆白兆山桃花岩寄刘侍御绾》，其中亦有一句"归来桃花岩，得憩云窗眠"，这里亦用了"归"字。因此，可以说既没有任何材料可以证明李愿的出身和他的故乡，文中也没有任何迹象表明盘谷是隐士李愿的故乡。

但上田秋成不仅将自己的文章命名为故乡，而且花费了大量的笔墨论述故乡的意义，比如以下这段，译文如下：

①かの谷深き所の民は、心こそ木すぐなれ、つらつきおにおにしく、鳥のさえずりに物いひつゞけなんは、何かたらふべくもあらぬ、そも故郷なればこそあれ、②ここに帰るは、心を安きにおかんの願ひ也、③しらぬ国、とほき境にゆけば、山は高くそばそばしく、ありその波おどろおどろしくて、すむ人もかたちこゝろのおにおにしからんには、いきて誰とか交はらん、都わたりこそ、山のたたずまひ水の流、木草の花も、おのずからにこやかに、あなおもしろとながめらるゝ、こゝを棄ていづこにかは、④されど在たき所をさえうしとおぼすは、たゞやすき一かたのねがひにたがふからなり、世を見れば、若き男どもの、酒うる家にうかれ遊ぶにさへ、十にふたたびなどや心にかなふらめ、大かたはあるじが立まひを空ぼめし、歌姫等が心をとりつゝとむるには、思ふにかなふ夜こそとぼしからめ、怒をたへ、足らざるをしのぶは、いともくるしげなりとは老て後にこそ思ひしられ。

（中文大意：（1）那山谷深处的山民，心峭直，面目狰狞，言如鸟啼，难以交流。（2）只因彼处乃是故乡，回归故乡，是希望寻得心安。（3）若远走陌生的国度，遥远的他乡，那里崇山峻岭，海阔浪高，人民大概也是面目狰狞、心思歹毒，到了彼处，定无人照应。京都一带倒是山清水秀，草木的花朵殷殷含笑。目之所见，皆有情趣，令人流连忘返。（4）但即便在此向往的居住地，依然闷闷不乐，乃是因其有违寻求心安的初衷。看世间那些年轻男子，到寻欢作乐之人，能做到心满意足的，也不过十之一二。酒家笑脸相迎，歌妓尽心侍奉，那样称心的夜晚，倒能让他们兴趣盎然。可老后他们便（会自食恶果）知晓，隐忍愤怒，忍耐贫穷多么痛苦。）

上田秋成主张安于故乡，即便故乡粗鄙而不风雅。这体现了他主张安于境遇和身份地位的思想。在韩愈的《送李愿归盘谷序》中，韩愈也描述了隐居之地的各种好处。"穷居而野处，升高而望远，坐茂树以终日，濯清泉以自洁；采于山，美可茹，钓于水，鲜可食，起居无时。惟适之安。"上文中上田秋成对京都和他乡的描写，比如山清水秀，风景秀丽等好处的描写，源自韩愈这段对隐居之地的描写。或者说，除了穷居野处和起居无时的不便之处之外，韩愈在赠序中着重描写了隐居之处风景秀丽、水和食物都很新鲜等诸多好处，以说明这是让隐居者"适之安"的原因。但秀丽的风景对于上田秋成来说却并不是最重要的。如本段第一句所示，上田秋成着重强调了故乡的种种不好，说那里的居民生性峭直，长相丑陋，说话像鸟语一般，无法交流。上田秋成通过将故乡的粗鄙和别处如京都的秀丽风景进行对比，强调了故乡的重要性不在于外在的风景美，而是因为故乡是人们的"心安之处"。

第四节　此心安处是吾乡——《故乡》与韩愈的《送区册序》、苏轼的《定风波》

上田秋成阅读视野的汉籍中，还有一部重要的作品即在日本江户时代产生过重要影响的《唐宋八家文读本》。《藤篓册子》汉文序首句"古文云，文章穷而后工"所指即为《唐宋八家文读本》卷十一中所收《梅圣俞诗集序》（欧阳修）提到的观点。[①]而《唐宋八家文读本》中收录了韩愈的另外一篇赠序《送区册序》，在文字上也可以看出上田秋成的《故乡》

---

① 参见新日本古典文学大系《近世歌文集》中收录的《藤篓册子》注释。铃木淳、中村博保校注：『近世歌文集』下，東京：岩波書店，1997年，第265頁。

受其影响的痕迹。①相关段落引用如下：

> 阳山，天下之穷处也。……夹江荒茅篁竹之间，小吏十馀家，皆<u>鸟言夷面</u>。始至，<u>言语不通</u>，画地为字。

由上面的引用可以看出，上田秋成对故乡之乡下人的描写"面目狰狞，言如鸟啼，难以交流"几乎可以看作上文画线部分"鸟言夷面"与"言语不通"两句的日文翻译。《送区册序》是韩愈被贬偏僻之地阳山时所作，当时"韩愈经过六十余日的跋涉，来到距京师长安三百八十余里的阳山"②，因此韩愈在文章的开头抒发了自己无法适应当地环境和语言的苦恼。阳山并非韩愈的故乡，也不是他主动寻求的隐身安居之处，而是遭贬流放的居所。

但是，上田秋成在《故乡》中描写故乡的乡下人形容与言语粗鄙，指的是精神上的无法交流，这一点与韩愈的《送区册序》中原句所要表达的主旨完全不同。上田秋成在这里引用其中对阳山山民的描写，仅仅是用来形容故乡（乡下）的恶劣环境，并与风景秀丽的京都进行比较，强调故乡的环境虽然粗鄙，却可以让人心安。他在《故乡》文中指出故乡之人或许没有文化，并因为文化层次的问题而无法交流，但是毕竟大家都相互熟识。正如池内敏所说，"对于（江户时代的）人们来说，出身地即出生的地方，首先是一个能够唤起归属意识的地方。在那里，本人认识周围的人，周围的人也熟知自己。"③从《故乡》一文中可以看出，上田秋成亦持这种观点，正如前述引用部分画线（3）指出，若是异地他乡，环境险恶之地，"定无人照应"，又如画线（4）指出，即便是花好月圆令人流连的

---

① 明代文人茅坤编辑的《唐宋八大家文钞》、清沈德潜编撰的《唐宋八家文读本》中均收录《送区册序》，后者的和刻本赖山阳（1780—1832）增评的《增评唐宋八大家文读本》虽然出版于上田秋成去世之后，但作为大致同时代的古文选本，具有一定的参考意义。前者在日本现存明刊本、清刊本。

② 卞孝萱、张清华、阎琦：《韩愈评传》，南京：南京大学出版社，1998年，第104页。

③ ひろたまさき編：『日本の近世16民衆のこころ』，東京：中央公論社，1994年，第294页。

京都，也常常感到闷闷不乐，是因这个地方与身份、地位不符，"有违寻求心安的初衷"。

上田秋成的《故乡》脱胎于韩愈的《送李愿归盘谷序》，但有些表达与《送区册序》有相似之处。《故乡》继承了知天命的思想，另一方面将强调的重点放在"安于故乡"即安分这一点上。可以说，《故乡》与韩愈的《送李愿归盘谷序》的最大不同便是强调"心安之处"，类似"心安之处"的表达出现过多次，而作者认为心安之处是故乡。

在苏轼的词作中，有一首广为人知的《定风波》，其中有一句"此心安处是吾乡"。前文提到宋人胡仔所著《苕溪渔隐丛话》中亦收录其词序，内容如下：

> 《东皋杂录》云：王定国岭外归，出歌者劝东坡酒，坡作《定风波》。序云：王定国歌儿曰柔奴，姓宇文氏，眉目娟丽，善应对，家世在京师。定国南迁，余问柔："广南风土，应是不好。"柔对曰："此心安处，便是吾乡。"因为缀此词云：常羡人间琢玉郎，天教分付点酥娘。自作清歌传皓齿，风起，雪飞炎海变清凉。万里归来年愈少，微笑，笑时犹带岭梅香。试问岭南应不好，却道：此心安处是吾乡。

王定国因为受到苏轼诗文案的牵连被贬到广南，世代住在京城的歌姬柔奴跟着王定国来到这个偏僻的广南，苏轼问其广南如何，柔奴便说了这么一句。柔奴认为虽然广南并非故乡，风土亦不好，但是这里能让她感到心安，她便把这个地方当成了故乡。虽然主旨与上田秋成的文章迥异，但是可以推测上田秋成把故乡作为心安之处的说法或许来源于苏轼的《定风波》。

晚年的上田秋成非常喜欢苏轼，在其有关茶的著述《清风琐言》中，多次提到苏轼有关茶的认识。德田武通过考证认为，上田秋成在晚年的写作中翻阅了很多关于苏轼的书籍，其中包括《东坡志林》和《东坡禅喜集》等书[①]。而宋人胡仔纂集的《苕溪渔隐丛话》前集主要侧重杜甫和苏

---

① 德田武：「上田秋成と蘇東坡」，『江戶風雅』(2)，2010年，第49-57頁。

轼，其中卷三十八到卷四十六，后集卷二十六到卷三十，记录了和苏轼有关的诗话，上面这首诗话出自后集最后一卷"丽人杂记"。上田秋成在《故乡》的开头引用的苏轼对韩愈《送李愿归盘谷序》的称赞亦出自《苕溪渔隐丛话》。因此不难推定上田秋成曾经读到过这首词或者有关这首词的轶事。

《故乡》正文之后，以一组长歌并反歌总结了这篇散文的主题，长歌描述了故乡的安稳生活和那些为了追求荣华富贵离开故乡的人，最后一句点题，认为人生的目的不过是在现实生活中求得心安。上田秋成60岁时因生活原因离开大阪移居京都。这首和歌体现出上田秋成在京都的孤独心境以及思乡之情。在本文当中，上田秋成亦提到一些追求风雅的文艺青年，喜欢京都的好山好水，沉溺于酒色之中，并说他们"老后方知"，这无疑是对自己年轻时"狂荡"的自责。

如果说"异乡"是欲望的象征，那么"故乡"就象征着现实，现实虽然粗鄙，却能够让生活在这里的人们平安无事，这种思考也构成了上田秋成早年作品《雨月物语》的一贯主题，《夜宿荒宅》《吉备津之釜》等作品都表达了相似的主题，而最具代表性的例子是《蛇性之淫》，丰雄与蛇妖真女子相遇的地点是粗鄙的乡下与京都交界处的新宫，而丰雄正是从"新宫"这个地方，一步步走向不属于自己的彼方，享受了目之所见皆有情趣的他乡之乐，而回到乡里才摆脱了作为"欲望"象征的蛇妖，保得平安。小说最后一句提到回到故土的丰雄平安无事，具有重要的提示意义。而远走他乡的正太郎，却惨死厉鬼之手。上田秋成早年的这些虚构创作与其晚年的命禄思想、分度意识不谋而合，与这首长歌的主题也有异曲同工之趣。

本章小结

总之，上田秋成对韩愈在《送李愿归盘谷序》中所表达的命运认识和人生观持有同感，并被他的思想深深打动。另一方面，上田秋成脱离了原作，将议论的重点放在故乡上，认为故乡才是人们安居、安身与安心的地方。本书通过对《故乡》的考察，指出了其中部分语句与《送区册序》的相似之处，并以文中体现的屈原观为切入点，从林罗山《古文真宝后集谚解大成》中的《渔父辞》注解出发，梳理了朱子学者和阳明学左派学者以及日本江户时代儒学者对屈原的认识，考察了其中的天命思想及其安分意识。通过考察可以发现，文中体现的知命保身的思想，尤其是其中对屈原等历史人物的认识，产生于同时代的思想语境之中，与中国晚明思想家的明哲保身论、李贽、伊藤仁斋、荻生徂徕的天命思想一脉相承。《故乡》一文继承了原作天命意识的同时，又主张保身安身，体现了上田秋成浓厚而一贯的安分意识。上田秋成的知命保身的思想与安分意识在晚年时愈发浓厚，但结合《雨月物语》可以发现，这种思想在当时就已经隐含在小说的创作之中。对知命保身的思想及安分意识的考察，也为《雨月物语》等上田秋成早年作品的重新解读提供了一个新的视角。

第三章

从《贫福论》看上田秋成的财富观
　　——当求与可求

　　《贫福论》是《雨月物语》的最后一篇。这篇小说的主人公是一个叫做左内的武士。与一般武士的安贫乐道不同，他勤俭爱财，因此有一天晚上钱神现身在他面前，与他谈起有关金钱的话题。与《白峰》中登场人物采取辩论的形式不同，这篇《贫福论》中左内和钱神采取的是问答的形式，这与很多传教类的问答书相似，即传教人与被传教人以问答的形式进行谈话，通过传教人回答被传教人的问题体现传教人的主张。而且，在这篇作品中，左内和钱神的观点基本一致，因此这一篇中所体现的思想可以说是以钱神为主导的"布道式"的思想传达，是比较好理解的。在小说的最后一段，钱神送给左内八字箴言——"尧蓂日杲，百姓归家"，一般认为这里的家是指德川家康，但是从第一章与第二章所述的上田秋成对故乡的认识以及他对家的执着这一点也可以看出，这里的百姓归家除了一般认为的对德川时代的开拓者德川家康的讴歌这层意思之外，也蕴含着上田秋成对安居乐业的渴望与赞美。本章将着重考察《贫福论》中所体现的上田秋成的财富观及其在义利之辩中的立场，并将这个问题置于东亚的时代语境中，探讨其思想的来源和时代的共通性。

第一节 《乌宝传》作为典据的可能性

《贫福论》与《菊花之约》《蛇性之淫》和《梦应鲤鱼》不同，后三者的典据分别来自同一篇中国的文学作品，但是前者《贫福论》却是根据多篇作品而创作的。按照诸多先学的考证，其主要出典有日本古代文献如《翁草》《常山纪谈》《徒然草》等，中国古代文献如《货殖列传》（《史记》卷129 列传第69）、鲁褒的《钱神论》《五杂组》以及《剪灯新话》中的《富贵发迹司志》等。

关于以上文献与《贫福论》的出典关系，在学界已是定论，但是为了进一步搜寻与证明其他出典，下面笔者将对《贫福论》与以上作品的出典关系做一个简单梳理，并考察其思想内容的继承关系。

《货殖列传》是《史记》中的名篇，文中记录了致富的名人、富国的名臣等，抛却儒家道德的评判，肯定人们追求财富的欲望以及这些致富之人的行为。《贫福论》中不仅明确提到《货殖列传》，而且许多语言也多为《货殖列传》中的直接翻译或节译，下面按照二者所表达思想的共同之处，列举如下：

（1）四民各司其职，尤其肯定工商业者的作用

> 故待农而食之，虞而出之，工而成之，商而通之，此宁有政教发征期会哉？人各任其能，竭其力，以得所欲。故物贱之征贵，贵之征贱，各劝其业，乐其事，若水之趋下，日夜无休时，不召而自来，不求而民出之。岂非道之所符，而自然之验邪？

> 《周书》曰："农不出则乏其食，工不出则乏其事，商不出则三宝绝，虞不出则财匮少。"财匮少而山泽不辟矣。此四者，民所衣食之原也。

> 恒の産なきは恒の心なし。百姓は勤て穀を出し、工匠等修てこれを助け、商賈務めて此を通はし、おのれが産を治め家を富して、祖

を祭り子孫を謀る外、人たるもの何をか為ん。

（人无恒产则无恒心。农民勤于农耕，工匠修以助之，商人务以通此，各行各业做好自己的本分营生，发家致富，祭祀祖先，谋子孙繁荣。这不才是做人之道么？）

（2）肯定国富和富国名臣

故太公望封於菅丘，地潟卤，人民寡，于是太公劝其女功，极技巧，通鱼盐，则人物归之，繈至而辐凑。故齐冠带衣履天下，海岱之间敛袂而往朝焉。其後齐中衰，管子修之，设轻重九府，则桓公以霸，九合诸侯，一匡天下；而管氏亦有三归，位在陪臣，富於列国之君。

昔者越王句践困於会稽之上，乃用范蠡、计然。（中略）修之十年，国富，厚赂战士，士赴矢石，如渴得饮，遂报彊吴，观兵中国，称号"五霸"。

子贡既学于仲尼，退而仕于卫，废著鬻财於曹、鲁之间，七十子之徒，赐最为饶益。原宪不厌糟，匿於穷巷。子贡结驷连骑，束帛之币以聘享诸侯，所至，国君无不分庭与之抗礼。夫使孔子名布扬於天下者，子贡先后之也。此所谓得势而益彰者乎？

白圭，周人也。当魏文侯时，李克务尽地力，而白圭乐观时变，故人弃我取，人取我与。（中略）盖天下言治生祖白圭。

天の時をはかり、地の利を察らめて、おのづからなる富貴を得るなり。呂望齐に封ぜられて民に産業を教ふれば、海方の人利に走りてこゝに来朝ふ。管仲九たび諸侯をあはせて、身は倍臣ながら富貴は列国の君に勝れり。范蠡、子貢、白圭が徒、財を鬻ぎ利を逐て、巨万の金を畳なす。

（中文译文：观天时，察地利，自然可得富贵。吕望封齐，教民以产业，海方之人趋利来朝。管仲九度遇诸侯，身为陪臣，然富贵胜

第三章 从《贫福论》看上田秋成的财富观　85

列国之君主。范蠡、子贡、白圭之徒，鬻财逐利，累金巨万。）

（3）俭约与勤奋为致富之正道

　　夫纤啬筋力，治生之正道也，而富者必用奇胜。（中略）由是观之，富无经业，则货无常主，能者辐凑，不肖者瓦解。千金之家比一都之君，巨万者乃与王者同乐。

　　かくいへど富貴のみちは術にして、巧なるものはよく湊め、不肖のものは瓦の解るより易し。（中略）諺にもいへり。千金の子は市に死せず、富貴の人は王者とたのしみを同じうすとなん。まことに淵深ければ魚よくあそび、山長ければ獣よくそだつは天の随なることわりなり。

　　（然则，富贵之道有术，巧者能凑，不肖者易如瓦解……古谚有云：千金之子不死于市，富贵之人与王者同乐。渊深而鱼跃，山深则兽成，此乃自然之理也。①）

除以上之外，还有部分语句为《货殖列传》的直译，小学馆新全集头注已有详细标注，在此不一一列举。无论从引用的数量上来说，还是从思想的继承关系上来说，《货殖列传》作为《贫福论》最重要的出典这一点是无可置疑的。除以上标题中所示的思想的共性，附加解释如下：

第一，在第一组中，"此四者，民之衣食所原也"与"为人者更有何为？"（人たるもの何をか為ん）一句，后者不是前者的直接翻译，却解释说明了司马迁的未尽之言，而这中间或有阳明学左派学者所说的百姓日用即是人伦的思想，将在第三节提到。第二，第三组中日文引用虽未提到俭约，但是俭约一词是《贫福论》的关键词，散见于整篇，在此不再累赘引用。而《货殖列传》也列举了许多勤俭致富的故事。足见《货殖列传》对《贫福论》的影响。

---

① 此处是化用《货殖列传》中的"渊深而鱼生之，山深而兽往之"。原文为：礼生于有而废于无。故君子富，好行其德；小人富，以适其力。渊深而鱼生之，山深而兽往之，人富而仁义附焉。富者得执益彰，失势则客无所之，以而不乐。夷狄益甚。

《五杂组》与《剪灯新话》中的《富贵发迹司志》与《贫福论》的关系止于词句或者事例的引用。而《钱神论》虽为出典之一，但是在思想表达方面却与《贫福论》迥异。前者叙述金钱的无所不能，目的在于讽刺当时社会的拜金风潮。

综观以上出典，有关钱财不喜欢读书人以及喜欢俭约之人（《货殖列传》中虽有俭约之人可以致富，但并未以拟人化的手法写出金钱喜欢俭约之人）或喜欢跟随"喜欢钱的人"之类的观点，在上述文献中都没有出现。

那么，这个观点出自哪里呢？笔者在考察时发现，在中国经济思想史上，除了鲁褒的《钱神论》之外，还有一篇有关货币的重要文献，那就是高则诚①的《乌宝传》，收录于明代文人陶宗仪编纂的笔记《南村辍耕录》（下称《辍耕录》）卷十三中。《乌宝传》以拟人的手法为元代的纸币拟传，通过讲述纸币的性格与经历，讽刺了元政府滥发纸币，"使中国历史上对货币拜物教的崇拜，达到了一个新阶段"②。《乌宝传》主旨上与《钱神论》相似。而在《贫福论》中，钱神也向左内述怀钱族的性格。对于金钱的性格的描写，《乌宝传》与《贫福论》有几点相似如下。

① 宝之所在，人争迎取邀致，苟得至其家，则老稚婢隶无不忻悦，且重扃邃宇，敬事保爱，唯恐其他适也。然素趋势利，其富室势人每屈辄往，虽终身服役弗厌。其窭人贫氓。有倾心愿见，终不肯一往。② <u>尤不喜儒，虽有暂相与往来者，亦终不能久留也。盖儒墨之素不相合若此。</u>

③ <u>此宝好逸恶劳，爱俭素，疾华侈，常客於弘农田氏，田氏朴且啬，宝竭诚与交。田氏没，其子好奢靡，日以声色宴游为事，宝甚厌之。邻有商氏者，亦若田氏父之为也，遂挈其族往依焉。盖墨之道贵清净故也。</u>然其为人也多诈，反复不常，凡达官势人，无不愿交，而

---

① 与瞿祐（1347—1433）生活在同一时代的元末著名文人，生于1305年，卒于明初，代表作为《琵琶记》。传世诗文作品不多，散见于明清文人编撰的诗集、文集和笔记中。

② 赵靖主编：《中国经济思想通史（修订本）》，北京：北京大学出版社，2002年，第1560—1564页。

第三章　从《贫福论》看上田秋成的财富观　87

率皆不利败事，④故其廉介自持者，率不与宝交。①

　A　只「貧しうしてたのしむ」てふことばありて、（中略）文字てふものに繋がれて、金の徳を薄んじては、みづから清潔と唱へ、鋤を揮て棄たる人を賢しといふ。（中略）土にうもれては<u>冷泉を湛へ、不浄を除き</u>、妙なる音を蔵せり。かく<u>清よきものの</u>、いかなれば愚昧貪酷の人にのみ集ふべきやうなし。今夜此の憤りを吐て年来のこころやりをなし侍る事のうれしさよ。

　　（中文译文：有句话称"贫而乐道"。有些人被文字束缚，轻视金钱之德，自称安于清贫，亲自挥舞锄头，放弃富贵之道。世人称之为贤人……（金钱）深埋土中，可生灵泉，去除污秽，收集妙音。如此纯洁的东西，何故聚集在愚昧贪婪的人手中？今夜老朽得以一吐心中积愤，实在畅快。）

　B　我今仮に化をあらはして語るといへども、神にあらず仏にあらず、もと非情の物なれば人と異なる慮あり。（中略）又卑吝貪酷の人は金銀を見ては父母のごとくしたしみ、食ふべきをも喫はず、穿べきをも着ず、得難きいのちさへ惜と思はで、起ても臥てわすれねば、ここにあつまる事まのあたりなることわりなり。

　　（中文译文：我今幻化为人形与你谈论，但我并非神佛，原为无情之物，与人类之想法有所不同。……另外，那些品质恶劣、贪得无厌的人看待金钱如待父母一样，省吃俭用，甚至不惜搭上宝贵的生命，时刻谨记于心。金银为何会汇集在他们囊中，原因十分明显。）

　C　かくいへど富貴のみちは術にして巧なるものはよく湊め、不肖のものは瓦の解るより易し。且我がともがらは、<u>人の生産につきめぐりて、たのみとする主もさだまらず、ここにあつまるかとすれば、その主のおこなひによりてたちまちかしこに走る</u>。（中略）<u>ときを得たらん人の倹約を守りつひえを省きてよく務めんにはおのづから家富み人服すべし</u>。

---

①　用字标点基本参照陶宗仪撰：《南村辍耕录》，北京：中华书局，1959年。

（中文译文：话虽如此，但富贵之道有术，高明者往往聚敛财富，不善此技者，破财如瓦碎。且我辈之人，与每个人的生计结合在一起，没有固定的主人，今天聚集在这里，明天可能就会因为那个主人的某种行为而离他远去……生而逢时之人恪守俭约，省吃俭用，勤务生产，自然发家致富，人亦心悦诚服。）

诚然，《乌宝传》和《贫福论》因为创作背景与意图的不同，在表现形式和思想上也有很大不同。比如《乌宝传》采用第三人称的形式，对纸币乌宝的描述也多使用贬义词，如"势力""好逸恶劳"等，而《贫福论》中对金钱的议论则是采用钱神与左内问答的形式，对于金钱性质的描述多出自钱神本人之口，对金钱的性质本身没有褒贬。如钱神本人所说，金钱与人不同，是一种"非情"之物，亦无所谓道德。不管对方是善是恶，只要谁肯珍惜它，它便会到谁那里去，即便对方是个十恶不赦之人。钱神自己也常常对自己总是聚集在那些"贪婪卑吝"的人家而感到郁愤不已，但是他又会平静地接受这个事实，因为他认为这是金钱之性所致。

《乌宝传》和《贫福论》因为创作的时代背景和写作形式不同，有以上这些不同之处。但是同时相似之处也是明显可见的，总结如下：

其一是金钱无情无德。两篇虽然在叙述上有褒贬之分，但是在无情和无德这一点上却是相似的。金钱只跟随那些重视它们的人，因此以清贫为乐的儒生（在江户时代的日本则是武士、儒者）常空谈道德——当然在上田秋成的语境中，也包含诸如本居宣长和松尾芭蕉等空谈风雅的"习字探韵"之人——他们以谈论金钱为耻，因此金钱亦不喜欢这类人。

其二是金钱居无定所，喜欢勤俭（有的甚至是卑吝）之人。《乌宝传》中提到乌宝的性格，指出乌宝"爱俭素，疾华侈"。起初乌宝聚集在一位朴素而吝啬的农民家中，后来因为这位农民的儿子生活侈靡，乌宝便离开了这位农民家，到了另外一位同样俭朴而吝啬的商人家中。在《贫福论》中，主人公左内勤俭持家，虽然他不同于一般的卑吝的恶人，但是在外人眼中他也是一个吝啬的守财奴。正因他的爱财之心，才感动了钱神，决定现身与他一叙。而关于金钱一族的性质，钱神也做出了如上文引用中B与C的描述。引文C中，钱神指出金钱一族多居无定所，只是随着人家

第三章 从《贫福论》看上田秋成的财富观　89

的生产变动而流转,今天到东家明天便到西家。俭约之人自然能够得到财富。而引文B部分则提到,那些贪婪卑吝之人因为总是省吃俭用,所以金钱才自然而然地聚集到这些人的家中。因此,从两篇文章对金钱的性质的设定上来看,这两篇文章如出一辙。

其三说到金钱这个东西是清净的。《乌宝传》中的乌宝是纸币,由墨印刷而成,因此乌宝性贵清净,也因此不喜欢华丽,只喜欢简素。在《贫福论》中,如以上引文A之画线部分,钱神指出金钱(黄金)"深埋土中,可生灵泉,去除污秽,收集妙音",提到金钱是一个清洁的东西(清よきもの)。关于钱与泉的关联,作为出典之一的《钱神论》中也有出现,是这样说的:"钱之为言泉也!百姓日用,其源不匮。无远不往,无深不至。"按照《初学记》第二十六卷"钱第五"的解释,钱,"周官曰泉",钱与泉古音相同,因此又将钱称为泉。这里只是指出钱之所以称为泉的原因,而并没有提到金钱的"清净"或者"清洁"。

以上主要从内容上分析了《贫福论》与《乌宝传》的相似性,而这些相似性在前辈学者指出的出典文献诸如《货殖列传》《五杂组》和《剪灯新话》等作品中均不存在。

那么,《乌宝传》在日本江户时代的传播情况又是怎样的呢?下面将从《乌宝传》的传播路径上考察《乌宝传》作为《贫福论》的出典的可能性。

元末明初的文人学者陶宗仪编纂的笔记《说郛》传入日本,对日本近世怪异小说和随笔的创作产生了很大的影响。而他编纂的《辍耕录》亦早早传入日本并被刊刻。据长泽规矩也的整理书目[①],现存《辍耕录》的和刻本刊刻时间最早的是承应元年(1652)刻本[②]。而据其在《和刻本汉籍随笔集》中的"解题"中的介绍,《辍耕录》的明刊本——万历年间的云间王氏玉兰亭草堂刊本传入日本很多。除以上明刊本、和刻本之外,现存

---

① 長澤規矩也:『和刻本漢籍分類目録』,東京:汲古書院,1976年,第145頁。
② 早稻田大学附属图书馆藏古籍资料。第十三卷内封有藏书者书写的"王充论衡,命禄篇,故夫富贵若有神,助贫贱若有鬼祸"。第一章曾经提到王充的命禄思想对上田秋成产生过很大的影响。在此因无法推定此文书写者为何人,仅在注中提出,仅供参考。虽无法证明二者的关系,亦可以说明王充的命禄思想在上田秋成的同时代的影响。

的还有江户末期的海保元备写本①。关于《辍耕录》在日本江户时代的传播和影响，目前还没有系统的研究，仅散见于一些论文和著作中。

日本近代作家冈本绮堂在其翻案小说《中国怪奇小说集　辍耕录》中也曾借小说中的人物之口，称陶宗仪的《辍耕录》很早便传入日本，对于日本人来说耳熟能详，其中的《飞云渡》和《阴德延寿》等故事成为落语的材料，其他故事也翻案到江户时代的小说中②。

江户中期的百科事典《类聚名物考》第337条中有对《辍耕录》的引用③。《类聚名物考》具体成立时间不详，但是其编者山冈浚明（1712—1780）是一个略比上田秋成年长、生活在同一个时代且有着相仿的生活环境与学习环境的国学者，曾师从贺茂真渊学习国学。前章已经重复说到，《雨月物语》出版于1776年，从时间上来说上田秋成有可能接触山冈浚明编撰的这个百科事典，且即便未曾接触，也充分可以推定山冈浚明引用的这本《辍耕录》是上田秋成视野内的读物。

铃木满曾经在考察两则落语的故事来源时，指出根岸镇卫（1737—1815）的奇异杂谈集《耳囊》中的《借阴德遁危难之事》（陰徳危難を遁れし事）和青木鹭水（1658—1733）的浮世草子作品《古今堪忍记》卷一（1708）中的《买寿命之忍耐　堺之道顺看人相之事》（寿命を買堪忍堺の道順人相を見し事，以下称《买寿命》）分别翻案于《辍耕录》第八卷的《飞云渡》和第十二卷的《阴德延寿》④。铃木满在其论文中仅指出以上两组小说在主题上的相似性，而其在内容和语言上的翻案痕迹也是非常明

---

① 东京大学综合图书馆藏古籍资料。
② 冈本绮堂：『中国怪奇小説集』，東京：光文社，1994年。
③ 参考南方熊楠『十二支考』所收「鼠に関する民俗と信念」（南方熊楠：『南方熊楠全集』第一卷，東京：平凡社，1971年，第596頁。）
④ 铃木满：「『輟耕録』から落語まで」，『武蔵大学人文学会雑誌』34（3），2003年，第95-112頁。

显的。①

　　据《日本庶民生活史料集成》所收《耳囊》的"解题"介绍，根岸镇卫在其任佐渡奉行期间（1784—1787）开始写作《耳囊》，而据其跋文介绍，整书收录了作者本人在天明四年（1784）到文化二年（1805）间所见所闻之事②，而实际上正如本论中所述，书中所述奇异之事多有对中国笔记小说的翻案。《借阴德遁危难之事》所在的卷六中所记的故事以文化元年（1804）为下限。这一年，上田秋成写作《藤篓册子》，距《雨月物语》出版已有30年，虽然不能成为影响上田秋成创作《贫福论》的因素，但是从青木鹭水的《古今堪忍记》到《耳囊》这些与上田秋成同时代的文人学者的作品对《辍耕录》的翻案情况，亦可以推测出上田秋成的阅读环境。

　　《国史馆日录》③宽文八年（1667）二月十五日条中有对《辍耕录》的如下记载："出六义堂，入文库巡视而归寝，今日读渊明集四十叶，薄暮，春常谈曰，顷间见辍耕录，有邵玄同忍、默、恕、退四卦。"④

　　在《古义堂文库目录》⑤中亦有收录此书的书名，其上有伊藤仁斋之子伊藤东涯的题字。这也可以说明此书在上田秋成创作《雨月物语》前后

---

①　关于内容的相似性和翻案痕迹，因与本论无关，仅作说明如下：《飞云渡》收录于《辍耕录》第八卷中，讲述了一个放荡不羁的少年被告知余寿不过三年。因自己将不久于人世，便不娶妻，不从事生产作业，仅仗义轻财。一日，他在船渡边看到一个因为丢失主人的珠子耳环而欲轻生的丫鬟，少年便说自己刚好捡到一个，并归还其主人。后来，少年又来到渡船处时，又遇见这个丫鬟。这个丫鬟被主人遣嫁给这附近的"梳剃者"。妇人（丫鬟）挽留其吃午饭，少年便没有坐船。结果坐上船的人都葬身鱼腹。后来少年寿终正寝。《遁阴德危难之事》将少年改成武士，虽然没有算命的情节，但是女子轻生的原因与后来武士得救的原委均与《飞云渡》如出一辙。《买寿命之忍耐 堺之道顺看人相之事》（其中道顺为人名）也基本仿照《阴德延寿》的情节，有些语句亦近乎直译，如"君奇代の人なり。何として此秋死給はざりけるや"（公中秋胡不死）。

②　谷川健一ほか編：『日本庶民生活史料集成　第十六巻・奇談・紀聞』，東京：三一書房，1970年。

③　《国史馆日录》为江户初期儒学者林鹅峰（林罗山之子）的日记，因奉幕府之命编撰本朝通鉴（日本历史），工作地点设置在其邸内，因此当时林邸又被称为国史馆，

④　日本国立国会図書館デジタルコレクション：『国史館日録』10（寛文八年正月至三月）。翻刻与标点符号为笔者加。

⑤　天理図書館編集：『古義堂文庫目録』復刻版，東京：八木書店，2005年。

的儒者和文人当中有一定的影响力。

以上通过对上田秋成周边的文人学者的阅读环境的分析，说明上田秋成有充分可能接触到《辍耕录》。因此，无论从内容上来说，还是从上田秋成周边的知识环境以及《辍耕录》的传播方面来说，《乌宝传》作为《贫福论》的出典的可能性是可以充分想见的。

第二节　从《贫福论》看上田秋成在义利之辩中的立场

前面已经说到，《贫福论》的主人公冈左内是一个与众不同的武士，从不掩饰自己对金钱的喜爱，小说的开头这样写道：

> 陸奥の国蒲生氏郷の家に，岡左内といふ武士あり。禄おもく，誉たかく，丈夫の名を関の東に震ふ。此士いと偏固なる事あり。富貴をねがふ心常の武扁にひとしからず，倹約を宗として家の掟をせしほどに，年を畳て富昌へけり。かつ軍を調練す間には，茶味甑香を娯しまず。庁上なる所に許多の金を布班べて，心を和さむる事，世の人の月花にあそぶに勝れり。人みな左内が行跡をあやしみて，吝嗇野情の人なりとて，爪はぢきをして悪みけり。
>
> （中文译文：陆奥之国蒲生氏乡家中，有一个叫做冈左内的武士。禄厚誉高，丈夫之名威震关东。此士有颇偏固之事。念富贵之心，与一般的武人不同。以俭约为宗旨，并定为家规，多年积累下来，也落得家业兴旺，成为名震一方的富豪。且在练兵之时，不好茶味，亦不爱玩香。厅堂之上，摆放许多金子，以慰己心，胜于世人游戏于风花雪月之间。人皆以左内之行迹为奇，以其为吝啬野情之人，甚厌恶之。）

早在气质物《世间妾形气》第三卷《武士之雄心，归根结底亦是金》[①]中便能找到左内这个人物的原型，这一点早有先学指出且已成定论，不待笔者赘言。主人公是一个叫做熊谷次郎太夫的武士。

---

① 日文原文为：武士の矢たけ心もつまる所は金。

去る北国大名の御家中に熊谷次郎太夫とて、千石頂戴の家柄、いまだ四十にたらぬ人物なれども、物堅き事石部金吉にて、忠義もっぱらの武士。殊に万事発明なれば、江戸勤め久しく年をかさねて、御大切の役目を承る。この次郎太夫天性倹約を勘要として、<u>金銀を貯ふる事、いにしへの岡左内にもひとしき癖あれども、さすがに武士たる道をまもりて、たのもしき志深かりけり。</u>

　（中文译文：某北国大名家中有一武士名为熊谷次郎太夫，为俸禄千石之家门，现年不足四十，然其为人顽固耿直，总以忠义为先。尤其因其万事聪明，在江户任职多年，被委以重任。此次郎太夫，虽天性以俭约为要，在储存金银这方面，堪比古代的冈左内，但其恪守武士之道，为人稳重而可靠。）

　　在这篇小说中，这位堪比冈左内①的年轻武士，是一位正直且以忠义为重的人，而且天性俭约，喜欢蓄财。在这里，作者便认为俭约是一种不可改变的气质，也就是天性。而且，作者将这位俭约而且喜欢蓄财产的年轻武士塑造成一个正面形象，说明对于《贫福论》中的主人公左内，作者必然也不是持批判态度，而是加以褒奖的。

　　但是，在小说的世界中，左内在生活中厉行节俭，却背负一个"吝啬野情"的恶名。通过前文"不好茶味，亦不爱玩香"，"厅堂之上，摆放许多金子，以慰己心，胜于世人游戏于风花雪月之间"，可以看出这里的"野情"二字为不通风雅之意。左内爱财的思想，不仅与当时的一般武士"重名轻财"的观念截然相反，而且与一般世人尤其是上层民众在文人的蛊惑之下附庸风雅的作风也很不相同。当然，除了这些视金钱如粪土的武士和一般的文人雅士之外，还有一类人，那就是"贪婪卑吝"之人。这种人将金钱视为父母，为了得到财富而不择手段，毫无人性道德，没有亲情和友情，但是却富甲一方。左内和这类人也不同，他虽然爱财却取之有道，且在合理合情的情况下赏赐自己的部下。

　　如此爱财的左内见到钱神之后向他讲述了自己一直以来的疑惑。那

---

①　此处的冈左内是奥州上杉家的家臣，擅长殖货蓄财之术。

就是：当今世上的富人十之八九都是贪婪残忍之人，而那些对君主竭尽忠诚、孝顺父母、有扶贫济弱之心的人却大多生活清贫。因此，左内问钱神儒门的教诲是否荒唐无稽？而钱神则回答说，左内所问的问题自古以来便有议论，至今也没有答案。

佛家主张修行，积善行求来生富贵，程朱理学讲"义"重于天。不管是佛家还是儒家（程朱理学），都将道德置于至高无上的地位。而钱神却说金钱之德与儒佛之德不同，金钱之性也不同于人性。金钱之所以会聚集到儒家和佛家眼中的那些"恶业悭贪"的人手上，其实是因为金钱是一种无情之物，人类不能用儒佛的道德去衡量钱族的行为。

左内的疑问正是儒家自古以来讨论的义利问题。义利之辩是历代儒家学者纠缠不休的问题。孔子在《论语》（里仁篇）中提出"君子喻于义，小人喻于利。"重义还是重利成为划分君子和小人的标准。但是另一方面，他同时也积极肯定了作为人欲的富贵之心，所谓"富与贵，是人之所欲也；不以其道得之，不处也。贫与贱，是人之所恶也；不以其道得之，不去也。"后世的儒学者对《论语》中有关义利的解释产生了分歧。

在《贫福论》最重要出典《货殖列传》中，作者司马迁便肯定人们正当追求财富的欲望，认为追求财富是人们天生的欲望。"富者，人之情性，所不学而俱欲者也。"（《货殖列传》）司马迁以军中的士兵为例，指出他们之所以不畏死亡，在战场上征战，赴汤蹈火，都是因为"重赏使也"，是为了追逐财富与利益。这样的观点自然受到程朱理学的猛烈攻击。因此上田秋成在《贫福论》中也曾借钱神之口说道："后世之博士以其所言粗陋，争相讥谤"，而钱神对这些"博士"行为的评价"不颖之人"则表明了上田秋成的立场，即上田秋成在义利之辩的争议中是站在肯定利的立场上的。①

程朱理学站在维护封建礼教的立场，将义利之辩与理欲之辩相结合，主张义大于利，并因此衍生出历代儒生表面上安贫乐道，将清贫视为一种炫耀的资本和精神胜利的武器。鲁迅笔下的孔乙己可以说是古代正统儒生

---

① 日文原文为：その云ふ所を陋とて、のちの博士、筆を競うて謗るは、ふかく頴ざる人の語なり。

的真实写照。但是，到了明朝，随着商业的发展和科举门槛的提高，越来越多的儒生选择从商，而出现了儒商混流的现象[①]。与此同时，在儒学者中也出现了积极肯定"治生之学"和"利"的声音。阳明学左派的王艮提出所谓"圣人之道，无异于百姓日用，凡有异者，皆谓之异端"的人伦日用的思想（而这种思想也影响了日本近世的儒学学者如伊藤仁斋和荻生徂徕等人）。李贽则指出穿衣吃饭即是道，提倡物质生活高于道德的思想，积极肯定利高于义（在下一节与《贫福论》进行比较）。

而日本到了江户时代中期，关于义利之辩的问题则更是到了白热化的程度，这首先要从上田秋成生活的那个时代的经济状况说起。上田秋成生于1734年，生活成长于江户时代中晚期。江户时代的中期社会安定，幕府经历了一百多年的发展之后迎来了文化上的成熟和繁荣。但是实际上，元禄之后，从18世纪初期开始，各种社会矛盾和问题也开始凸现出来。自然灾害的频发让国民的生活陷入穷困，而幕府也陷入了财政困难，尤其是作为统治阶层而不从事实际生产的下层武士陷入前所未有的窘迫境地。享保年间的大饥荒更是被称为江户时期的三大饥荒之一。18世纪50年代发生的宝历饥荒虽然在历史上不是特别有名，却是上田秋成在青年时期也是他在创作《雨月物语》之前亲历的饥荒之一。幕府疲于救荒而向各地投入了大量的财源，国库亏空，却没有取得显著的效果。《贫福论》中的钱神指出不分青红皂白的扶贫救济穷人是不知道"金钱之德"，意在指出救济是治标不治本的，引用如下：

> また富みて善根を種るにもゆゑなきに恵みほどこし、その人の不義をも察らめず借あたへたらん人は、善根なりとも財はつひに散ずべし。これらは金の用を知て、金の徳をしらず、かろくあつかふが故なり。
>
> （中文译文：有致富者欲种善根，无故施与他人恩惠，不察对方之不义便将钱财借与或施与他人。这种人虽有善根，但钱财终将散尽。此乃知金钱之用而不知金钱之德、轻待金钱之故也。）

[①] 详见余英时：《士与中国文化》，上海：上海人民出版社，2003年，第527—578页。

在这样的社会背景下，荻生徂徕成为吉宗主要的改革建言者。他向吉宗提交了关于治国的理论书《政谈》，涉及各种具体的治国方略。他认为社会安定是道德的基础，主张利大于义，认为财富（日用人伦即最基本的物质生活）是道德实践的基础。有一则故事集中体现了荻生徂徕对道德与财富的思考。徂徕出仕柳泽吉保之后不久，在吉保的领地上出现了一个农民因为生活穷困迫于无奈遗弃母亲的事，徂徕认为这是代官和家老治国不力。徂徕的弟子太宰春台和徂徕学派的儒学者海保青陵均继承并发展了他的学说，都主张利大于义。

德川吉宗去世之后，一直到田沼意次政治开始的1758年（上田秋成24岁），一直没有出现像吉宗或者田沼意次一样的强有力的领导者，幕府的改革陷入停滞期[①]。

与此同时，以怀德堂为代表的朱子学者们仍旧大力提倡道德教化对社会的功用，大张旗鼓地进行各种表彰活动。他们认为只要心是正确的，便能保证天下的长治久安，因此比起经济他们更重视道德的教化作用，以道德矫正人心，形成了一股反徂徕的思潮。五井兰洲和中井竹山都曾对徂徕经世济民的思想进行批判，认为那是一种功利主义的思想。五井兰洲曾指出，"徂徕志在富贵，故以爵禄言之。"（《非物篇》）。

关于义利的问题，上田秋成借钱神之口给出的答案是明确的，金钱本身无所谓道德，明显是站在了"利"的一边。中野三敏指出，《贫福论》体现了上田秋成知足安分和对俗儒俗佛的批判[②]。

井上泰至通过细节的对比断言太宰春台的《产语》作为《贫福论》的典据这一点没有太多可以质疑的余地[③]，但是仅仅从相似性上断言前者为后者的出典，在方法上有待商榷，因为这些思想其实都有一种时代的共通性。但是不管怎样，源自徂徕的太宰春台的经济思想则毫无疑问地给上田秋成带来了影响。

太宰春台是徂徕的政治思想和经济思想的主要继承者，他的代表作

---

① 大石学編：『享保改革と社会変容』，東京：吉川弘文館，2003年，第54頁。
② 中野三敏：『戯作研究』，東京：中央公論社，1981年，第237頁。
③ 井上泰至：『雨月物語論——源泉と主題』，東京：笠間書院，1999年，第216頁。

《经济录》与徂徕的《政谈》一样因其具体性和实用性，在社会上受到广泛欢迎，是江户时代广为传播的书籍之一①，有大量刻本和写本。因此，除了井上泰至指出的《产语》之外，春台的《经济录》也是影响《贫福论》的著作之一。

在《经济录》中，太宰春台提倡国富对于社会稳定和国家的长治久安的重要性，并对写作《货殖列传》的司马迁进行了高度的评价，这样写道："太史公考古往今来，论当代经济，如此详也。是后作国史者皆效是，言一代之经济。太史公书处，诚万世之法也。"②和司马迁一样，春台在《经济录》及《经济录拾遗》中盛赞吕望、管仲、桑弘羊等人的富国之策。而在富国的具体方法上，他提出了四个要点："凡论经济者，应知者有四。一应知时，二应知理，三应知势，四应知人情。"在解释知时一条时，春台提到织田信长与丰臣秀吉。"室町家既亡，天下归织田氏，未及统一海内，忽焉事败。丰臣氏起于匹夫，代织田氏，能统一海内，然偏任武力，未施仁政之故，未终二世而灭亡。"从这里可以看出春台认为织田信长和丰臣秀吉的统一未能长久的原因是他们没有看清时机，未能及时调整统治政策、发展经济。而对于"理"的解释，他则认为"理非道理之理，乃是物理之理也"，指的是事物发展自然的道理。上田秋成在《贫福论》中亦表达了相似的观点，如"往古之富人，观天时，察地利，自然得富贵也"③、"古代之富人，合天时，明地利，治生产得富贵。此乃天之自然计策，财宝聚于此处亦是天之自然之理。"④

小椋岭一则指出《贫福论》的思想与海保青陵的共通之处。海保青陵生于18世纪中期，作为上田秋成同时代的人物，他的思想的确具有参照性。小椋岭一与其他学者围上田秋成的寓言论而努力寻找上田秋成讽刺政

---

① 尾藤正英：「太宰春台の人と思想」，『徂徠学派』，東京：岩波書店，1972年。
② 日文原文为汉文训读体，引用时笔者将其还原为汉文。以下不再标注日文原文。
③ 日文原文为：いにしへに富める人は、天の時をはかり、地の利を察らめて、おのづからなる富貴を得るなり。
④ 日文原文为：いにしへの富める人は、天の時に合ひ、地の利をあきらめて、産を治めて富貴となる。これ天の随なる計策なれば、たからのここにあつまるも天のまにまになることわりなり。

府的做法不同，他认为上田秋成在《贫福论》中巧妙地将对幕府的赞美和自己的主题融合在一起。肯定自然风潮的同时，率直地肯定作为自然发展的现有体制和社会秩序，是上田秋成的毕生的生存方式①。

如果说朱子学者将义利之辩纳入理欲之辩的理论体系中，贬利而重义，那么代表着人性解放的阳明学左派的学者们以及同样提倡人性解放的古学派的学者们则从人情和人性的角度，提出了重利的思想。上田秋成的思想正是在这样的时代背景中提出的。下面通过对李贽的财富观和《贫福论》所体现的财富观的比较，考察上田秋成思想的阳明学特征。

第三节　《贫福论》所示财富观源流——从李贽到上田秋成

1. 财富与治国的关系

前面已经提到，《贫福论》中的两位登场人物即武士左内和钱神都积极肯定财富和人们对利益的追求。左内认为，金钱的价值在于可以让天下人顺从。因此，当他发现自己的仆人偷藏了一枚黄金之后，他并没有责罚这位仆人，反而给了他奖赏，积极肯定他追求财富的做法。钱神在自己的述怀中同样指出，"富而不骄为大圣之道"②，批判原本负责治国的武士却忘记"富贵为国家之根基"③。然后，左内又向钱神讲述丰臣秀吉治下的社会问题，这样说道：

今豊臣の威風四海を靡し、五畿七道漸しづかなるに似たれども、亡国の義士彼此に潜み竄れ、或は大国の主に身を托て世の変をうかがひ、かねて志を遂んと策る。民も又戦国の民なれば、耒を釈て矛に易、農事をこととせず、士たるもの枕を高くして眠るべからず、今の躰にては長く不朽の政にもあらじ。誰か一統して民をやすきに

---

① 小椋嶺一：『秋成と宣長——近世文学思考論序説』，東京：翰林書房，2002年，第367頁。

② 日文原文为：富みて奢らぬは大聖の道なり。

③ 日文原文为：弓矢とるますら雄も富貴は国の基なるをわすれ。

居しめんや。
　　（中文译文：如今丰臣家威震天下，五畿七道的战乱似乎渐渐平息。但亡国的武士依然潜伏于各地，有人暂时托身于大国之主，静待世变，以图完成夙愿。百姓也依然不改战国乱世之民的秉性，以未易矛，不事农事。当武士的，不应高枕无忧，如今仍非长治久安之政局。可否有人一统天下，令人民安居乐业？）

左内认为丰臣秀吉虽然以武力一统天下，国内形式表面上日趋稳定，但是实际上却并不安稳。武士们四处潜伏，"托身于大国之主，静待世变，以图完成夙愿"，而国民亦没有脱离战国之民的习性，"以未易矛"，不思农业生产。因此，左内询问钱神能否出现一人一统天下，让人民过上安居乐业的生活。钱神没有正面回答他的这个问题，只是对战国武将进行了一番评论。

　　翁云ふ。「これ又人道なれば我がしるべき所にあらず、只富貴をもて論ぜば、信玄がごとく智謀は百が百的らずといふ事なくて、一生の威を三国に震ふのみ。しかも名将の聞えは世挙りて賞ずる所なり。その末期の言に、『当時信長は果報いみじき大将なり、我平生に他を侮りて征伐を怠り此疾に係る。我子孫も即他に亡されん』といひしとなり。謙信は勇将なり。信玄死ては天が下に對なし。不幸にして遽死りぬ。

　　信長の器量人にすぐれたれども、信玄の智に及ず、謙信の勇に劣れり。しかれども富貴を得て天が下の事一回は此人に依す。任ずるものを辱しめて命を殞すにて見れば、文武を兼しといふにもあらず。

　　秀吉の志大なるも、はじめより天地に満るにもあらず。柴田と丹羽が富貴をうらやみて、羽柴と云氏を設しにてしるべし。今竜と化して太虚に昇り池中をわすれたるならずや。秀吉竜と化したれども蛟蜃の類也。蛟蜃の竜と化したるは、壽わづかに三歳を過ずと。これもはた後なからんか。それ驕をもて治たる世は、往古より久しきを見ず。人の守るべきは倹約なれども、過るものは卑吝に陥る。されば倹約と卑吝の境よくわきまへて務むべき物にこそ。今豊臣の政久しからずとも、萬民和はゝしく、戸々に千秋楽を唱はん事ちかきにあり。君が望にまかすべし」とて八字の句を諷ふ。そのことばにいはく

　　尭蓂日杲，百姓帰家

　　（中文译文：老翁回答道："此乃凡尘之事，我无从知晓。若以富贵而论，武田信玄虽其智谋卓越，万无一失，但终其一生只在三国扬了声威，作为一代名将闻名于世，世人交口称赞。其临终遗言称：'当时信长实乃上天眷顾之武将。我平时小瞧了他，误了征伐之良期，如今却患此疾。吾之子孙或将灭于其手。'谦信是一位勇将，信玄死后，天下无人能敌，然不幸早逝。

　　信长器量过人，但智不如信玄，勇不如谦信。然其得了富贵，暂时夺得天下，后因羞辱家臣而丧命，由此来看，并不能称为文武兼备之才。

　　秀吉有大志，起初羡慕柴田胜家和丹羽长秀的富贵，自取了羽柴的姓氏。由此也可以看出他也并非从一开始就气势冲天。如今他也已化龙升天，已经忘了当年在池中的岁月了吧？

　　秀吉虽然化为龙身，但终究是蛟蜃之类。传说"蛟蜃化为龙者，其寿不过三年"，这秀吉终究也将断子绝孙吗？以骄奢治天下者，自古都不会长久。人应恪守节俭谨慎之风，但若过度则成为卑吝。关键是要明白节俭与卑吝之界限，勤恳工作。即便丰臣家的天下不会长久，但万民和睦、家家齐唱千秋乐的太平盛世已近在眼前。定如你所愿。"说完，钱神又唱了一句八字真言：

　　尭蓂日杲，百姓归家。）

钱神认为信长智谋不及信玄，勇不及谦信，却最终能够平定天下，是因为得了富贵。从前面对吕望和管仲等人的叙述可以看出，这里的富贵自然不是指信长本人的富贵，而是指国富。正是因为信长得了财富，才终于能够一统天下。但是，他却因为不尊重自己的部下而导致自己命丧黄泉，国家也再次陷入分裂。而秀吉的志向在起初其实并不远大，"并非从一开

始就气势冲天",但是他却有一颗追求富贵的心。"羡慕柴田胜家和丹羽长秀的富贵,自取了羽柴的姓氏"①,因此也得到了天下。但是,钱神预言秀吉的治世也不会长久,"其寿不过三年",因为自古以来以骄奢治国者均不长久。总结以上钱神的观点可以看出,他认为财富(而非道德或者武力)是平定天下和安民的根本,而要保证国家的长治久安则需要懂得用人和理财,理财即保持俭约的作风。

李贽在《明灯道古录》②中表达了几乎相同的观点。在该书的第五章中,李贽指出天子和庶民一样,都应该以修身为本,但是李贽所说的修身不是所谓的仁义礼智信等儒家的道德,而是指懂得理财和用人,李贽认为"天子有治平之责,固宜修身齐家以为之本",即要懂得用人和理财。用健反驳说:"既如此,则平天下但说老老,长长,恤孤,以尽孝、弟、慈三者足矣,何必更言理财,更言用人,添出许多政务乎?"用健的观点明显是站在朱子学的角度,认为道德在治国中是最为重要的,根本不用谈什么用人和理财。李贽的反驳如下:

> 子但知《平天下章》又说用人,又说理财,不知为政在人,取人以身,<u>用人亦以修身为本也。生财有道,则财恒足,理财亦不外修身大道也。</u>试历言之,可乎?<u>夫不察鸡豚,不畜牛羊,不畜聚敛,唯知好仁好义,以与民同其好恶,而府库自充矣。则名曰理财,实公理耳。名曰生财,实散财耳。</u>如此,理财乃所以修身者,何曾添出事耶。断断兮无他技,休休然如有容。人有技若己有,人彦圣心诚好。名曰用人,实是不敢自用耳。名曰取人,实好人之所好耳。如此,用人亦所以修身者,又何曾添出事耶。

上面这段说明李贽反对以道德治国,认为理财和用人才是保证国家长治久安的最有效手段,并尖锐地指出那些只知道仁义道德而不懂理财

---

① 丰臣秀吉出身贫贱,原姓木下,为足轻或下层农民出身,在织田政权下受到重用,改姓羽柴。

② 李贽的代表作之一,以论辩的形式阐述了李贽对道学的批判。中国一般将其当成非儒非孔的代表著作,但是实际上李贽在著作中并没有批判孔子本身和儒家基本的伦理道德,批判的只是朱子学的存天理去人欲的道德观和道学家的虚伪。

的人却"府库自充",实际上那不过是掠夺的民财,最终会导致社会走向动乱,即是"散财"。在《藏书·富国名臣总论》中亦积极肯定《货殖列传》和管仲的富国之策,认为"利"与"国"并不相矛盾,财富为"制四海安边足用之本"。肯定商鞅在秦国的经济政策,"不过十年,能使秦立致富强成帝业"。他肯定桑弘羊"有心计,又能用人",所以使国家"不待加赋,而国用自足",认为王安石之罪非在"生财",而在"不知所以生财",暗指王安石不懂用人与生财。上田秋成同时代的儒者海保青陵也曾在大力肯定王安石改革的同时,指出王安石的经济政策失败的原因在于"疏于人情"(人情ニウトキ)[①],亦指其不懂用人而树敌太多。

　　李贽还认为,庶民虽然没有治国的责任,但是同样需要修身。"庶人虽无治平之任,然亦各有家,亦各有身,安得不修身以齐之?苟不齐,则祸败立至,身不可保,家不可完,又安得不以修身为本耶?"他认为,庶民虽然不需要治国,但是各自都有自己的家,若是不齐家,则会带来祸患,导致家破人亡。这里的修身与君主的修身一样,包含着治生,即从事生产获得财富。

　　《贫福论》中也表现出相似观点。左内指出现在的庶民都无心生产,"把锄头换成长矛",表现出对国家安定的忧虑。而钱神则在前面依照《货殖列传》列举了中国古代的富国名臣诸如吕望和管仲之后,也指出了和平盛世的愿景。"人无恒产则无恒心。农民勤于农耕,工匠修以助之,商人务以通此,各行各业做好自己的本分营生,发家致富,祭祀祖先,谋子孙繁荣。这不才是做人之道么?"[②]

　　上田秋成认为各行各业与各个阶层的人安居乐业,从事生产,过富足的生活,祭祀祖先并为子孙谋正是理想中的和平社会。李贽在其代表作《焚书》中也曾表达相似的观点。

---

① 「桑弘羊モ興利上手也. サレドモ元来ガ士流ニテナキユヘニ、後人モカロンズルナリ。王荊公ハ立派ナル家柄ニテ一代ノ儒宗也。ソノススマジキ力量ニテ、興利ヲカネタル人ナレバ上手ナルハズ也。唯、世上ノ人情ニウトキキミアル人物ユヘニ、ヤワラカニユカヌキミアリ. 儒者ヲヒラツブシニツブソフトスルキミアリタルユヘニ、敵大勢ナリシ也。」(『海保青陵全集』所収『稽古談』卷二)

② 日文原文见本章第一节引用。

间或见一二同参从入无门，不免生菩提心，就此百姓日用处提撕一番，如好货，如好色，如勤学，如进取，如多积金宝，如多买田宅为子孙谋，博求风水为儿孙福荫，凡世间一切治生产业等事，皆其所共好而共习，共知而共言者，是真迩言也。

　　试观公之行事，殊无甚异于人者。人尽如此，我亦如此，公亦如此。自朝至暮，自有知识以至今日，均之耕田而求食，买地而求种，架屋而求安，读书而求科第，居官而求尊显，博求风水以求福荫子孙。种种日用，皆为自己身家计虑，无一厘为人谋者。

如上文所述，李贽指出，人为自己身家计虑，考虑自己的种种日用和利益，为子孙谋，都是应该肯定的人性。肯定一切治生产业，而这些才是真正的"迩言"。

人们安心从事生产，需要社会的和平稳定。而"家"则是和平社会的最基本的社会单位。从这个意义上来说，钱神最后说出的那句带有预言性质的八字箴言"尧蓂日杲，百姓归家"，绝非简单的对德川家康的赞颂，而是一种对和谐社会的期待。生于社会经济开始走向凋敝的江户时代中晚期的上田秋成，与其说是为了借这句箴言歌颂当政者，不如说是提醒当政者不忘幕府初创时的开拓者的初心，致力于社会改革，采取有效的经济政策以保证国家的长治久安和国民的安居乐业，防止庶民再被战乱涂炭。若说这一篇的寓言与讽刺，那么便在于此。

2. 财富的"当求"与"可求"

为了叙述方便，首先有必要对小标题中的"当求"与"可求"这两个概念做一个简单的说明。

在《明灯道古录》中，用健问李贽："圣人言'富而可求'，又曰'如不可求'，盖言富贵不当求耳。"这里问者在问题中偷换概念，将"可求"换成了"当求"，从孔子的《论语》中找出"不可求"的字样，便得出结论即圣人说富贵"不当求"。对于这个问题，李贽分"当求"与"可求"两个方面反驳如下：

予谓:"圣人虽曰'视富贵如浮云',然得知亦若固有。虽曰'不以其道得之,则不处',然亦曰'富与贵是人之所欲'。(中略)谓圣人不欲富贵,未之有也;而谓不当求,不亦过乎?"

予谓:"圣人尊重,自然不肯求人,比见世之营营狗狗①无所不至者,心实厌之,故发为不可求之论云耳。其意盖曰此有命存焉,非可以强求而得也。故曰'富如可求','吾亦为之',然其如不可求焉何哉!今子但见世人挟其诈力者,唾手即可立致,便谓富贵可求,不知天与以致富之才,又借以致富之势,畀之以强忍之力,赋以趋时之识,如陶朱、猗顿辈,程郑、卓王孙辈,亦天与之以富厚之资也,是亦天也,非人也。若非天之所与,则一邑之内,谁是不欲求富贵者?而独此一两人也耶。(中略)求而不得者,固天也,命也;求而得者,亦天也,亦命也,皆非人之所能为也。天则莫之为而为,命则莫之致而至,而乃自取羞辱,可伤也哉。"

毋庸置疑,在中国往往被称为反封建斗士的李贽在义利之辩中是站在"利"的立场上的。在《明灯道古录》的第十章中,李贽说"知势利之心,亦吾人禀赋之自然矣",而《焚书》当中《答邓明府》亦驳斥了道学家所谓的道德至上主义,提出追求利益才是"迩言"(真理)。道学家们"必曰专志道德,无求功名,不可贪位慕禄者,不可患得患失也,不可贪货贪色,多买宠妾田宅为子孙业也。视一切迩言,皆如毒药利刃,非但不好察之矣",而李贽所说的"真迩言"则是"如好货,如好色,如勤学,如进取,如多积金宝,如多买田宅为子孙谋,博求风水为儿孙福荫,凡世间一切治生产业等事,皆其所共好而共习,共知而共言者,是真迩言也"。李贽颇多言利,不一一列举。很明显李贽认为人们理所应当追求富贵,而在反驳道学家的第一段中,李贽也以孔子的例子指出富贵是"当求"的,即财富是人们理所应当追求的东西。

但是在第二段中,李贽则着重讲述了财富"可求"与否的问题,解释了孔子所说的"不可求"的问题。李贽认为,孔子之所以说"不可求"

---

① 原文如此。

第三章 从《贫福论》看上田秋成的财富观　105

是其不愿意与那些世间的蝇营狗苟之辈同流合污。认为富贵乃是天命，人们应该求，但是有时却天不遂人愿，出现求之不得的情况。他认为追求富贵乃是人的天性，人人都想富贵，但是最终却只有一两人得到富贵，因而得出结论认为富贵不总是"可求"的，在大部分情况下是"不可求"的。而在这种情况下，李贽认为应该"知命"，而不是蝇营狗苟做些卑鄙的事情，"自取其辱"。

从李贽的结论可以看出，"当求"与否与"可求"与否完全是两个不同的概念。前面已经说道，《贫福论》的主要观点也是站在"利"的一边，即肯定富贵是"当求"的，主人公左内便是最好的例证。那么，在"可求"与否的问题上，《贫福论》中的钱神又给出了怎样的答案呢？

左内说那些"博士"说的也并非没有道理，因为当今世上的富人多是"贪婪残忍"之人，没有亲情，不念友情，甚至强取豪夺以致富。但是另一方面，一些善良的人虽然并非不努力，甚至也是"起早贪黑"，也有才智，却终于得不到财富。左内对此抱有疑问，问钱神是什么原因。钱神说那些好坏都是儒家佛家的标准，不在自己所知的范围之内，并对他的问题回答如下：

　　また富て善根を種るにもゆゑなきに惠みほどこし、その人の不義をも察らめず借あたへたらん人は、善根なりとも財はつひに散ずべし。これらは金の用を知て、金の徳をしらず、かろくあつかふが故なり。（见第95页中文译文）

　　又身のおこなひもよろしく、人にも志誠ありながら、世に窮られてくるしむ人は、①天蒼氏の賜すくなくうまれ出たるなれば、精神を勞しても、いのちのうちに富貴を得る事なし。さればこそいにしへの賢き人は、もとめて益あればもとめ、益なくばもとめず。己がこのむまにまに世を山林にのがれて、しづかに一生を終る。心のうちいかばかり清しからんとはうらやみぬるぞ。

　　（中文译文：品行端正，亦有至诚之心，却穷困潦倒。（这种人）乃因生来受天苍氏恩赐较少，即便劳其精神，终老亦无法得到富贵。因此，古代之贤人，求而得益则求，无益则不求，随自己的喜好遁隐山林,悠然自得地度过一生。其心灵之清澈纯洁,实在令人羡慕。)

从以上回答可以看出,钱神认为好人得不到富贵有两种,一种是没有原则地施舍(将钱财借给不义之人),这种人虽有善根却导致钱财散去。而另外一种即是求而不得的情况,而这是"受天苍氏恩赐较少"(画线①)。在这种情况下,即便辛劳一生也无法得到富贵。这便是李贽所说的"不可求"的情况。而对照李贽的文章,我们可以知道"天苍氏恩赐"之物的详细内容,即是"致富之才""致富之势""强忍之力""趋时之识"。作为致富的必要条件,主观的才识是必备的,但是同时客观的"时"与"势"也是必不可少的。因此并非所有主观上追求富贵的人都能遇到客观的"时"与"势",即所谓的天命。钱神同样认为富贵虽当求却又是不可求的。因此,古代的贤人"求而得益则求,无益则不求"①,在求而不得的情况下,最好的选择是归隐山林终结一生。

接下来钱神指出富贵有术,通过前面对富国名臣吕望和管仲等人的叙述以及后文可以看出,这里的术指的是"顺天时""察地势"和"俭约"等。

这里的俭约与"卑吝"不同,《贫福论》中的钱神声称自己不知儒佛之道德,因此即便是那种"贪婪残酷"和"卑吝"之人得到富贵也是自然的。但是从左内和钱神的对话中可以看出,二人均对"贪婪残酷""卑吝"之人有厌恶之意。左内不理解这些人因何得富贵,而钱神亦抱怨为什么自己这么"清净"的东西总是会落入那些人的囊中。从这些叙述都可以看出他们对蝇营狗苟的"卑吝"和"贪婪"的人没有好印象。因此,最后钱神告诫左门应该分清"俭约"和"卑吝"的界限。这里用李贽的话来说便是"顺其自然,行其所当然,不贪多,不争兢"。

---

① 同样观点见于晚年的《故乡》一文中,详见上一章。可见顺应自然的天命思想贯穿于上田秋成的早年作品和晚年作品。

本章小结

本章主要以《贫福论》为中心对上田秋成的义利观进行了考察。出身于大阪市民阶层的上田秋成利用中日两国的古代文献创作了《贫福论》，并表达了自己对财富的认识。本章在第一节中通过《乌宝传》和《贫福论》在内容上的相似性以及作为收录《乌宝传》的《南村辍耕录》在日本近世的传播状况和上田秋成的阅读环境，考察了《乌宝传》作为《贫福论》典据的可能性。第二节则主要以上田秋成同时代的徂徕学派的儒学者的言论为观照，考察了上田秋成在义利之辩中的立场。第三节追根溯源，以晚明的思想家李贽的《明灯道古录》等文献为中心，从财富的当求与可求两个方面，考察了李贽的财富观与上田秋成的财富观的相似之处。

《货殖列传》是给上田秋成的创作带来最大影响的篇目。在《贫福论》中，他继承了司马迁的经济思想，肯定追求财富是人类的基本情感和欲望。从内容的相似性和传播路径上来说，《乌宝传》作为出典的可能性很大，但是与《乌宝传》重在讽刺人们对金钱的崇拜这一点不同，《贫福论》主要受其对金钱本身的性质和金钱"尤不喜儒"等观点的启发，讽刺和批判了程朱理学者主张清贫主义和义大于利的思想。在义利之辩的问题上站在肯定利益一边的上田秋成，在思想上受到同时代徂徕学派的经济观点的影响，而这种影响的源头可以追溯到中国的晚明，阳明学左派学者李贽在财富观的问题上与上田秋成的思想有着惊人的一致性。他们都认为财富是保证社会稳定的基础，财富当求但不一定可求。从晚明的李贽到日本的徂徕学派再到上田秋成，他们都反对程朱理学的清贫主义，肯定追求财富的人情与欲望。

第四章

上田秋成的孝道观与阳明学左派
——以《旌孝记》为中心

家庭是社会的最基本单位,因此在封建社会中,"孝道"成为儒家道德中最受重视的德行。儒家思想早在6世纪就已经传到了日本,但是真正作为统治思想支配整个社会,还是到了近世之后。德川家康统一日本之后,江户幕府将朱子学定为官方思想,通过大力宣扬与鼓吹,加上各种民间道德书籍的普及和教育,孝道在民间得到了广泛的渗透,在人民的日常生活中成为不言自明的"道德规范"之一。而且,政府通过"旌表"这种国家行为,对孝子进行表彰,赐予金钱财物、封号,为孝子立传。原本被限定于家庭内部的私人行为,伴随着名誉、利益与地位,成为政府主导下的公共行为。享和元年(1801),幕府下令各地收集当地的孝子故事,编撰刊行了《官刻孝义录》。在民间朱子学机构当中,比如大阪的怀德堂,也不遗余力地致力于对孝道的宣传。18世纪初,怀德堂的朱子学者以五孝子事件为契机撰写了《五孝子传》,对孝子模范进行宣扬与表彰。

上田秋成的《旌孝记》(《藤篓册子》卷五所收)就是在这样的时代风潮中写出来的一篇表彰孝子的文章。上田秋成批判儒学者以及儒家思想的言论散见于其各种著述当中,因此这篇称颂儒家道德、表彰孝子的文章令人不禁感到十分矛盾。但是,如果了解这篇文章的内容,我们便会发现上田秋成在这篇《旌孝记》中所表达的思想与他一贯的思想并不矛盾,或者甚至可以说是一脉相承的。

上田秋成少年时曾在怀德堂读书,与当时著名的儒学者中井竹山和中井履轩一起,师从五井兰洲研读儒学。日本学者山本绥子同样认为《旌孝记》是在与怀德堂的彰显运动的关联中写出来的文章,并从这一点出发,对上田秋成思想有别于怀德堂朱子学思想的特殊性进行了考察。她对引导了当时孝子彰显运动的《川岛物语》(かわしまものがたり)进行了考察,认为"由于这本书是出于道德启蒙的目的而写的,作者要在故事里尽量使主题明确化,因此使得故事变得单纯而夸张"[①]。其实不仅是这本《川岛物语》如此,当时中国和日本很多孝子传记类的作品,几乎都是这样的故事类型与写作方法。另外,她还指出,上田秋成的这篇文章与"故意单纯化"的那些孝子传记类文章相比,内容和思想复杂,非常明显地体现出"对于跟风时代潮流有抵触的秋成思想的困境(dilemma)",似乎认为上田秋成的思想与当时的时代潮流是背道而驰的。

但是,笔者对于这个所谓的"时代潮流"的理解稍微有些不同。山本绥子在她的论文中提到的时代潮流,的确是一种不可否认的时代潮流,但是那始终只是以朱子学作为官方思想的统治者,以及作为他们的支持者的朱子学者之间所意识的一种"时代潮流",而绝不是支配着近世文艺的思想的时代潮流。如果在以朱子学为官方思想的正统儒学的话语环境当中考察上田秋成的思想,那么他的思想的特殊性必然是显而易见的。但是,在近世中期以后的民间文艺中,尤其是上田秋成生活的大阪京都地区,朱子学其实并没有拥有绝对的统治地位,他们主张的"劝善惩恶""文以载道"等文学观念在文艺界甚至反而遭到了激烈的批判。从徂徕学延续到国学的反对朱子学的这一路线,作为文艺界的指导思想和潮流,一直贯穿在日本近世文艺当中。而这种批判朱子学、反理学思想的滥觞可以追溯到中

[①] 山本綏子:「『藤簍冊子』「旌孝記」論——秋成和文の屈折」,『鯉城往来』13,2010年,第35-49頁。

国的晚明。如果我们将视野扩大到晚明和当时的整个东亚，再来考察上田秋成的孝道观，那么结果又是如何呢？以下主要将上田秋成在这篇《旌孝记》中表达的思想与作为朱子学的对抗学说而兴起，又对东亚，特别是日本的近世文艺理论和创作产生了诸多影响的阳明学左派的思想进行比较，考察上田秋成思想与同时代思潮的关联。

第一节　《旌孝记》与《纪今治人矢野养甫蒙藩恩旌孝之事》的比较

在《旌孝记》的最后一段中上田秋成介绍了他写作这篇文章的原委。伊予国今治人矢野养甫（文章中时而写作"养父"）因为是一个事亲至孝的孝子而受到藩国政府的表彰。他的弟弟请当时的一位姓皆川的儒学家用汉文记录兄长的孝行事迹，同时经人介绍，拜托上田秋成为他写一篇旌孝的和文（用传统日语写作的文章）。上田秋成应约撰文，"我未曾见过此人，且又不能将皆川所记之事再录一遍"（我この人を相见ず。且皆川がしるせし事、再び述べきにあらず），写下了这篇旌孝的和文。很明显，收人礼金或碍于人情为人撰写的应酬文，在思想表达上必然有所顾虑而不能畅所欲言。

其中上田秋成所说的儒学家皆川是皆川淇园。他与上田秋成生于同一时代，与几乎不收任何门生的上田秋成相反，他门下弟子众多。这里提到的那篇汉文收录在《淇园文集》（木刻活字版十三卷续编三卷）第十一卷中，题名为《纪今治人矢野养甫蒙藩恩旌孝之事》。皆川淇园写的这篇汉文也与上田秋成一样，是受养甫的弟弟宫川保恭之托写的一篇应酬文。

秋成的《旌孝记》与淇园的《纪今治人矢野养甫蒙藩恩旌孝之事》可以说是受同一人所托撰写的同题应酬作文。但是，分别由汉文和和文写成的这两篇文章，无论是从结构还是从内容上都大不相同。接下来，笔者将主要对两篇文章进行比较。

淇园的汉文在开头首先对要表彰的主人公矢野养甫进行了一个简单的介绍：享和元年11月18日，藩国主公召见矢野养甫，表彰他事母至孝之事，赐予赏金。然后接下来对他的孝行进行了具体的描述，引用如下：

第四章　上田秋成的孝道观与阳明学左派　111

　　　时养甫年六十、母窪田氏年八十四、云养甫为人温柔、性能堪
　　物、母常患积癖、有时起作、养甫侍养、按抑忘寝食、是以不敢远游
　　者殆三十年焉。而母平时呼使其视之如於婴儿、不疑其有厌意。①

　　从上面这段引用的内容来看，淇园的这篇汉文是一篇十分普遍而且在叙事类型上常见的孝子故事。地位不高或者家贫之人通过自我牺牲的奉献型孝行，获得政府赐予的特权地位或者收获一定的经济利益。对于以彰显孝为目的的这类文章来说，只有这样的叙事方式才能给读者带来刺激。正像《官刻孝义录》的凡例中所写的那样，"若有褒美之心，必为风化之一助也"（褒美のこころあらハ風化の一助ともなりなん）②，也就是说，站在幕府的立场上，他们是想通过这样的嘉奖，期待孝道这种道德在民间普及，并最终达到国家长治久安的目的。

　　但是，上田秋成用和文写的这篇文章的叙事方法却完全不同。或者说，他其实是以不能照抄淇园所写的内容为借口，写了一篇完全不同内容的文章，表达了自己对孝道以及旌孝这种行为的认识。上田秋成的《旌孝记》结构内容如下：

　　首先，秋成在开头便直截了当地表明了自己的观点。他认为，孝顺父母应当发自真心，而不应该将虚名挂在心头。接下来，他又假借自己听说的三个故事表达了自己对孝道的认识。其中，第一个故事是为了补充说明他在文章的开头所表达的观点，即真正的孝顺不是为了获取名利。第二个故事从故事类型上来说虽然是那种自我牺牲的奉献型孝子故事，但是最后他却借邻居的话，表达了对这种奉献型孝行以及故事中那位母亲本身的怀疑。第三个故事是一个知识闻名天下的高僧的故事，但是作者却将称赞的话语送给了故事中的这位母亲。最后，他又简单地对淇园叙述的内容做了一个简单的概括，将本文要表彰的主人公矢野养甫所处的境遇与自己的境遇做了一个对比，以羡慕的口吻结尾。

　　上田秋成这篇《旌孝记》的主要内容就是这样。题名为"旌孝"，

---

①　本文引用自：高橋博巳編集・解説：『淇園詩文集』，東京：ぺりかん社，1986年。底本为文化十三年序日本国立国会图书馆藏本。其中标点符号为笔者加，以下同。
②　菅野則子校訂：『官刻孝義録』第一卷，東京：東京堂出版，1999年，第3頁。

按字面意思即是表彰那些孝顺父母的孝子。这里的旌孝的旌，是旌表之意。旌表原本是中国封建时代的一种制度，历史学者李丰春指出，"旌表是国家垄断的一种荣誉性权力符号，是古代统治者推行封建德行的一种方式。自秦、汉以降，历代的王朝对所谓的义夫、节妇、孝子、贤人以及累世同居等大加赞赏。往往由地方官申报朝廷，获准后则赐予匾额，或由官府拨银造牌坊，以彰显其名声气节。以这种方式把国家的权威渗透到基层的民间，把国家意志通过旌表这种活动为民众所接受和承认。由于在我国古代，旌表是崇高荣誉的象征。因此，获得旌表便是彰德行、沐皇恩、流芳百世之举，成为人们一生的追求。"①简而言之，这种旌表制度，在这里当然指的是旌孝，对于统治者来说，具有教化民众，维护社会稳定的功能，而对于收到旌表和嘉奖的所谓"孝子"来说，则往往伴随着名誉、特权和金钱等世俗的名利。

但是，在上田秋成的《旌孝记》这篇文章的开头，他便否定了"旌孝"这种国家行为之所以成立的最主要因素——名利。文中这样写道：

> 人の世にあるや、大かた才能のほまれの、名を求めてしらるゝと、もめずして聞ゆるのさかし愚のけぢめはあれど、此二つは俱にいたづら事なりける。子の親につかふるこそ、このいやしき名を思ふにはあらで（後略）②
>
> （中文译文：人生在世者，大凡分为两种，或求才能之誉而闻名，或不求而闻名于世，二者虽有贤愚之分，但都没有意义。作为人子孝顺父母，不应考虑这些虚名。）

上田秋成在这里指出，所谓的"名"都是虚名，是没有任何意义的。孝顺父母是一种天性，而不是为了这种没有意义的虚名。但是，在日本的江户时代，事实并非如此。国家（政府）通过旌孝这种"公"的国家行为诱导民众的私欲，并以这种私欲（虚名）鼓舞民众，而国民则在这种虚名

---

① 李丰春：《中国古代旌表研究》，昆明：云南大学出版社，2011年，第9-10页。
② 本文引用自：『上田秋成全集』第十卷（東京：中央公論社，1991年）所收「藤簍冊子」。以下同。

第四章　上田秋成的孝道观与阳明学左派　113

与之相伴的经济利益与社会特权的诱导下，表面上做出孝顺父母的举动。晚明思想家李贽在其著述中也曾多次对这种虚伪的孝道进行过激烈的批判，关于这一点笔者将在后文进行论述。

但是，如前文所述，这篇文章其实是上田秋成受人所托写的一篇应酬文，然而题为《旌孝记》却又否定旌孝的目的，这无疑是矛盾的。秋成本人也应该意识到了这一点，因此在文章的后半部分，他又为了自圆其说，开始称赞统治者的这种彰显行为，论述旌孝的必要性。引用如下：

> 学ばでもかくたふとき人もありけらし、庭の訓を受、曾子のふみをよみし人の、かたはしだにえおこなはぬは、なべての事、陵遅とか云文字の心にながれくだりて、誰もつとめねば、たまたまなるを召上られて、物かづけ、名を旗にしるさせて、家の風を国にひゞかせ給ふこと、いとかしこきまつりごとになん侍る
>
> 　　（中文译文：不学之人，似乎也有如此高贵的。而那些自由接受家庭教育，读曾子文章的人，却丝毫不行孝道。大概凡事如陵迟二字所示，内心堕落，无人行孝，因此偶遇孝子，便召至驾前，赏其财物，扬其名旌旗，欲使其家风推行于全国，实在是贤政。）

在这段文字中，上田秋成指出幕府之所以不得不推行旌孝的政策，通过国家的行政权力在全国范围内推行儒家道德，是因为世风堕落，那些熟读儒家经典的人完全不遵守儒家的道德，社会上已经几乎没有了孝子，因此他将幕府的这个政策称为"贤政"。但是，这始终只是上田秋成迎合统治者的一个表面上的说辞。这是因为旌孝这种行为与阅读儒家经典其实是一回事。因为不论是旌孝还是读书，都是希望通过外在的力量矫正人们内心的情欲，达到道德推广、移风易俗的目的。而这种做法或想法均来自于朱子学的"存天理，去人欲"的思维方式。上田秋成在这里其实是通过一个明显的悖论表达自己的观点，那就是对于读圣贤书而未成行孝之圣贤的那些读书人，政府想要通过旌孝这种行为使之明白孝道，从而孝顺父母，其实这种政策不过是一种徒劳。之所以这样断言，是因为上田秋成在文章中这样写道：

> 子の親につかふるこそ、このいやしき名をおもふにあらで、親の

たまへるうみの真心をしも損はず、学びて行なふと、庭のをしへを
かうべにしてつとむるあり。又学ばず受ず、只露ばかりもたがはじ
とする人のたふとさよ。

（中文译文：子之侍亲，不应贪图这种虚名。不失双亲所赐与
生俱来之真心，学而行之，或谨记家教而努力侍奉双亲。又或不学不
受，毫不违逆双亲之人，何等尊贵！）

上田秋成在这段话中指出，有的孝子是通过读书知道"孝"这个道
理而孝顺父母，有的孝子是受到父母的教育而努力行孝。但是，此处作者
真正要强调的其实是"与生俱来之真心"，真正值得尊敬的是那些"不学
（圣贤书）不受（庭训）"而孝顺父母的人。在上田秋成列举的三个故事
中，他对第三个故事中的母亲给予了高度的评价，认为她"不学而能如此
高贵"，委婉地表明了自己的观点，即"孝道"等儒家道德与读书等外在
的行为或旌孝等政府的外力没有任何关系。"孝道"中最为重要的是"真
心"，而这种"真心"是一种与生俱来的天性，不是通过读书或者彰显运
动便能使人掌握的。这是上田秋成在这篇和文中所表达的一个最重要的观
点。上田秋成文学中"真心""不学不受"这样的表达，则是解读这篇和
文的思想时不可忽略的关键词。而在阳明学左派思想家的文献中，类似的
词汇也是经常出现的，比如"真心""真情""童心""不学不虑"等，
那么二者究竟又有何关联呢？

第二节 "不学不受"的孝道观与阳明学左派思想中的不学不虑

朱子学者将人的情欲视为天理的大敌，主张"存天理，去人欲"，
希望通过道德的灌输矫正人们扭曲的欲望，以此培养遵守道德的人。他们
认为，要想达到这个目的，就需要对人们进行必要的教育，让他们从小阅
读儒家的经典，只有这样才能将其培养为有德之人。因此，在朱子学作为
官学的日本近世，幕府主导出版刊行各种以道德教育为目的的训诫书籍或
以劝善惩恶为主题的文艺书籍等等，都是出于这样的目的。虽然儒家的道

德观念在民间得以广泛的传播，但是正如上田秋成在文中所说，真正的孝子却并不常见，反而世风日下，社会上甚至出现了很多伪孝子，简单模仿二十四孝中的人物。在落语等通俗文艺中，便经常有对这种现象的讽刺。在中国的明代也是如此。可以说，朱子学僵化的教条使得儒家伦理变得形式化，甚至成为人们讥讽的对象，完全失去了它的权威。而作为朱子学的反面出现的，是阳明学。阳明学注重人的内面，反对外在的形式与道理，提倡由心而生的"理"，比如王阳明这样指出：

> 知是心之本体，心自然会知。见父自然知孝，见兄自然知弟，见孺子入井，自然知恻隐，此便是良知，不假外求。①

日本学者岸本美绪援引岛田虔次的主张，认为阳明学中的"孝""不是那种为了维护血缘组织的整体性而埋没个人的主张，而是全面地肯定不被外部规范束缚的个人的自然心性"②。朱子学强调外部强加的道德，而阳明学却提倡"良知说"，提倡在心中寻求良知。

而且，阳明学左派的学者们（一般又称为泰州学派、王学左派），继承了王阳明的主张，他们之间虽然具体到每个方面会有差异，但是在道德由心而生、非外在强加、非学而致这一点上是一致的。以下笔者将以"不学不虑"为主要关键词，对阳明学左派学者的主张进行考察。

首先，阳明学左派的代表人物王心斋在他与弟子的问答中这样说道：

> 或问，天理良知之学同乎？曰：同。有异乎？曰：无异也。天理者，天然自有之理也。良知者，不虑而知，不学而能者也。惟其不虑而知，不学而能，所以为天然自有之理。惟其天然自有之理、所以不

---

① 本文引自王守仁撰，萧无陂导读校释：《传习录校释》，长沙：岳麓书社，2020年。
② 岸本美緒：『明清交替と江南社会——17世紀中国の秩序問題』，東京：東京大学出版会，1999年，第61頁。这本书论及阳明学左派的"赤子"概念以及明末"不学不虑"这种思想产生的思想史和历史背景。本书的写作从中受到很多启发，且该书的内容为笔者进一步查询参考资料提供了许多重要的线索。

虑而知不学而能也。①

在这段话中，王心斋指出天理良知乃是天然自有之理，认为是不学而能的。而王心斋的后学罗近溪则在《孟子》中发现了"赤子之心"这个词，提出人不虑不知，保住赤子之心，才是最重要的。他积极地对《孟子》中的赤子之心这个概念进行解释，成为他思想中最为重要的一个关键词，在他的著作中随处可见。总结来说，他的这种思想可以概括如下：婴孩在刚出生的时候，还不懂得思虑，没有任何人教导他，他便知道亲近父母、爱自己的父母，所以孝是一种天性。

除了积极著书，罗近溪也如同其他阳明学左派学者一样，具有实践精神。他经常向村民讲约②，在讲约时，他对明太祖颁布的《六谕》第一条"孝顺父母、尊敬长上"进行了如下解释：

> 罗汝芳演曰：人生世间，谁不由于父母，亦谁不晓得孝顺父母。孟子曰：孩提之童，无不知爱其亲者是。说人初生之时，百事不知而个个会争着父母抱养，顷刻也离不得，盖由此身原系父母一体分下（中略）凡此许多孝顺、皆只要不失了原日孩提的一念良心，便用之不尽，即如树木，只培养那个下地的些种子，后日千枝万叶，千花万果，皆从那个果子仁儿发将出来。③

明太祖建立明朝之后，为了巩固统治、教化民众，宣布了所谓"六条圣谕"，即"孝顺父母""尊敬长上""和睦乡里""教训子弟""各

---

① 王心斋的著作由其弟子集为《王心斋先生全集》（五卷），现仅存和刻本，刊行于江户末期的1847年，比上田秋成去世的时间晚，但对于考察与分析上田秋成的思想也具有重要的参考意义。此处引用自：長澤規矩也編：『和刻本漢籍全集』（第14辑所收）『王心斋先生全集』，東京：汲古書院，1978年。由笔者翻刻。

② 是指乡村的民间规约。明清时期，在政府的大力提倡与宣扬下，将乡村民众定期聚集在固定地点，由知识分子讲授儒家的道德伦理规范，即"讲约"，或者宣讲六谕。尤其是在明代，具有实践精神的阳明学积极宣讲明太祖颁布的六谕，进行了颇具特色的解释。

③ 收录了罗近溪讲乡约时的内容。此处引用自：罗汝芳撰，耿全向、杨启元等辑评：《耿中丞杨太史批点近溪罗子全集二十四卷（二）》，济南：齐鲁书社，1997年（底本为：福建师范大学图书馆中国社会科学院文学研究所藏明万历刻本）。由笔者翻刻，以下同。

安生理""勿作非为"。明代的思想家和学者对六谕进行各种阐释，其中明末清初的学者范鋐所著的《六谕衍义》后来传入日本，对日本的近世思想与文艺产生了重要的影响。在中国明代，阳明学和阳明学左派的学者积极宣传明太祖的"六条圣谕"，从阳明学的角度对六谕进行解释。到了清代，顺治年间曾颁布《顺治六谕》，而到了康熙年间，又以此为基础颁布了《圣谕十六条》。总之，无论是在中国还是在日本，都存在很多不同的六谕的阐释本。罗近溪《乡约全书》中对六谕的解释，与同时代的《沱川余氏乡约》以及清康熙年间成书的《六谕集解》相比，其思想特征是非常明显的。以下是《六谕集解》中对第一条"孝顺父母"的解释：

> 圣谕首言孝顺父母。父母的劬劳最深，恩爱最大，儿子与父母原是一体。十月怀胎，三年哺乳，受了多少的磨难，费了无限的辛苦（后略）。①

《六谕集解》的作者魏象枢是顺治年间的进士，康熙年间官职刑部尚书，著述九十三卷，是清初著名的汉人大臣与学者，虽然在部分观点上推崇李贽等阳明学左派的观点，但是从整体上来说是一个典型的程朱理学者。在这部《六谕集解》中，他对各条的解释均具有朱子学的特点。比如在上面"孝顺父母"这一条的解释中，就可以看出他一直在强调人之所以要孝顺父母，是因为父母对子女有恩，强调父母的亲情，然后在后文又不厌其烦地讲述父母在养育子女时受的辛苦。全篇没有对孝这种天性进行具体的描述，而是告诫世人不能忘记父母的养育之恩，孝顺父母与"心"无关，而是一种不得不尽的义务。而到了几乎成书于同一时期的《上谕合律注解》②中，则完全删除了孝是天性的描述。另外，刚才提到的《沱川余氏乡约》，因客观条件所限未能找到原本或影印本确认，但是通过日本学

---

① 本文引用自：一凡藏书馆文献编委会编：《古代乡约及乡治法律文献十种》（哈尔滨：黑龙江人民出版社，2005年）第一册所收影印本《上谕合律乡约全书》（清康熙十八年陈秉直刻本）。《上谕合律乡约全书》中收录了清朝皇帝康熙的上谕十六条的解释本《上谕合律注解》（陈秉直）和《六谕集解》。引用的文字由笔者翻刻。

② 据《六谕集解》序，该书著于康熙十三年，《上谕合律乡约全书》刊行于清康熙十八年。

者阿部泰记在其论文中介绍的部分内容可以看出,这里面对孝顺父母一条的解释也是重在强调父母的恩情,将孝顺父母当成一种儿女必尽的义务,可以说是与《六谕集解》《上谕合律注解》的解释一样,具有朱子学的特征。

但是,罗近溪在对"孝顺父母"这一条的解释中,却对父母的恩情只字不提,只是引用孟子的话,"孩提之童,无不知爱其父母",将孝顺父母视为一种与生俱来的天性,是"原日孩提一念良心",而不是像朱子学者那样试图用"恩情"等外在的因素将"孝道"强加在人的身上。

那么,刊刻于明末清初、后传入日本且对日本近世的思想界产生重要影响的《六谕衍义》对"孝顺父母"一条的解释又是怎样的呢?

> 圣谕第一条曰孝顺父母,<u>怎么是孝顺父母,人在世间无论贵贱贤愚,那一个不是父母生成的,而今的人,与他说父母,他也知有父母,与他说孝顺是好事,他也知孝顺是好事,争奈孝顺的少,不孝顺的多,是何缘故?这不是他性中没有孝顺的良心,只是亏损日久了,如人在梦中,无人叫醒他。</u>试想父母十月怀胎,三年哺乳,受了多少艰难,担了多少惊怕,偎干就湿,初入提携,儿子有些疾病,为父母的祷神求医,恨不得将身替代,未曾吃饭,先怕儿饥,未曾穿衣,先愁儿冷,巴的长大成人就定亲婚娶。儿子出门远行,牵心挂意,蚤去迟来,倚门悬望,一生经营计算,那一时,那一件不是为了儿子的心肠,如此大恩,怎生报答得了。人纵不知父母的恩情,但看自己养儿子便是知道自己养活儿子的劬劳,便知父母生长自己的恩爱,知道自己责成儿子的心肠,便知父母指望自己的主意。常言道,积谷防饥,养儿代老。父母受了千辛万苦,也只指望儿子孝顺,有个后成。<u>试看那乌鸦反哺,禽鸟尚知报本,那有为人反不知孝顺的理。但是人在初生时,一刻也离不得父母,半载周年认的人面目,在父母怀中便喜,别人抱去便啼,自三四岁以至十四五岁,饥则想父母要食,寒则向父母要衣,以前时节,人人皆知亲爱父母。</u>及至娶了媳妇,就与父母隔

了一层（后略）。①

如画线部分所示，《六谕衍义》中对孝顺父母的解释，虽然也用了相当长的篇幅讲述父母的恩情，但是从整体上来说，这段文字的重点在于说"孝顺"是一种"天性"，而且文中用了几乎相同的篇幅讲述人的"天性"。作者指出，人在小时候一刻也离不开父母，但长大娶妻之后却变得不再孝顺，"这不是他性中没有孝顺的良心，只是亏损日久了，如人在梦中，无人叫醒他"。这一点，与罗近溪所说的"皆只要不失了原日孩提的一念良心"在思想上是一致的。

日本学者角田多加雄指出，明代中期以后，农民起义频发，里甲制的统治走向解体，王阳明等人的阳明学以此危机感为背景出现。在阳明学派中，乡约作为对农村秩序的再建而出现。在农村，以乡约的形式展开的教化活动为背景，范鋐的《六谕衍义》出现。其间，虽然正统的意识形态是朱子学，但是这个范鋐版的《六谕衍义》却是在阳明学派的文脉中生成的。②从上文的引用可以看出，虽然范鋐并没有像罗近溪那样对恩情只字不提，而是用了几乎相同的篇幅讲述父母的养育之恩，从这里可以看出他的思想是受到阳明学左派思想的影响的。可以说，《六谕衍义》中对"孝顺父母"的解释兼具朱子学与阳明学的特点，是一种折中的解释。从思想上来说，作者论述的重点在于"天性"方面，因此可以说他在这里表现出来的思想更倾向于阳明学左派。因此，正如角田多加雄推测的那样，作者范鋐是一个受到阳明学左派思想影响很大的学者。③

德川幕府第五代将军德川吉宗，命朱子学者室鸠巢用日文（和文）翻译《六谕衍义》，又命荻生徂徕对《六谕衍义》进行训点，结果训点本《六谕衍义》却抢先刊行，这令室鸠巢大为恼火。室鸠巢和荻生徂徕的关

---

① 引用自：日本国文学资料馆藏古籍《六谕衍义》（享保六年（1721）刊，荻生徂徕训点、序跋），翻刻、繁简转换、标点为笔者所做。

② 角田多加雄：「『六諭衍義大意』についての教育思想史的考察」，『慶応義塾大学大学院社会学研究科紀要：社会学心理学教育学』29，1989年，第122页。原文为日文，以上内容为笔者概括。

③ 同上，第127页。

系也至此恶化，两人产生激烈的对立。那么，两人之所以在这件事情上走向对立，仅仅是因为荻生徂徕训点本抢先刊行的缘故么？事情显然没有那么简单。笔者认为，刊刻的时间先后仅仅是一个导火索，而两人走向对立的真正原因其实是思想上的分歧。

日本学者中野三敏认为，荻生徂徕的思想在很多方面与阳明学有着共通之处，比如尊重个性主义、容忍以诸子百家为基础的异端、重视文学与史学、对俗世领域的理解等[①]，在道德"不学不虑"（秋成文中作"不学不受"）这一点上也是一样的，这部分将在后文进行论述。而室鸠巢在思想方面却是一个坚实的朱子学者。《六谕衍义大意》虽然是对《六谕衍义》的摘译，而且在一定程度上也反应了德川吉宗的意志，但是他的翻译和摘编无疑也是他本人意识形态的体现。比如，对"孝顺父母"一条的解释中，《六谕衍义大意》的日文释意如下：

凡世間にある人、貴となく賤となく、父母のうまざるやある。①されば父母はわが身の出来し本なれば、本をば忘るまじき事なり。況や養育の恩、山よりもたかく、海よりもふかし、いかがして忘るべき。今孝心に本づかんとならば、父母の恩をよくよくおもふべし。先十月の間、懐胎にありしより、母をくるしむ。さて、生れ出て、幼稚のほどは、父母ともに昼夜艱難辛苦をいわず、常にあらき風をもいとひて抱そだて、少も病有て煩はしければ、神に祈り、医をもとめ、我身もかはり度ほどに思ひ、ただ子の息災にして、成長するを待つより外は、何の願がある。②其ために師を選び、芸をならはせ、よき人にもなれかしと思ひ、家をもおさむるほどになれば、縁をもとめ、婦をむかへて、さかゆく末をこひ願ふ。③又世に立ちまじはるを見ては、或は悪き友にもひかれ、或は不慮の難にもあはんかと、いまだ目にみえぬ事までも、たえず心くるしくおもふほどに、すべて一生のいとなみ、何事か子のためにせぬことやある。是等の厚恩、たとひ報じつくさずとも、責て孝行にして養ふべ

---

① 中野三敏：「江戸儒学史再考——和本リテラシーの回復を願うとともに」，日本思想史学会編：『日本思想史学』40，2008年，第49-58頁。

き事なり。其孝行と云は、貧富貴賤はをのづから不同あれば、必ずしも父母の衣食を結構にせよと云にもあらず。ただ分限相応に、父母の飽煖なるやうにすべし。父母年たけて後は、大かた側をはなれず、出入には、手をひき、うしろをかかへ、寝興には、夜はしづめ、朝は省べし。父母若病あらば、昼夜帯をとかず、他事をすてて看病し、医薬の事にのみ心を尽くすべし。さて第一に意得べき事は、いかほど父母の身を孝養すとも、其心を安ぜずしては、大なる不孝といふべし。何事も父母の教訓にたがはず、世法をおもんじ、よく身を守り、家をたもつべし。（後略）①

以上是室鸠巢对"孝顺父母"一条的解释，大部分是按照原文进行的翻译，但因为是"大意"，其中也进行了不少增删，在内容上与《六谕衍义》的原文不尽相同。已经有日本学者指出，室鸠巢在写作《六谕衍义大意》时，将孝行来自于天性的部分全部删除。②比如"这不是他性中没有"、人从出生时候起到十四五岁之前都因天性而"知亲爱父母"等描写，在《大意》中都做了删除处理。毕竟所谓的"大意"是将原文的意思通过简明的语言进行表达，在编译时进行节选与删除是可以理解的，而且其中也反应出将军德川吉宗的意志，但是从中删除什么、节选什么，却是编译者室鸠巢本人意志与思想的体现。其中，他有意将强调天性的大段描写进行删除处理，而唯独通过大量的描写强调父母的恩情与尽孝的义务，反映出忠实的朱子学者室鸠巢在这一问题上的鲜明立场与态度。另外，如果说编译是大意的概括，删减与节选是理所应当的，那么在其中增加内容则有悖编译大意应简明的原则。而室鸠巢违背这个原则，除了节选与删减之外，还增加了一些原文没有的内容。如上文引用中的画线部分即是室鸠巢增加的内容，而这些画线部分都是为了进一步强调父母的恩情。在论述了父母的恩情、孝道是一种义务之后，编译者室鸠巢又对孝的具体表现进

---

① 引自中村幸彦翻刻的《六谕衍义大意》（日本思想大系『近世町人思想』所収，東京：岩波書店，1975年，底本为享保七年刊洛阳版）。
② 阿部泰记：《中日宣讲圣谕的话语流动》，《兴大中文学报》2012年第32期，第117页。

行了规定,比如"父母年迈之后,多不离其侧","父母若病,则昼夜不解带,舍掉他事,照顾病人,尽心伺候医药之事"。许多类型化"孝子故事"中的孝子描写,都是依照这样的规定,从形式上满足"孝子"的基本要求。比如皆川淇园的同题汉文对矢野养甫的描写也是如此,如"母常患积癖、有时起作、养甫侍养、按抑忘寝食、是以不敢远游者殆三十年焉。而母平时呼使其视之如於婴儿、不疑其有厌意"。可以说正是这种形式上的忠实,使他成为名义上的孝子,而得到了政府的嘉奖。

可以说,室鸠巢的编译态度和立场与清康熙年间成熟的魏象枢的《六谕集解》和《圣谕广训》等朱子学立场上的六谕解释的态度是完全一致的。事实上,室鸠巢曾在《六谕衍义大意》跋中提到"清帝六谕",充分体现出他编译《六谕衍义大意》时曾意识到清朝初年的六谕解释本。但是,从上文引用的阳明学左派学者罗近溪对六谕第一条孝顺父母的解释却可以看出,他的观点与以上朱子学者的观点完全相反。也就是说,诸如"孝顺"这样的道德,是外部强加的,还是发自内心的,阳明学左派的学者与朱子学者的解释与观点从根本上是不一样的。罗近溪等阳明学左派的学者坚定地主张"孝道"是一种天性,应该是发自内心的。因此,在他对"孝顺父母"一条的解释中,他完全没有强调父母的恩情,而是强调人的天性,指出孝行并不是外在强加的义务,也不是能够通过学习而掌握的一种"德行"。

而这些主张的源头则是"不学不虑"的现成良知说。王阳明指出,良知不假外求,那么若要外求将会如何呢?罗近溪尖锐地指出,"必不可及"[1]。罗近溪的弟子杨复继承老师的学说,认为如果舍弃"不学不虑"这个原则而求道于所谓的圣贤书,则"智愚贤不肖纷然出矣"[2]。总之,他的主张根植于"性善说",认为所有人与生俱来地都有一颗"良心",若非"不学不虑"而是闻见道理,那么越学习、越思虑,便会失去这个与生俱来的良心,原本在这个世界上不会存在的不孝之人也会随之出现。也

---

[1] 方祖猷、梁一群等编校整理:《罗汝芳集》,南京:凤凰出版社,2007年。
[2] 杨起元:《续刻杨复所先生家藏文集八卷》,影印本收录在《四库全书存目丛书集部第167》册,底本为天津图书馆藏明杨见晙刻本。

就是说，按照他的主张，不孝之人的出现非但不是因为没有读书，反而是读书太多的缘故。而这一句让人想起上田秋成在《旌孝记》中曾经这样写道："读曾子文章的人，却丝毫不行孝道"。两文相互映照，表达了同一个道理，即读书与孝道的形成没有任何必然的联系。

那么，熟读儒家经典的人，为什么反而会不孝呢？同为阳明学左派李贽的《童心说》中可以找到答案。

> 盖方其始也，有闻见从耳目而入，而以为主于其内而童心失。其长也，有道理从闻见而入，而以为主于其内而童心失。其久也，道理闻见日以益多，则所知所觉日以益广，于是焉又知美名之可好也，而务欲以扬之而童心失。知不美之名之可丑也，而务欲以掩之而童心失。夫道理闻见，皆自多读书识义理而来也。古之圣人，曷尝不读书哉。然纵不读书，童心固自在也。纵多读书，亦以护此童心而使之勿失焉耳，非若学者反以多读书识义理而反障之也。①

从这段话我们可以看出，李贽认为"童心"即是真心。人最重要的是不能丢失这个"童心"。所有的见识都是由读书学道理开始的。人们通过读书可以知道许多道理，但是知道的道理越多，便越会以那些所谓的道理为标准进行美丑的判断。由既成的道理或曰道德标准判断出来的美名，则试图大力宣扬，而以同样的标准判断出来的"丑名"，则试图遮掩。于是也就失去了"真心"即"童心"。

上田秋成的《旌孝记》中有一段话与李贽表达了相似的主张。他在开头首先指出"名"即所谓的名誉没有任何意义，人不应为了这种名誉而尽孝，然后紧接着便举出了"贫家之子"与"公卿贵族之子"的例子，这样写道：

---

① 引用自《李贽全集注》，北京：社会科学文献出版社，2010年。以下引用李贽著作时均据此全集，不再一一标注。该书第一册收录的《焚书》与《续焚书》的文本是以中华书局版《焚书·续焚书》（1975年）的合刊本为底本，参考万历二十八年（1600）苏州陈证圣序刊本等版本进行校对的文本。

近き世に見聞は、いと貧しき人の子の、まだあけ巻めざしなるほどより、誰が教を見聞にもあらず、いと有難き志もてつかふるは、うみの宝の子とこそ思ひしに、やうやうおよずけゆくまゝに、そこに在だに聞えぬは、いかに成立けん、いといぶかしうもこそあれ。つかさ位高ききん達は御親兄の前に冠を正し、かたちつくろひ、ゆめたがはじとかしこみ給へば、御心の怠りはいかなりとも聞え流れずおはせりき。富人の子も是にならひて、よしあしの名は世に聞えぬにや。

　　（中文译文：听闻近来世间之事，有贫家之子，自黄口垂髫之时，未曾受人指导教诲，便有一颗宝贵的孝心，孝顺父母，实乃天生之宝子也。然世事推移，已不知其居于何处，不知其后如何，真是怪哉。公卿贵族之子，于父兄前正衣冠，修形姿，小心谨慎，丝毫不违父命，未曾有不孝之传言流传世间。富人之子亦效仿之，善恶之名均不传于世。）

　　没有受过教育，没有外部的"闻见"入心的贫家之子，自幼便懂得"孝顺父母"，为"天生之宝子"，然而长大之后却不知所终（即并无受到政府的褒奖而扬名于世）。贵族之家或者有钱人家的孩子，没有听到他们孝顺或者不孝（善恶知名）的传闻。这段文字与开头呼应，也是在否定为了扬名而行孝的做法。但是，这里对贫家子弟和富家子弟的叙事方式和使用的表达上稍有不同。贫家子弟是出于天生的"真心"而孝顺父母，用的词语是"侍奉"（つかふる）。而关于富家子弟的孝顺，则用的是"正衣冠"（冠を正す），表面上"不违背"（たがはじ）父兄之命。这里作者委婉地表达出富家子弟通过读书获得的道德表现其实只是在形式上符合了"孝"的标准，是一种伪孝。李贽也曾在自己的著述中批判这种形式上的伪孝，主张发自内心的孝。

　　在关于孝行的三个故事中，第一个故事讲的是一个"贫家子弟"的故事。故事内容如下：

　　京城之中，有一人姓马场，因为他是个孝子，周围的人欲将其孝顺父母的事迹报告给政府，以获得表彰。但是，他却认为孝顺父母是自然之理，以之来求取"名誉"是"可耻"的，于是在大家将他的事迹报告给官府之前，便趁机逃走了。

这个故事是上田秋成立论及孝顺不应图虚名的例证。而且，这个贫家子弟坚守与生俱来的"真心"，不为"虚名"，最终并没有受到政府的褒奖，他的名字也不为世间所闻。正说明真正的孝子其实是埋没在民间的，而那些被彰显扬名的却不见得是真正的孝子。另一方面，上田秋成又委婉地指出，贵族与有钱人家的子弟，虽然通过读书明白了道理，懂得了判断美丑，同时也学会了隐藏其不孝之名。他们并非没有不孝的行为，只不过是这种不孝的事迹被隐匿，不为世间所知罢了。

第三节 读书的富家子弟与不读书的贫家子弟之对照叙事方式

上述引用中，上田秋成通过对贫家子弟和富家子弟的对照描写，主要说明了不读书的贫家子弟能够保持"真心"，是真正的孝子，而读书的富家子弟却更注重表面的形式，其实是一种伪孝。类似这种对照叙事的方式，在李贽的作品中也经常可以看到。其中，以其对《阿寄传》和《孝烈妇唐贵梅传》的评论最为知名。

《阿寄传》是在明代的白话小说和戏曲中经常被改编的一个脍炙人口的故事。李贽在《焚书》中引用田汝成撰写的笔记，故事梗概如下：

阿寄是淳安徐家的仆人。徐家有三兄弟，在分遗产的时候，上面的两个哥哥各分得牛马，而幼弟的寡妇则只分得已经年过半百的老仆阿寄。寡妇因此非常伤心。但是，这个老仆人却努力工作，经商赚钱，为主人赚得"数万金"，操持主人儿子的婚事，供他们考取功名。当他去世的时候，徐家子弟怀疑阿寄私藏家产，对他进行了调查，却发现他未曾为自己留下任何东西。

对于这个故事，李贽这样点评道：

> 所谓读书知孝弟者，不过一时无可奈何之辞耳。奴与主何亲也。

奴于书何尝识一字也。①

这个故事本身并不是李贽创作的。"阿寄"的故事见于《明史》卷207《忠义列传》第185孝义2，文后没有附加任何评语，整篇故事的重点在于称赞阿寄的忠义事迹，没有将批判的矛头指向这个故事中的任何一个人。但是，李贽在引用这个故事之后，加了一段评语，将与主人没有任何血缘关系，甚至连字都不识的仆人阿寄与饱读诗书、地位较高的徐氏兄弟及其子孙进行对比，进一步突出了阿寄的忠义。而且，他将批判的矛头指向欺负寡妇的徐氏兄弟以及怀疑阿寄私心的人。《醒世恒言·徐老仆义愤成家》中，怀疑阿寄私心的人是阿寄辛苦养大的寡妇的两个儿子。他们在阿寄的抚养下长大，读书考取功名，成为太学生，却在徐氏兄弟的唆使下怀疑原本是自己恩人的阿寄，也说明了读书之于道德的形成没有任何增益这种观点。在李贽的评语中也指出了这样的观点，即儒家道德并非通过读书获取。

《焚书》中的这个故事和评语收录在李贽的另一本著作《续藏书》中，充分说明李贽在这个故事中获取的感动是巨大的。《续藏书》中再次收录这个故事时，加入了田汝成的评论。据田汝成所写，他是听俞鸣和讲的这个故事。其中也收录了俞鸣和的评论（俞的评论亦见于《焚书》）两人的评论如下：

> （田汝成曰：阿寄事，予盖闻之俞鸣和云。）夫臣之于君也，有爵禄之荣。子之于父也，有骨肉之爱。然垂缨曳绶者，或不讳为盗臣。五都之豪，为父行贾，匿良献苦，否且德色也。阿寄村鄙之民，非素闻诗礼之风，心激宠荣之慕也。乃肯毕心殚力，毙而后已。呜呼，不可及也。鸣和又曰：阿寄老矣，见徐氏之族，虽幼必拜。骑而遇诸途，必控勒将数百武以为常。见主母不睇视，女使虽幼，非传言不离立也。若然，即缙绅读书明礼义者，何以加诸？

这段评论并不仅仅是关于孝道的评论，还涉及对主人的"忠"。对于

---

① 引自李贽著，张建业主编：《李贽全集注》（全26册），北京：社会科学文献出版社，2010年。下同。

儒家道德中最为重要"忠""孝"的达成，这里同样是通过对地位高或有钱人与没有受过任何教育的贫家子弟的对照进行说明。田汝成、俞鸣和、李贽三人都没有对儒家道德中的"忠""孝"本身进行批判。但是，他们从阿寄的故事中读到的却不仅仅是忠孝，而是对虚伪的道学家的批判。王阳明主张外在强加的道德会遮蔽与生俱来的"真心"、阻碍道德的达成，真正的"善"是淳朴的，应求之于心，而不能外求。王心斋、罗近溪等阳明后学继承这一观点，提出"不学不虑""赤子之心"的观点。可以说以上三人在这个故事中所体现出来的思想也是在这一思想的延长线上的，是在晚明主情主义思潮流行的语境中普遍存在的反理学思想。

另外一篇是杨慎的《孝烈妇唐贵梅传》。对于这篇故事，李贽的评论采用的同样也是贫富对照的叙事方式。《孝烈妇唐贵梅传》是收录在《明史》中的故事，在白话小说中也有演绎。日本学者森纪子曾对各种版本的故事进行了比较①，在此为了避免重复，仅将与本论相关的部分追加论述如下。关于《孝烈妇唐贵梅传》，李贽进行了如下评论：

> 先王教化，只可行于穷乡下邑，而不可行于冠裳济济之名区。只可行于三家村里不识字之女儿，而不可行于素读书而居民上者之君子。池州通判毛玉，非素读书而居民上之君子乎。慈谿为县，又非毛玉所产之巨邑名区乎。今通判贪贿而死逼孝烈以淫，素读书而沐教化者如此，孝烈唐贵梅宁死而不受辱，未曾读书而沐圣教者如彼，则先王之教化亦徒矣。

在这里，李贽同样将人分为两类，读书的所谓"君子"和没有受过教育的"不识字之女儿"，指出道德并非通过读书可以习得，读书反而会蒙蔽发自内心的道德。在李贽的评论中，他反复强调的是孝烈妇唐贵梅不曾读书这一点。但是，记录于官方正史《明史》中的这个故事，却将叙事的重点放在"孝"与"烈"上，并没有追问婆婆与官员在此之中扮演的"恶"。白话小说《三刻拍案惊奇》（第六回）《冰心还独抱，恶计枉施

---

① 森纪子：『転換期における中国儒教運動』，京都：京都大学学術出版会，2005年，第35-36页。

教》也是由这个故事改编的小说。故事的最后，作者引用了李贽的上述评论，但是在故事的开头作者却将唐贵梅塑造为没落儒生家的女儿，自幼熟读四书五经等儒家经典。从这一点上来说，这篇白话小说的思想与李贽的思想背道而驰。

从李贽对《阿寄传》和《孝烈妇唐贵梅传》的评语中可以看出席卷晚明文艺界的反理学思潮。而且，通过上述的梳理也可以看出，"不学不虑"的贫苦之人比读书的富人往往更加善良这样的叙事方式，也不是上田秋成的《旌孝记》所独有的。

这种肯定人的天性、批判理学的思潮也被日本近世的思想家们继承了。日本学者中野三敏指出，伊藤仁斋的人性肯定论便是批判朱子学接近阳明学的结果①。不管是伊藤仁斋还是荻生徂徕，他们在思想上都与阳明学或阳明学左派有着诸多的相似之处，这一点是无法否定的。在"不学不虑"这一点上也是一样的。比如荻生徂徕在《弁名·孝悌·一则》中这样写道：

> 孝悌不待解。人所皆知也。（中略）人无贵贱。莫不有父母。父母生之膝下。如它百行。或强壮乃能行之。唯孝自幼可行。它百行。或非学无能行之。唯孝心诚求之。虽不学可能。②

这里荻生徂徕也是强调"孝"不像其他的各种行为要通过学习才能掌握，是"自幼可行"，而且"不学而能"。同书《弁名·圣·四则》中也写道："夫圣人叡智之德受诸天，岂可学而至乎"③，指出所谓的道德并不是通过"学"而至的。

不仅如此，日本近世的很多思想家非但不主张用道德教化的方式强加儒家的道德，而且对读书学到的"才智"持否定态度。比如，日本阳明学者中江藤树的弟子熊泽蕃山认为便认为所谓的才智对成为"良人"有害而

---

① 中野三敏：「江戸儒学史再考——和本リテラシーの回復を願うとともに」，日本思想史学会编：『日本思想史学』40，2008年。
② 文本引自吉川幸次郎ほか校注：『荻生徂徕』，東京：岩波書店，1973年。
③ 同上。

无益。

  才知ありて徳をそこなふ者は多し。徳の助けとなる者は稀也。学は天真の楽しみを求むとす。才知は己が心をわづらわしめ、己が身をくるしましむ。学は斉家・治国・平天下の道也。才知は家ととのほらず、天下平かならず。故に個人曰く、つたなきは吉也。たくみなるは凶なり。つたなきは徳也。たくみなるは賊也と。不才にして拙きは徳に近し、自然の幸也。才知有て巧なるは偽に近し。①

  （中文译文：有才知而损德者多，为德之助者少也。学乃为求天真之乐。才知者烦己之心，苦己之身。学为齐家治国平天下之道也。才知令家不齐，天下不平。故个人曰：拙，吉也。巧，凶也。拙，德也。巧，贼也。不才而拙近德，自然之幸也。有才知而巧，近伪。）

熊泽蕃山虽然没有否定"学"，却对"学"做出了自己的定义，那就是学并非学习"才知"，而是"求天真之乐"。所谓的"天真"，即是与生俱来的真心。只有这样的"学"，才真正能够齐家、治国、平天下。而才知对于这些没有任何裨益。上田秋成在其著述中，也反复表达过同样的观点。比如在其晚年的随笔《胆大小心录》（第157条）中，这样写道："才是花易落，实为智有利益相随，害人者。西土多云智者必恶臣也。"（才は花なればもろくちり、実は智にて利益あるから、人を損害するなり。西土にても智者と云は必悪臣なり。）另外上田秋成反对将文学的"劝善惩恶"，认为以物语为"世之教训云云实乃愚蠢"（世の教にもなるものに取り囃すはいと愚なり），并且进一步指出所谓的道德教训会束缚人的本性。

  其をしえの文どもは、いにしえの君たち臣達の行なひよろしき事のままを、法として、それにつきては、くさぐさの節をも設けたりな。さるから事はうつつのままに、詞は音をととのへて、しるせし物なりとや。よき事のみをあげて、かくせよ。これゆめおこたるな

---

① 後藤陽一ほか校注：『熊沢蕃山』，東京：岩波書店，1971年，第251頁。

とをしへたれば、人皆まことに、しかこそありたけれとはおしいただくものの、おのが常のねがひにたがひ、事ごとに情を枉られ、読むほどにさへ、聞ばかりにさへ、息づぎのみせらるるには、誰かは是を身に行なはん。（中略）人ごとにおのが情を枉らるるほどに、しばしまげたりとも、やがてうまれ得し性に立かへるとぞかし。

（中文译文：其教训之文，都是以古代君臣的良行为法，设置种种规矩。因此，其所记录的事情，都是虚假的事，唯求词工而已。只举出好事，告诉世人要这样做，不要那样做，人皆以此为是，违背自己的正常愿望，凡是有悖于真情，读来听来都令人窒息，谁还会亲身力行呢……人逢事违逆真情，即便曲弯一时，不久终将回归本性。）

上田秋成在这一段中主要是谈的文学创作，认为文学不应该是"劝善惩恶"的，这样的文学会让人窒息，没有任何价值。同时，他也表达了后天的道德教育并不会改变人的本性，从而否定了朱子学者通过道德教育试图普及儒家道德的主张。这与上田秋成在《旌孝记》中所表达的观点是一致的。可以说，道德是"天性"，"不学不受"（不学不虑）的这种观点在上田秋成的思想中是一贯的。

本章小结

综上所述，主张"不学不虑"，反对通过读书将儒家道德强加于人的思想，源于孟子提出的"赤子之心"。到了晚明，阳明学作为反朱子学的学派兴起，王阳明以"良知说"对孟子的"赤子之心"进行了进一步阐释与发展，而阳明后学则以"赤子之心""童心"等进行了进一步阐释。这一系列的概念一脉相承表达了同样的观点，成为引领时代潮流的重要思想。在日本，反朱子学的思想家伊藤仁斋与荻生徂徕等古学派的儒学者以及同时代的国学者都拥有同样的思想。因此可以断定，作为反朱子学而兴起的这种思想，成为一种流行于东亚社会的重要思想，给东亚社会尤其是给日本近世文艺界与思想界产生了重要的影响。上田秋成这篇《旌孝记》中所体现的有关"真心"的论述，尊重"不学不受"（学ばず受けず）的思想，在席卷整个东亚的这股思想潮流当中，绝不是像日本学者所说的那样是一种特别的思想，而是能够在中国晚明的思想中找到源头，与阳明学左派所主张的"不学不虑"的观点以及日本同时代的思想家的相关观点都有着诸多的共通之处。上田秋成的思想正是在这样的时代语境中产生的。

第五章

上田秋成文学中的审父意识

中国的晚明和日本的近世是人性解放的时代。这有西方基督教带来的影响，同时也是儒家出身的思想家们不断思考的结果。阳明学者尤其是阳明学左派猛烈抨击朱子学提倡的"存天理灭人欲"的思想，积极肯定人的欲望与情爱，其中最为彻底的便是李贽。明清文学中也出现了前所未有的肯定情欲的思潮与表达。具体到家庭之中的父子关系，明清文学中亦出现了新的倾向。杨经建认为，"传统的中国是一个以血缘亲情为纽带的伦理型社会形态。在中国独特血缘群体私有制下，以父尊子卑为经，以夫尊妻卑为纬编制而成的父权制家族构成整个社会的基石"[①]，他指出，"明清时期新的文化思潮的涌动和启蒙意识的萌现使知识阶层对传统的父权中心话语开始了一种新的审视和考量。审父也由此成为明清叙事文学的一个重要的创作母题"，而审父母题的一个重要表现便是"滑向揭示父性的颓败或者渎父的一极"[②]。彭娟则进一步对渎父母题进行了阐释，认为"明清家族小说中的

[①] 杨经建:《论中国当代文学的"审父"母题》,《文艺评论》2005年第5期,第20—24页。

[②] 杨经建:《论明清文学的叙事母题》,《浙江学刊》2006年第5期,第90—97页。

渎父母题是指对父亲进行审丑化处理"①，并指出了渎父叙事的类型，"有渎父倾向的明清家族小说往往以父亲的隐退表现父亲的失职，以无父书写消解父亲的权威；或对父亲进行审丑化处理，将父亲性格、能力或道德的缺陷作为审视的重心；在激烈的父子冲突中，以逆子的蜕变与冲击宣告着传统父权文明的颓败和父权维系的社会体制的衰败"②。

《红楼梦》中男主人公贾宝玉的父亲贾政和《牡丹亭》中的女主人公杜丽娘的父亲杜宝都是封建卫道士的代表性人物，而给上田秋成文学带来很大影响的三言系列作品中，也描绘了很多因为情理之间的冲突而导致的父子冲突，亦有许多不近人情的父亲形象甚至是恶父形象。

在本书第一章的论述中已经提到，日本的家族制度不完全等同于中国的家族制度。与以血缘关系为纽带的中国家族制度相比，日本更注重家族财产的不可分割性，没有任何血缘关系的养子在家庭中的地位也非常重要。日本以父亲为中心的家族制度的确立要比中国晚很多，在平安时代访婚制度还非常普遍，而且女性往往拥有家庭财富的继承权。即便如此，江户时代建立之后，幕府将朱子学奉为官学，与中国相似又不同的父权家长制度得以建立。与此同时，在中国晚明思想的影响下，日本的18世纪，即上田秋成生活的那个时代，主张人性解放的儒家古学派与官方的朱子学产生了对峙的局面，而国学家则更进一步对提倡"存天理灭人欲"的朱子学进行了猛烈的抨击。人性解放思潮席卷了整个文艺界，父亲的绝对权威也受到了审视。本节从同时代的日本戏剧出发，以上田秋成文学中的父亲形象与父子关系为中心，对其作品中所表现出来的审父和渎父意识进行考察，并进一步梳理上田秋成对孝道的认识。

第一节 日本近世戏剧文学中的恶父形象

随着江户时代市民阶层的兴起，庶民文化出现了前所未有的繁荣景

---

① 彭娟：《明清家族小说中的渎父母题》，《齐鲁师范学院学报》2012年第3期，第118页。

② 彭娟：《明清家族小说的渎父倾向》，《湖南工业大学学报（社会科学版）》2012年第3期，第151页。

象，观戏成为当时人们生活中不可缺少的娱乐形式，其中最具有代表性的大众文艺便是人形净琉璃（日本传统木偶戏）和歌舞伎。歌舞伎更是独领风骚，不仅引导着人们的价值观念，而且成为年轻人时尚的风向标，如当今的偶像剧一般。一方面，宣扬忠孝的剧目受到政府的鼓励，不管是人形净琉璃还是歌舞伎的剧目当中，孝子的形象都必不可少，但是另一方面在人民大众当中，纯粹说教性的剧目因其思想的僵化和娱乐性的缺乏已经不受欢迎。相反，许多恶父形象出现的剧目因其情节的跌宕与矛盾的尖锐性，成为脍炙人口的名篇。下面以上田秋成同时代的戏剧为例，考察上田秋成同时代的戏剧文学中的父亲形象和其中透露出来的审父意识以及对父权的质疑。

1745年，上田秋成是一个11岁的少年。《夏祭浪花鉴》[①]在他家乡的大阪竹本座上演，之后很快便被改编成歌舞伎，成为当时的流行剧目。竹本座与上田秋成家近在咫尺，年轻时"狂荡"不务正业且爱好风雅的上田秋成自当不会错过这样的流行剧目。

为了叙述方便，首先将《夏祭浪花鉴》的主要剧中人物简介如下：

玉岛兵太夫：泉州滨田家家臣。

矶之丞：玉岛兵太夫的儿子，风流富家子弟。

琴浦：乳守的青楼女子。与矶之丞相爱。矶之丞为其赎身，两人一起生活。

大鸟佐贺右卫门：同为泉州滨田家家臣，单恋游女琴浦，想尽办法想要把琴浦从矶之丞的身边夺回来。以下简称佐贺右卫门。

团七与阿梶夫妇：鱼贩，大阪的侠客。玉岛兵太夫曾经对二人有恩。二人一直对兵太夫的恩情念念不忘。

义平次：阿梶的父亲。团七的岳父。从小收养孤儿团七为养子，后将其收为入赘女婿。为人吝啬，爱财好色。

介松主计：泉州滨田家的家老。

一寸德兵卫：佐贺右卫门的手下，也是一个侠客。团七的老婆阿

---

① 以下以实际舞台演出为据，剧本参考松崎仁编著：『夏祭浪花鑑　伊勢音頭恋寝刃』，東京：白水社，1987年。

梶曾对他有恩。以下简称德兵卫。

钓船三妇：一个老侠客。团七的朋友。

这部歌舞伎作品讲述了侠客团七夫妇为了报答玉岛兵太夫的恩情，不惜一切保护他的儿子矶之丞的故事。风流富家子矶之丞爱上了青楼女子琴浦，却遭到父亲的反对。父亲兵太夫多次劝说，他也不肯回心转意。在泉州一次家臣封赏会上，父亲兵太夫因为儿子的"不检点"，被家老侮辱了一番。他感到非常丢脸，认为家名因此受损，便为了维护家族的名声，将儿子矶之丞逐出家门，与他断绝了父子关系。矶之丞的情敌佐贺右卫门为了得到琴浦则对矶之丞进行百般刁难。团七的岳父义平次被佐贺右卫门的金钱收买，不停地陷害矶之丞，并准备将琴浦交给佐贺右卫门。每当这个时候，团七总是挺身相救。但是最后一次，在岳父再三挑衅下，他终于忍无可忍，一怒之下将岳父义平次杀害。

在这部戏剧中，作为家长的父亲（岳父）义平次是一个爱财好色的老人，他在舞台上表现出来的丑陋自始至终与团七这个角色表现出来的刚劲的男性美形成强烈的对比。在弑亲的场面中，团七脱掉衣服，全身露出美丽的文身，刚劲的线条展示出野性与刚毅，而另一方面父亲义平次则弄得浑身是泥，猥琐又难看。这时，当从他嘴里说出"岳父也是父亲，你能杀了我？"这样的台词，以家长的权威对女婿（养子）进行挑衅的时候，想必没有一个观众会想到"孝"这个字。义平次一次次以"父亲"的立场对团七进行说教并挑衅，说明了封建时代父权的不可推翻的权威性，揭露了封建道学家道德说教的丑陋。

他自始至终认为团七无论如何也不敢把自己杀掉。团七在整个过程中表现出各种犹豫，体现了挑战与颠覆父权威严的艰难。无限拉长的场面和岳父义平次各种丑态与滑稽的演出，逐渐让观众陷入一种"杀了他"的集体无意识当中。最后团七举起刀来的时候，想必已经是观众忍无可忍之时。即便是生活在相对自由时代的现代观众，在看到这个场面的时候依然能产生一种快感，而不会用"孝"与"不孝"这样的伦理道德对团七的行为进行评判。这种穿越时空不变的情感，在以程朱理学为统治思想、父亲的绝对权威被无限扩大的江户时代，观众的感受必然更加强烈。

这部戏剧虽然终归是劝善惩恶的"报恩"型的故事，但是小丑父亲的出现让这个故事的主题得到了升华。在伦理道德与情义（这部戏里主要强调的是恩情）之间，剧作家选择了让主人公忠于自己内心的情。团七表现出来的是阳明学者、古学派学者和国学者包括上田秋成本人所提倡的忠于内心的侠义大丈夫形象。

正如服部幸雄指出的那样，这部戏剧中所有人物的行动原理都是报恩，为了报恩不惜一切，不惜粉身碎骨。义平次的最后一句话"我再坏也是你父亲，饶了我吧"，让原本"残酷无情的杀人者"团七从中得到了救赎。① 这里面的主人公遵从的行动原理是情，而不是封建道德和秩序，他们为了情义可以与官府对抗，甚至当父亲做了坏事的时候，可以为了情将其杀掉。

僵化的父权在这部戏中被极度丑化，最后为了恩情而义无反顾的主人公的杀人行为无疑是对当时封建秩序的一种勇敢的挑战。值得一提的是，在这部戏剧的先行作品《无家可归的团七》中，团七因为与父亲发生争执将父亲杀掉之后，被官府斩首示众。而《夏祭浪花鉴》的改编中却并没有提到团七的结局。当然，按照当时的法律和道德准则，弑父是不可饶恕的，他不可能逃脱死罪的惩罚。但是戏剧中并没有因弑亲被斩首情节的设置，相反，他的妻子和侠客朋友们不惜一切地想尽各种办法避免让他受到官府的惩罚，可以说这是作者与观众之间产生的一种默契。而接下来绘着美丽文身的团七这个角色在舞台上表现出来的极致刚毅美，让原本凄惨的逃亡之旅增添了很多美感。剧作者和演员们以刚毅的美对反抗秩序的人进行了讴歌。这可以说是日本18世纪文艺界人性解放思潮在戏剧界的一个重要体现。

写到这里，我们一直忽略了这部戏中的另外一对父子，那就是玉岛兵太夫和矶之丞父子。矶之丞与琴浦的自由恋爱在父亲那里被嫌恶和阻挠，父亲甚至为了保全家里的名声不惜将儿子赶出家门。当矶之丞被人陷害的时候，他也表现出了极大的不信任，直到真相大白时他才悔不当初。如果说义平次是一个金钱欲旺盛的"守财奴"，那么兵太夫则是一个被儒家的

---

① 服部幸雄：『歌舞伎歳時記』，東京：新潮社，1995年，第127頁。

伦理道德束缚的"权力的傀儡"。

因此可以说，这部戏剧中出现的两个父亲如出一辙。义平次是商人的代表，他们为了追逐利益而不择手段，兵太夫是作为掌权者的武士阶层的代表，他们是满嘴只有仁义道德的道学家。他们各自为了自己的金钱或者地位，可以舍弃最基本的"人情"，但是他们的孩子们却在不同的"情"（友情与爱情）中努力地挣扎，在金钱与秩序的夹缝中生存。

在父子关系中，孩子在面对"报恩"与"孝"时，选择的是忠实于自身情感的报恩。而在主从关系中，佐贺右卫门的随从德兵卫在面对自己的恩人阿梶的时候，同样表现出毫不迟疑地帮助自己的恩人，而不是自己的主人。在他那里，封建的主从关系是让位于朋友之"情"的。以上种种，都有悖于程朱理学宣扬的那种无条件对父权和君权的服从原理。

1768年上田秋成开始写作《雨月物语》，在1771年上田秋成38岁的时候，净琉璃《妹背山妇女庭训》①上演，5年后《雨月物语》刊行。而此后，该剧又被改编为歌舞伎，也成为当时的流行剧目。

与《夏祭浪花鉴》不同，这是一部历史剧，讲述了日本历史上的政治斗争。天智天皇②因病失明，权臣苏我虾夷觊觎皇位，不仅在朝中飞扬跋扈，在家中亦是一个独断专行的父亲。他的儿子入鹿的妻子看不过去，拼命地劝说却惨遭虾夷斩杀。入鹿看不过父亲的暴行，设计让父亲苏我虾夷在勅使面前切腹自杀了。从某种角度来说，本剧可以说是一部讲述掌权者争权夺利的政治剧。但是，换个角度来说，在父子关系当中，这对父子之间亦产生了不可调和的矛盾。而且，这种不可调和的矛盾的根源是作为父亲的苏我虾夷的跋扈与残暴。而虾夷的死则是由儿子入鹿造成，这在程朱理学的道德伦理中也是一种大逆不道的行为。

总之，就像这样，在日本18世纪的流行戏剧中也出现了主情主义的思

---

① 以下剧本参考：鳥越文藏ほか校注：『浄瑠璃集 仮名手本忠臣蔵・双蝶蝶曲輪日記・妹背山婦女庭訓・碁太平記白石噺』，東京：小学館，2002年。

② 戏剧内容与史实有出入。按照集英社版《日本历史》（吉村武彦：『古代王権の展開』，東京：集英社，1991年）所述，苏我父子的专权是在皇极天皇在位时，且苏我入鹿被暗杀在先，其父虾夷自杀在后（645年）。此后，皇极天皇让位，孝德天皇继位，虽然此时中大兄皇子已经开始掌握实权，但直到668年才正式继位为天智天皇。

潮，出现了对父亲这个绝对权威的审视与丑化。这不但是上田秋成文学创作的时代背景，亦可以推测出这些戏剧对上田秋成文学创作产生的影响。

第二节　早期作品浮世草子中的父子关系

在上田秋成的早期浮世草子作品《诸道听耳世间猿》卷二中有一篇以孝子为主人公的小说，叫做《努力相扑以尽孝》①。小说的主人公是一个叫做相生浦之助的相扑手。他非常孝顺，"近乡无人不知"。为了让父母过得安乐，他每日披星戴月地在曾根的盐场做相扑手，赚钱养家。但是与他的勤劳相对照的，是父母的懒惰与贪得无厌，父亲"赌博喝酒，花钱如流水一般"。无论他怎样努力工作，都始终无法摆脱贫困。有一天他又没有赚到钱，回家之后被父母数落了一番。贪得无厌的父母认为自己生活的窘迫都是因为儿子的无能，并将其称为"日本第一不孝子"。在接下来的叙述中，叙述者批判了这对父母，认为他们看到远道归来的儿子，不为其准备一杯热茶不说，反而将其称为日本第一不孝子，实在是"贼父母"②。

但是，对于父母的指责，浦之助本人不但没有辩解，反而向父母道歉并反省，认为正是因为自己的无能才让父母的生活如此窘迫。

关于这个故事的主人公的原型，中村幸彦认为可能来源于初代大山次郎右卫门的轶事。③ 上田秋成自幼时便喜欢相扑，熟知大阪相扑界的各种事情。有关初代大山次郎右卫门的轶事，收录于《相扑今昔物语》卷一中，题名为《大坂大山次郎右卫门、因幡两国梶之助事、并堀田弥五兵卫事》。中村幸彦同时指出，"天明五年出版的《相扑今昔物语》虽然在出版时间上晚于《诸道听耳世间猿》，但是上田秋成是知道《相扑今昔物

---

① 日文原文为：孝行は力ありたけの相撲取。

② 此处日文原文为：日本一の不孝者とハおのれがことじゃと遠道かけて戻った息子に熱茶一ぷく飲まさずに、責めたげる泥棒親。こんな道欲な家へありがたい日のめのさすもふしぎぞかし。

③ 中村幸彦：『中村幸彦著述集』第六巻，東京：中央公論新社，1982年，第271頁。

语》中所记载的各种故事的。主人公相生浦之助的名字,是实际存在的相扑手。而将其塑造成一个孝子的形象,则有可能来源于初代大山次郎右卫门事母至孝的轶事"。①初代大山次郎右卫门是大阪相扑界的重要人物,自幼爱好相扑并对相扑界的事情了如指掌的上田秋成一定也听说过有关初代大山次郎右卫门的轶事。而且,上田秋成在回忆中提到大山右卫门与两国梶之助是义兄弟的关系。《相扑今昔物语》所收的《大坂大山次郎右卫门、因幡两国梶之助事、并堀田弥五兵卫事》亦提到二代大山与两国的义兄弟关系。《相扑今昔物语》所收《大坂大山次郎右卫门、因幡两国梶之助事、并堀田弥五兵卫事》中介绍的初代大山次郎右卫门的事迹如下:

> 此大山、平生老母に孝心にして、なに事もさからわず、夏日老母痢病を病、便器、穢物を洗こと毎日、また老母の曰、今日は殊外暑し、沐浴をさせ給れ、といふ。大山是を拒む、老母妄して大山をたたく、大山心得たりとて、やがて大盥に湯を入て、老母を下湯させたり、老母大きによろこび、願くは、常のごとく裏口にてこころよく沐浴がしたし、といふ、大山心得たりとて、やがてたらひとともに裏口へ持行ぬ、此老母大女房なり、宜哉、大山を産し母なり。②

> (中文译文:此大山,平生事母有孝心,无论何事均不违逆。夏日老母患痢疾,每日清洗便器与秽物。老母又曰:今日尤暑热,让我沐浴。大山拒之,老母遂妄叩大山。大山答应母亲之要求,在大盆中加入温水,让老母入浴。老母大喜,又想在后门外(院中)畅快沐浴。大山答应,马上将大盆连同母亲一起搬到后门外。此老母为正室,宜哉,为大山之生母也。)

所谓的名人轶事,有时往往有许多令人难以理解的地方,而且越是让人难以理解的故事,越会成为人们的谈资。这则故事也是如此。故事的主

---

① 中村幸彦:『中村幸彦著述集』第六卷,東京:中央公論新社,1982年,第271頁。
② 文本引自『新燕石十種』第6卷所收「相撲今昔物語」,東京:中央公論社,1981年。

旨在于称颂大山的孝心，故事非常简洁，以至于母亲的要求在简短的故事中显得非常突兀而没有根由。但是，这并不妨碍故事的主旨。为母亲清洗便器与污秽之物，答应母亲的要求是为了渲染大山的孝心，而母亲突兀的要求——到后门外沐浴，则是为了引出大山接下来的行动——"将大盆连同母亲一起搬到后门外"，进一步渲染相扑手大山的力气之大，这也是这则轶事的最终目的所在。但是，在《努力相扑以尽孝》中，上田秋成将父母的这种突兀而且没有根由的要求扩大化而且进行了极端的丑化，同时加入了叙述者的评判，可以说父母与儿子之间的矛盾尤其是父母形象的丑化是这篇小说的主要特征。

而这篇小说的前一篇，同样是一篇关于父子关系的小说。这篇小说的题目是《大财主家出了个文盲》①，与《努力相扑以尽孝》不同的是，这是一个关于勤劳致富的父亲和一个喜欢附庸风雅的"败家子"的故事。

<u>北浜の米問屋に、大豆屋七兵衛とて、家つくりも昔もののかうとう親父</u>。家内二十人くらしにて、降ても照ても年分に千両づつは延てゆく鼻毛のあまり、ひとり息子七三郎はあま茶育にて、釈迦でもくハぬいき過者。一度聞たことハちんぷんかんでも遁さねば、耳塚と異名を付て、息子中でのにくミもの也。<u>親七兵衛は根から土人形にて世間に何がはやらうとも、江戸合羽のたばこ入に茶紬の置頭巾にて、店から台所のきまりを心がけ、芝居遊山は身がなまけると嫌ひ、茶のゑの茶は渋ふて呑れぬと。</u>

（中文译文：北滨的米商称作大豆屋七兵卫，所住房屋亦是老式，为人俭约朴素。家中二十余人，无论旱涝，每年都能净收千两，就像鼻毛一样疯长。独生子七三郎在溺爱中长大，是一个连佛祖都不爱理的放荡货。即便是那种不知所云的东西，也都能听进耳中，因此大家为他取了一个诨名叫做耳冢。家中之人均憎恶之。<u>父亲七兵卫是个彻头彻尾的"泥人"，无论世间流行什么，用的是贴着桐油纸的烟草壶，头上戴的是褐色的头巾，从米店到厨房中的各种规矩都谙熟于</u>

---

① 日文原文为：文盲は昔づくりの家蔵。

心，以看戏与游山玩水会滋生惰性而甚厌恶之，又称茶道的茶汤苦涩难饮。）

在上面的描述中，父亲七兵卫朴实能干，因此家里的收入颇丰。这样的形象在上田秋成文学中并不罕见，暂且不论褒贬与否，《吉备津之釜》中的正太郎的父亲井泽庄太夫，《蛇性之淫》中的丰雄的父亲大宅竹助，《贫福论》中的左内和《尸首的笑容》中的五藏的父亲五曾次，《樊哙》中的樊哙的父亲等，都是这样的形象。而儿子的形象则完全相反，父亲七兵卫隐居后，儿子七三郎继承家业成为米店新一代的主人。他热衷于用自己学来的半吊子古董字画鉴赏知识为人品鉴古董字画，并以一知半解的禅学为豪，完全不理会家里的生意，是一个玩物丧志的典型。

> 七郎右衛門が異名を目ちがひ先生といひはやしぬ。隠居大愚（元七郎兵衛）此やうすを聞きおよばれ、大きに腹立し、七郎右衛門を呼付け、いらざる目利自慢より大分の金銀をつゐやすのミか、人に笑ハれて大恥の名をとりし事、もと商人の道をわすれたるよりの事なり。町人は算筆とて外の事ハきつとたしなミて家業をつとめ、無用の目利きいたすべからずと、席をうつてしかりつけ、隠居へかえられぬ。七郎右衛門跡を見おくり手鼓の中音にて、ウタイ いやしき海士の胎内にやどりてと、諷ハれしハいかゐたわけの（後略）
>
> （中文译文：人们纷纷将七郎右卫门称为"走眼先生"。隐居的大愚隐约听闻此事，大为震怒，叫出七郎右卫门，拍席怒斥"你总爱以古董字画为豪，花费许多金银，受人耻笑，留下诨名，实为忘记商人之道。町人应通晓算数，不应玩弄无用之古董字画"，然后便回到隐居之地。七郎右卫门目送其背影，以手鼓的中音，唱起了谣曲"投胎于卑贱渔家女的胎内"，滑稽可笑。）

在父亲对儿子的指责中，他对儿子的喜好用了"无用"（日语为："いらざる""無用"）这样的词语进行评价，在他看来，儿子的这些爱好对于家业的发展来说是没有任何用处的。父亲七兵卫是一个典型的商人，在他眼中，除了作为经商的必要知识的写算之外，其他一切风雅（或虚伪的附庸风雅）都是于家业的发展无益的。这里的父亲对儿子的指责与《蛇性之淫》中哥哥太郎对弟弟丰雄的指责如出一辙，凸显了两种价值观的冲突。

七郎右卫门目送父亲离开时随口哼出的曲子出自谣曲《海士》①，这是一篇以母爱和孝道为主题的谣曲，其梗概如下：

> 藤原房前听说自己的母亲是讃歧国志度浦的一个渔家女，为了追祭来到那个海边。这时，一个渔家女模样的人出现，于是藤原房前便向她打听以前的事情。据这位渔家女说，淡海公的妹妹远渡大唐，成为唐高宗的妃子后，为藤原氏的家族寺院寄赠了三种宝物，因其中一个宝珠被龙宫抢走，于是淡海公便微服来到这里，与一位渔家少女共度良宵产下一子。淡海公答应渔家女，若她成功把宝珠从龙宫取回，就要将她产下的儿子立为嗣子。渔家女冒着生命危险深入海底，终于取回了宝珠。眼前的那个渔家女告诉藤原房前，那个孩子就是他，而自己则是那个渔家少女的亡灵，说完之后便消失了。房前非常感动，进行各种追善供养，渔家女因法华经的功德而成佛，变成龙女现身，表现出喜悦之情。

从以上梗概中可以看出这首谣曲的主题，即是母爱与孝行的颂扬。这部作品一方面歌颂了母亲为了孩子的未来不惜牺牲自己的生命，歌颂了母爱的伟大，另一方面讲述了儿子的报恩和孝行让母亲的亡灵终于得以成佛。和许多类似的故事一样，故事的发展和结局都是完美的。《大财主家出了个文盲》中的七郎右卫门引用的"投胎于卑贱渔家女的胎内"，在谣曲《海士》中出现在藤原房前和渔家女（母亲的幽灵化身）的对话中。藤原房前向渔家女讲述自己生为大臣之子，生活富足，但唯有一件心事，那就是他不知道自己的生母是谁。有一次他听侍臣说起自己的母亲是一位身份卑贱的渔家女，便这样说道："这么说，我是卑贱的渔家女之子，投

---

① 据『謡曲大観』卷一的解说，观世流表记为"海士"，其他流均表记为"海人"。海人或海士是指从事渔业的人（男女），而此谣曲中的海士是一位女子，因此以下梗概的介绍中译作渔家女。

胎于卑贱的女子腹中。即便如此，母亲（怀胎十月生下我）与我也有月光雨露之恩。"①而渔家女则回答说："如此贵人投胎于卑贱渔家女的胎内非一世之缘（前世的缘分）"②，并嘱咐藤原房前为了藤原一家的名誉以后不要再说起这些事。七郎右卫门随口哼出的曲子正是出自这里。但是很显然七郎右卫门在被不通风雅的父亲训斥了一番之后哼出的这句谣曲的曲词，在其语境中已经脱离了谣曲《海士》中原本的意思。这一方面呼应前面的"走眼先生"，说明七郎右卫门对文化的理解止于一知半解，根本未理解谣曲的曲词本身的含义，另一方面通过这句话，说明了附庸风雅的七郎右卫门对不通风雅的现实的父亲的鄙夷，认为只知从事生产不爱风雅的父亲是卑贱的，凸显了父子之间的隔阂和无法沟通。

森山重雄认为以上这两篇小说"都是以家庭中的父子关系作为问题的焦点。二者虽有富有和贫穷的区别，但是以父亲为中心的封建家长制形成了一个非人为的因缘性的共同体。后者重点强调在上层商人的家中，儿子无法摆脱这种封建家长制的共同体，而前者中的孝子则是孝子本人在努力加强以父亲为中心的家长制"③。在这个封建家长制的家族共同体中，父亲是权力的中心，或者换句话说，父权是代表着封建家族共同体的符号象征。可以说这两篇小说都是关于父子关系的小说，而且父子关系出现了非常不协调的倾向。前者中的父亲形象明显是被丑化的，后者表面上虽然是在讲述一个败家子的故事，但是实际上这个儿子因为自己的兴趣而无法与具有商人秉性的埋头实干的父亲沟通，亦可以说是从另一个方面对家长制中的父权的威严提出了质疑。

而在以父亲为中心的家长制度中，长兄也往往扮有非常重要的角色，有时甚至会代替父亲的职责。杨经建将这种包括兄长在内的家长形象称为"父系"形象④。尤其在日本近世长子继承的制度中，家族中的其他兄弟

---

① 日文原文为：さては賤しき海士の子。賤の女の腹に宿りけるぞや。よしそれとても帚木に、それとても帚木に、暫し宿るも月の光雨露の恩にあらずや。
② 日文原文为：かかる貴人の賤しき海士の胎内に宿り給ふも一世ならず。
③ 森山重雄：『上田秋成初期浮世草子評釈』，東京：国書刊行会，1977年，第72頁。
④ 杨经建：《论明清文学的叙事母题》，《浙江学刊》2006年第5期，第90—97页。

姐妹对兄长的敬,自然而然地成为"孝"的一环。因此,长兄与弟弟之间的矛盾冲突也可以算作是父子矛盾冲突的另外一个体现,而长兄的形象亦成为父亲形象的延伸。《诸道听耳世间猿》第四卷的第一篇《兄弟气不合则为陌路之始》①,讲述了一个在衣食无忧的环境中长大的男子,他爱好风雅不愿从事现实的生产,走向穷途末路,最后在一个看相人的指点下,终于幡然醒悟,回归到现实当中。

　　兄伊左衛門は幼少より世渡りの心がけよく商売がらとて握り墨の卑吝人。親の譲とは三挺がけの身躰にして、手代十人僕児七人家内三十人余の大賄ひ、諸国の出店へ下し荷の世話注文のかけ引、目つらもあかぬつかみどりの繁昌、若くさ山に桜が咲うが木辻に夜芝居がはじまろうが、敷居一寸外へ出ず、春日様は慈悲万行の御誓願なれば商人の為にならぬ神様と御祭りにも参つた事はなかりけり。弟の伊兵衛は兄の気質とはそこばくのちがいにて、生得の簾直より迂作つかず追従ぎらいにて身持万事に高情をこのみ、兄の吝嗇を憎みて常つね中よからず。春は飛火野に若菜を摘みくらし、夏は佐保川の蛍がり、洞の楓樹に小鹿の鳴音をそえて秋を感じ、さむき夜のあられ酒に冬籠りして世事にかゝはらず。

　　（中文译文：兄长伊左卫门自幼熟知渡世之法,擅长做生意,是个小气的卑吝人。他遗传了父亲的性子,有过之而无不及,生意做得很大,养着手下十人、仆童七人,家中总共有三十余人。每每前往各国分店,整理货物,招揽订单,生意繁盛,忙得不可开交。无论是若草山上樱花开,还是木辻夜里唱大戏,他都不出门一步,且认为春日大神以拯救众生慈悲为怀,于商人无益,因此也从不参加庙会祭拜神仙。弟弟伊兵卫与哥哥的性格大不相同,生来廉直,不事迂作,厌恶阿谀奉承,万事追求高洁高雅,厌恶兄长的吝啬,平日二人关系不睦。春天到飞火野摘新芽,夏日在佐保川捉萤火虫,观红叶听鹿鸣感怀秋日,寒夜深居喝暖酒,不问世事。）

---

① 日文原文为：兄弟は気のあハぬ他人の始。

从以上描述中可以看出，出场人物除了父亲变成了长兄之外，这篇小说和《大财主家出了个文盲》中的描写基本上是一样的。生活在非现实世界的次子与父兄对照描写的方法，在《雨月物语》和《春雨物语》中继承了下来。上田秋成文学中的父子关系（包括兄弟关系）的不和谐，在其早期的浮世草子作品中便已经露出了端倪。虽然据说上田秋成在晚年以写作这些作品为耻[①]，但是这些作品的一些构想却为其后来的创作奠定了基础，成为《雨月物语》和《春雨物语》中的一些人物形象的雏形。

第三节 上田秋成文学中的"孝"与"审父意识"

上田秋成的小说中，曾多次提到有关"孝"的话题。但是综观《雨月物语》和《春雨物语》中所有的人物，却没有一个称得上真正的"孝"。前一节已经说过，上田秋成并不反对儒家道德中的孝道本身，他在晚年的散文和自传中也多次对自己没有对养父母尽孝感到懊悔不已。但是，上田秋成又为何塑造了这么多不孝子的形象呢？本节将从"情""理""欲"、儒家伦理与主人公的现实的关系出发，考察上田秋成创作的意义。

（1）《雨月物语》中的审父意识

《雨月物语》中的第一篇《白峰》讲述了西行出游时遇到变成怨灵的崇德院，针对其发动的保元之乱，与他进行了一场针锋相对的争论。这里面有两个父亲，一个是鸟羽法皇，他是崇德院、体仁（近卫天皇）和雅仁（后白河天皇）这三个同父异母兄弟的父亲，而另一个父亲则是崇德院本人，他是重仁亲王的父亲。

---

① 关于上田秋成以初期浮世草子作品为耻的这个传说的源头是大田南畝《一日一话》中收录的田宫由藏写给南畝的书信中。其中田宫由藏提到自己向上田秋成询问有关《诸道听耳世间猿》的事情，不承想上田秋成却异常生气，甚至跟他绝交了。但是森山重雄认为，从这封书信的整体内容和写法来看，田宫由藏对大田南畝献媚、对上田秋成失礼的态度十分明显。而上田秋成之所以发怒，是因为田宫由藏询问的内容构成了对上田秋成本人的不敬。（森山重雄《上田秋田初期浮世草子评释》）但是，这封书信的内容后来被人理解成上田秋成曾以写作这些早期浮世草子为耻，并成为一则广泛流行的传说。

在小说中，崇德院向西行控诉自己父亲的失德，以表明自己发动叛乱的正当性。

> 抑永治の昔、犯せる罪もなきに、父帝の命を恐みて、三歳の体仁に代を禅りし心、人慾深きといふべからず。体仁早世ましては、朕皇子の重仁こそ国しらすべきものをと、朕も人も思ひをりにしに美福門院が妬みにさへられて、四の宮の雅仁に代を簒はれしは深き怨にあらずや。重仁国しらずべき才あり。雅仁何らのうつは物ぞ。人の徳をえらばずも、天が下の事を後宮にかたらひ給ふは父帝の罪なりし。
>
> （中文译文：在永治年间，原本朕并无罪过，却恐父帝之命，禅位于三岁的体仁，朕之心意，决不可谓人欲过深。体仁早逝，朕与众人皆以为此时应由朕之皇子重仁继承大统，却因美福门院之妒心阻挠，被四皇子雅仁篡位，朕心中岂能没有深怨？重仁有治国之才，雅仁何德何能？不以德行选人，与后宫商议天下大事，乃是父帝之罪。）

崇德院认为，在永治年间自己并没有犯过任何错误的情况下，不得不听从父亲鸟羽上皇的命令，将皇位传给当时仅仅只有三岁的体仁。而体仁早逝之后，他原本以为这回该轮到自己的儿子重仁即位，却没有想到美福门院千方百计地进行阻挠，最终四宫雅仁即位。在这里，崇德院一方面控诉父亲将朝政委任给后宫女人的失德行为，另一方面又努力将自己塑造成一个慈爱的父亲形象，并努力地夸赞自己的孩子有治国之才，似乎他所做的这一切都是为了给自己的儿子争取天皇之位。

实际上两位父亲各自为自己的孩子争取皇位，绝对不是出于父亲的慈爱之心这么简单。公元1086年白河上皇为了结束藤原家外戚专权，主动退位将皇位让给年幼的堀河天皇，但是却仍掌握实权。其退位的目的是防止外戚专权，从而巩固自己的权利。从此开辟了日本历史上所谓的"院政时代"。以后鸟羽天皇亦效仿，将皇位让给崇德天皇，但依旧掌握实权。院政开始的最起初的目的是天皇自己主动退位当上上皇，可以不用顾忌摄关家的干涉，掌握实权，从而巩固现任天皇的权力。但是实际上，天皇的权力并没有得到任何强化，反而退位的上皇恣意专制，国家分裂的倾向反而增强。①天皇成年之后，为了摆脱上皇的控制，也想通过让位的方法成为上皇，以图进一步巩固自己的权力，而原来的上皇又不甘心丧失自己的权力，便想再另立一个新的小天皇，于是上皇和天皇之间的矛盾便这样产生了。

　　崇德院希望在自己退位之后，立自己的儿子重仁为天皇，以期自己能够成为一个有权力的上皇，而非一个没有实权的名义上的上皇。说到底最终还是出于权力的欲望。而这场皇位之争，其实是两个父亲分别为了巩固自己的父权和君权而进行的一场权力的斗争。

　　在以儒家思想为统治思想的封建社会，父权具有至高无上的威严，而整个社会的持续，在于维护和巩固父权的不受侵犯。皇家如此，民间亦是如此。

　　《吉备津之釜》的主人公是一个叫做正太郎的风流富家子弟。他的父亲是一个叫做井泽庄太夫的富农。祖上曾经是武士，后来因为战乱，来到吉备国贺夜郡庭妹乡务农，到庄太夫这一代时已经是第三代，春耕秋收，家境殷实。

　　庄太夫勤劳本分，而他的独生子正太郎却风流纨绔不务正业，不守规矩，庄太夫常常为此担心，因此商量给正太郎娶个妻子，希望他能收心。

　　一方面庄太夫是一位勤劳慈爱的父亲。另一方面，庄太夫为了家业的维持而不遗余力，一厢情愿地为正太郎定下了亲事。在以父权为中心的封建社会中，婚姻是权力与财富的附属品，多数情况下是受其左右并为之服务的，而非爱情的结合。虽然正太郎已经有了意中人，但是这个意中人却是一个游离于体制和礼仪之外的游女（青楼女子）。对于一个大户人家，无论从社会的体面还是从家业的兴旺持续的角度考虑，这个对象显然都是不合适的。因此，正太郎发自内心的爱情并未得到慈爱的父亲的允诺。为了家族的未来和社会的体面，父亲仅仅通过"父母之命"和"媒妁之言"便为他定下了一门所谓的"门当户对"的亲事。整个定亲过程中，作为父亲的庄太夫将父亲的威严和权力发挥到了极致。他完全没有考虑儿子正太

---

① 入間田宣夫：『武者の世に』，東京：集英社，1991年，第105頁。

郎的情感因素，正太郎在整个过程中不过是一个任由父亲安排的玩偶。父亲为正太郎择亲的目的，并非让正太郎收获他的爱情，而是为了让他收起放荡之心，即让原本讨厌农事的他开始努力从事农业生产，以继承和发扬家业。因此，对方的家境是父亲考虑定亲的唯一因素。父权是整个家族利益集团的权力中心，也是这个利益体存续的决定性人物。他支配着这个家族利益集团的道德伦理，担负着让这个利益集团存续的责任。而正太郎作为家中的独子，亦背负着同样的使命或宿命。但是，"情"又是一种发自内心并无法规制的情感。正如鹈月洋指出，开头的人物设定虽然都是类型化的设定，但是描绘父权中心的思考方式或者支配现实的道德伦理成为这部小说的主题之一，而作者通过非常自然的笔法描述了外在的道德伦理与无法进行人为控制的人性之间的矛盾。①

《雨月物语》中另外一个典型的父亲形象是《蛇性之淫》中的男主人公丰雄的父亲大宅竹助。《蛇性之淫》是根据《警世通言》中的《白娘子永镇雷峰塔》改编而成的。在人物设定和故事情节方面，这篇小说与原作的相似度很高，在整个《雨月物语》中基本上可以说是翻案味道最为浓厚的一篇。但是，也正是因为这种翻案味道的浓厚，使得上田秋成对原作的改动显得更加醒目。而其中最为醒目的一个改动，是父亲这个人物在作品中的出现。

在《白娘子永镇雷峰塔》中，主人公许宣是一个自幼父母双亡的年轻人，其人物设定如下：

> 话说宋高宗南渡，绍兴年间，杭州临安府过军桥黑珠巷内，有一个宦家，姓李名仁。见做南廊阁子库募事官，又与邵太尉管钱粮。家中妻子有一个兄弟许宣，排行小乙。<u>他爹曾开生药店，自幼父母双亡，却在表叔李将仕家生药铺做主管，年方二十二岁。</u>那生药店开在官巷口。忽一日，许宣在铺内做买卖，只见一个和尚来到门首，打个问讯，道："贫僧是保叔塔寺内僧，前日已送馒头并卷子在宅上。今清明节近，追修祖宗，望小乙官到寺烧香，勿误。"许宣道："小子

---

① 鹈月洋：『雨月物語評釈』，東京：角川書店，1969年，第401頁。

准来。"和尚相别去了。许宣至晚归姐夫家去。原来许宣无有老小，只在姐姐家住。当晚与姐姐说："今日保叔塔和尚来请烧篯子，明日要荐祖宗，走一遭了来。"次日<u>早起买了纸马、蜡烛、经幡、钱垛一应等项</u>，吃了饭，换了新鞋袜；衣服，把篯子、钱马使条袱子包了，径到官巷口李将仕家来。李将仕见了，问许宣，何处去，许宣道："<u>我今日要去保叔塔烧篯子，追荐祖宗，乞叔叔容暇一日。</u>"李将仕道："你去便回。"①

许宣自幼父母双亡，在表叔家帮工，是一个典型的小市民形象。整个作品中并没有《蛇性之淫》中所出现的父亲的角色，而许宣本人则因为自幼父母双亡，原本作为家产的药店也已不再存在，是一个地地道道的"无产阶级"。寄人篱下的他在表叔家帮工，勤奋、算计、有自己的一番生意经，勤勤恳恳地努力生活。若是没有白蛇的出现和在法海和尚指点下的出家，他注定会建立起一个属于自己的传统家庭共同体，并成为这个共同体的中心存在——父权。上段引用，追修祖宗以及许宣为了追荐祖宗而进行了一系列的琐碎举止，一方面交代了许宣的现实的小市民性格，另一方面亦说明了这个自幼父母双亡的小市民在家族重建中的努力及其思维的传统。

但是，在《蛇性之淫》中，主人公丰雄（相当于原作中的许宣）却成了一个爱好幻想的非现实的"文艺青年"，而且出现了两个与之对照的现实人物——代表着现实生产的父亲和兄长。故事的开头这样写道：

　　いつの時代なりけん、紀の国三輪が崎に、大宅の竹助といふ人在けり。此人海の幸ありて、海郎どもあまた養ひ、鰭の広物狭き物を尽してすなどり、家豊に暮しける。男子二人、女子一人をもてり。太郎は質朴にてよく生産を治む。

　　（中文译文：不知何朝何代，纪国三轮崎有一人叫做大宅竹助，此人靠海吃海，家里雇着许多渔夫，尽捕各种鱼类，家境殷实。家中有两个儿子，一个女儿，太郎质朴治生产。）

---

① 冯梦龙：《警世通言》，长沙：岳麓书社，2019年，第284—285页。

在文章开头的这段描写中，父亲和家境的设定与《吉备津之釜》如出一辙。父亲大宅竹助是一位勤劳致富的有能之人，勤勤恳恳地从事渔业生产，为家族积累了财富，而作为父权延伸的长兄太郎也是一位质朴而且勤劳持家的人。丰雄的父亲大宅竹助与正太郎的父亲庄太夫一样，一方面表现出作为父亲的慈爱，另一方面也站在现实的角度对儿子的未来表现出担忧。虽然丰雄是次子，竹助并不对其严加管教，甚至送丰雄去上学，学习诗文与和歌。正太郎的父亲担心正太郎不守自己的规矩（父が掟を守らず），从另一方面说明正太郎的父亲按照封建道德的约束为儿子正太郎立下了很多他不得不遵守的规矩。与正太郎相比，丰雄的环境在表面上是宽松而且优越的。丰雄的父亲甚至说："反正他一生注定将是太郎的累赘"，所以也不强行给他立规矩（強いて掟をもせざりけり）。

大宅竹助表面上似乎要比正太郎的父亲庄太夫开明很多，但是实际上只是因为正太郎是独生子，将来担负着继承家业并将家业传承下去的使命与责任。而丰雄则不然，作为次子的他没有必然的继承家业的责任，使得他置身于一个表面上似乎比正太郎宽松的环境当中。但是实际上，脱离实际生产的丰雄也正因为自己作为次子的身份，而不得不依附于以父兄为主导的无形体制之中，使其无法由着自己的内心进行自由行动，并养成了他优柔寡断和瞻前顾后的性格。即便在丰雄听到心仪的女子真女子提出与他结婚的愿望或希望他留宿自己家中的时候，他也表现出优柔寡断的性格，以未曾得到父兄的允许不敢贸然应承（親兄弟のゆるしなき事をと）为由，没有答应真女子的邀请。真女子是其心仪的对象与理想的化身，以代表着现实的父兄的不允为由拒绝代表着理想的真女子，可以看出家庭对丰雄的羁绊。当然，另一方面，正如第一章所说，脱离现实的共同体对于生活在社会中的个人来说意味着切断自己的一切生活保障，而现实社会中并没有这种真正脱离生产的自由的乌托邦。现实是丑陋的，但是同时也为个人提供物质基础的保障，丰雄与正太郎最大的不同，就在于他深谙这一点，这也是他在面对真女子时，总是彷徨回首、瞻顾现实与父兄的原因。虽然大宅竹助并不强加规矩，但是在丰雄的心中，父亲与兄长——尤其是作为父权的延伸而在本小说中则体现了父权威严一面的兄长——的规矩是很强大的，使得他发自内心的真情和欲望无法实现。

大宅竹助的慈父形象也是相对的,在儿子的生命与家族的利益产生冲突的时候,他毫不犹豫地选择了家业的传承,而非竭尽全力保护自己的儿子。在小说中,丰雄与真女子私订终身,真女子以偷来的宝刀相赠,宝刀被哥哥太郎发现并确定此宝刀乃是赃物之后,父亲大发雷霆。

　　父面を青くして、「こは淺ましき事の出きつるかな。日來は一毛をもぬかざるが、何の報にてかう良らぬ心や出きぬらん。他よりあらはれなば此家をも絶されん。祖の爲子孫の爲には、不孝の子一人惜からじ。明は訴へ出よ」といふ。

　　(中文译文:父亲脸色苍白,说道:"你竟然做出如此丢脸之事。平素不拿人一毛①,究竟是何缘由,你竟然发此歹心。若被别人举报,则我家必然毁亡。为了祖先,为了子孙,不惜此一不孝子。明日报官!")

父亲的震怒是因为丰雄的行为危及整个家族的利益,甚至可能会带来灭门的危险。在这个时候,平素慈爱的父亲表现出威严且不近人情的一面。

从以上《雨月物语》中的父亲形象来看,《雨月物语》中的父亲有勤劳和慈祥的一面,同时又是秩序的象征,有着威严与不可侵犯的一面。父亲与儿子的矛盾关系,在上田秋成早期浮世草子作品中就已经存在。在第一章时已提及,勤劳和俭啬是家业维持的必要条件。在上田秋成的小说中,担负着家业维持重任的父亲和长兄往往表现出勤劳、简朴甚至吝啬的一面。上田秋成在《雨月物语》中刻画父亲这个形象的时候,已经开始小心翼翼地审视父权的存在了。合理主义者上田秋成一方面认识到这种现实的"丑陋"(与理想的风雅相对),另一方面也认识到这种现实生产之于社会发展和个人现实生活的重要性。而作为封建家族的秩序中心的父亲,同样具有两面性。一方面他代表着丑陋的现实和束缚,另一方面他们的现实与丑陋正如故乡这个共同体一样,也是个人生活安稳的保障。

---

　　① 此处化用《白娘子永镇雷峰塔》中的"一毛不拔"一词,但是"不拿人一毛"一词意思完全不同,意为不拿别人一点东西之意。

（2）《春雨物语》中的审父和渎父意识

如果说上田秋成在《雨月物语》中小心翼翼地将父亲塑造成慈父的形象，遮遮掩掩地透露出对封建父权家长制中的父亲绝对权威的质疑，开始以审视的视线去刻画父亲的形象，那么在上田秋成晚年的作品《春雨物语》中，他便露骨地表达出对绝对父权与道德绑架的厌恶，并不吝使用各种贬义的词汇进行描写。下面以《尸首的笑容》《舍石丸》和《樊哙》为例，考察这些作品中塑造的父亲形象及上田秋成的意图。

《尸首的笑容》是根据发生在明和四年（上田秋成34岁）的源太骚动事件为素材而创作的一篇小说。明和四年十二月三日，山城国爱宕郡一乘村的青年右内和同村源太的妹妹八重相恋，却因为男方父母的反对而无法成就。源太一怒之下，将自己的妹妹斩杀于右内家门口。这个事件发生之后，在当时的社会上引起了很大的震动，并很快被改编成戏剧搬上舞台，成为人们街头巷尾的谈资。据小椋岭一的调查，明和五年以这个事件改编的歌舞伎狂言在布袋屋梅之丞座上演，持续上演两个月，受到了广泛欢迎。[①]时年，上田秋成35岁，就是在这一年他创作完成了《雨月物语》。晚年的上田秋成，与这个事件的主人公——多次被搬上舞台和改编成小说的原型人物相遇。见过源太之后，文化四年，上田秋成便以纪实的手法将源太的故事写成了《丈夫物语》[②]。在这篇作品中，女主人公的母亲控诉了封建礼教对自由婚姻的阻碍及其对女性的摧残。时隔不到一年，上田秋成又以事件的另外一位当事人——右内为主人公创作了小说《尸首的笑容》。

这篇小说的梗概如下：

津国兔原郡宇奈五之丘住着很多以鲭江为氏的人，他们大多以酿酒为生，其中最为富有的是五曾次家。五曾次为人恶毒吝啬，然而其子五藏却生而文雅、文武双修且乐善好施。五藏与同族元助的妹妹阿宗相爱，并在对方母亲与哥哥的默许下私订终身（实质性夫妻关系）。但是五曾次却嫌

---

① 小椋嶺一：『秋成と宣長——近世文学思考論序説』，東京：翰林書房，2002年，第467頁。

② 原文无题，由于全文围绕"丈夫"源太展开，因此藤井乙男博士将这篇文章命名为《丈夫物语》。

弃对方家贫，以对方会给自己带来霉运为由，坚决反对二人的婚事。五藏在父母之命与自由的爱情之间摇摆不定。阿宗相思成疾，生命垂危。元助带着垂危的妹妹找到五曾次，希望他给两个年轻人举办婚礼。但是五曾次依然坚决反对。元助一怒之下将妹妹阿宗的头砍下。落地的阿宗的头颅，面带微笑。

虽然没有像《丈夫物语》那样直白地控诉封建礼教对女性和爱情的摧残，但是这篇小说却一如既往地继承了上田秋成文学中父子形象对照描写的方法，并将象征封建秩序的父亲丑化，这一点在小说的开头便已经体现出来，引用如下：

> 酒つくる事をわたらひとする人多きが中に、五曾次と云家、殊ににぎはしく、秋はいな春哥の声、この前の海にひゞきて、海の神をおどろかすべし。一人子あり。五藏といふ。父に似ず、うまれつき宮こ人にて、手書、歌や文このみ習ひ、弓とりては翅を射おとし、かたちにゝぬ心たけくて、さりとも、人の為ならん事を常思ひて、交りゐやゐやしく、貧しきをあはれびて、力をそふる事をつとめとするほどに、<u>父がおにおにしきを鬼曾次とよび、子は仏藏殿とたふ</u>とびて、人このもとに、先休らふを心よしとて、同じ家の中に、曾次が所へはよりこぬ事となるを、父はいかりて、無やうのものには茶も飲すまじき事、門に入壁におしおきて、まなこ光らせ、征しからかひけり。
>
> （中文译文：在诸多以酿酒为业的人家之中，有一家主人叫做五曾次，家业尤其昌盛，秋天捣米谣传到前方的海边，想必可以惊动海神。家中有一子，叫做五藏。不似父亲，生来风雅，喜欢习字、咏歌与撰文，弯弓射鸟，外柔内刚，常以助人为乐，待人恭敬有礼，常怜悯贫者，努力相助。因面目性格可憎，父亲被人称为鬼曾次，而儿子则被人尊称为佛藏公子。人们到他家时，都先到儿子五藏处休息，而自然疏远同住一个家中的五曾次。父亲非常生气，便在门口的墙壁上贴了一张纸，上书"不与无用者饮茶"，目露凶光，将客人撵出家门。）

以上这段话对父子二人的描写，基本上继承了早期浮世草子作品和《雨月物语》中父子形象对照描写的方法。父亲代表的是父权中心的封建家族中的家长，以财富的积累和家族的传承为首要责任。而儿子则性格完全相反。但是，与《雨月物语》不同的是，在《雨月物语》中，上田秋成虽然也对父权的绝对权威表示出质疑，但是他并没有对父亲这个形象进行太多批判。相反，至少从表面上来看，作者对于这些父亲的勤劳和善于持家表现出理解和欣赏的态度。但是，在《春雨物语》中，以《尸首的笑容》为例，虽然五曾次同样是一个善于持家和勤劳的家长，但是作者却将更多的笔墨用在描绘其吝啬与专制的一面。在接下来对五曾次和五藏的性格描写中，作者对父亲进行了极度的丑化。与儿子的乐于助人和善良相比，父亲五曾次是一个不近人情而且非常吝啬的人，以至于周围都没有人愿意与他交往。在小说中，形容父亲五曾次的关键词是「おにおにし」（狰狞、鬼模样），这个词在整个小说中多次出现。

高田卫指出，在以儒家道德为制约的父权家长制的社会中，正如"男女七岁不同席"这句俗语所示，作为一家子弟的男女之间的隔离是非常严格的。没有父母的许可，男女之间的通婚是不可能的，没有父母许可的婚姻被称为私通、密通或者放浪形骸。但是，上田秋成在《尸首的笑容》中所描绘的五藏和阿宗的关系，其实是一种"访婚"（かよひ婚）的关系。而既然是访婚，便与男方的父母没有关系，只需要得到女方父母兄弟的许可。① 因此五藏和阿宗的婚姻关系便在阿宗的母亲和哥哥元助的默许下得以成立。在儒家伦理道德的影响下，日本近世娶妻婚已经成为主流，访婚制只存在于极少偏僻的乡村，正如高田卫指出，"在日本的近世，娶妻婚是现实的制度，而访婚则已经成为被否定的旧习"②。

因此，一方面是由访婚而形成的婚姻关系，另一方面，五藏却生活在以父亲为中心的父权家长制的近世家族共同体中。在这个家中，父亲是权力的中心，家族的延续是以男性为中心的，女性只是这个家族的附属品或者家族存续的工具，儒家的伦理道德发挥着重要的制约力。在五藏的家

---

① 高田衛：『春雨物語論』，東京：岩波書店，2009年，第174-180頁。
② 同上。

中，婚姻的成立需要传统的"父母之命"和"媒妁之言"。因此，原本在女方阿宗的家中已经成立的婚姻，在五藏的家中，仍然需要得到父母的承认和形式上的媒妁之言。医师靭负担当了这个媒妁之言的角色，试图成人之美，然而这桩婚姻却没有得到五藏的父亲五曾次的承认。医师靭负上门为阿宗和五藏的婚事说和，提到阿宗家虽然贫穷，然而其兄却是一位志向高远的大丈夫，但是五曾次却对此"嗤之以鼻"。出于家族兴盛的考虑，他坚决反对儿子五藏与贫穷的阿宗交往。父系家族的存续与兴旺是五藏的父亲考虑联姻的重要条件。

在《尸首的笑容》中，父亲形象的丑恶化是明显的。然而这个形象丑恶的父亲，却是父系家族权力的中心，经常用儒家伦理中的"孝"来警示告诫善良温顺的儿子五藏。比如，当五藏提出自己与阿宗心意相通互相爱慕，即便没有父亲的允许也要娶她为妻的时候，他便拿出儒家伦理道德赋予父亲的威权，大声训斥：

　　おのれは何神のつきて、親のきらふ者に契りやふかき。たゞ今思たえよかし。さらずは、赤はだかにていづこへゆけ。不孝と云事、おのれがよむ書物にはなきかとて、声あらゝか也。

　　（中文译文：你是着了什么魔，与你老子讨厌的人私定终身，且用情如此之深。赶紧断了你的念头。若不然，就赶紧给我脱光了衣服赤条条滚出家门。你读的那些书中，难道没有不孝这两个字么？"）

在小说中，父亲五曾次是个贪得无厌的恶人，但是当儿子违反自己的意志的时候，他便总能想起"孝"这一儒家基本的伦理道德，用来制约儿子五藏且屡试不爽，每次五藏都能"回心转意"。五藏在阿宗家过了一夜之后，第二天早晨，父亲五曾次再次震怒，"那鬼模样比以往更加吓人"，对五藏进行了一番训斥和恐吓。五曾次斥责五藏忘记家业，轻视父母，并声称要与五藏断绝父子关系并将其扭送到官府。

当儒家的道德被权力绑架，道德本身便成为掌权者满足私欲或者掌控他人的手段，有时变得可笑甚至是荒唐无稽。《夏祭浪花祭》中那个贪婪的义平次以孝道教训善良义气的女婿团七时，让人感到滑稽，而《春雨物语》中另外一篇《舍石丸》的主人公小传次的命运，也遭到了道德的绑架。

《舍石丸》中，小传次的父亲小田长者早早地将家业交给儿子打理，整日喝酒游乐。在一次与酒友舍石丸喝醉酒之后，玩闹中舍石丸伤了自己，血液溅到了小田长者的身上，儿子小传次也目睹了这一切。但是，第二天小田长者却突然因病猝死。这件事传到国守的耳中，国守派代官到小田家调查。由于这个代官一直以来艳羡小田家的财富，想要利用这次机会私吞小田家的财产，虽然有医生作证，但代官依然一口咬定小田长者是被舍石丸杀害，并下令他的儿子小传次去寻找舍石丸报仇。代官将小传次扭送到国守面前，国守同样是一个贪婪的人，妄图侵吞小田家的财产，亦坚持认定小田长者是被舍石丸所杀，他对小传次这样说道：

> 小伝次は数百年ここにすみて、民の数ながら、刀ゆるし、鑓馬乗輿ゆるされしは、ものの部の数也。目の前に親をうたせながら、いつはる事いかに。国の刑に行はんものを。見ゆるすべし。親のかたきの首提げてかへらずば、領したる野山、家の宝のこりなく召し上げて、追ひやらふべし。とく、ゆけ。
>
> （中文译文：小传次居于此地数百年，虽为平民百姓，却蒙主恩获带刀及骑马乘轿之权，已位居武士之列。父亲被人斩杀于眼前，却一味遮掩，意欲何为？本应按国法处置，暂且饶你。若不提着杀父之仇敌的头来见本官，则没收你家的山野与财宝，流放它地。赶快去吧。）

这位国守不顾医生的证明，认定小田长者被舍石丸杀害。他明明知道文弱的小传次绝不是舍石丸的对手，若去复仇，要么无功而返，要么被舍石丸杀害。不管是哪一种结果，受益的都是他自己。但是，表面上他冠冕堂皇地拿出"孝"的道德，强加给小传次。所谓的道德不再是单纯的人性的体现，而成为掌权者满足私欲的手段。在"杀父之仇不共戴天"的那个时代，坚持认为小田长者是被人杀害的国守勒令小传次走上了复仇的道路。原本文弱的书生后来练就了一身变换无端的武艺。滑稽突兀的故事情节揭示了外在强制性的封建道德的滑稽与可笑。

在源于中国晚明的人性解放思潮的流行中，走在时代前沿的东方的思想家们大多都不反对道德本身，只是反对封建掌权者对道德的绑架以及道学家的虚伪本质。在第四章第三节中曾经引用到的唐贵梅的故事，也是一个典型的事例。

（3）五藏的孝道及其本质

如上所述，阿宗和五藏的爱情悲剧源于两人生活的世界的龃龉。阿宗的世界是访婚的世界，而五藏的世界却是父权中心的封建家长制的世界。如果说阿宗的世界代表了情的自由，那么五藏的世界则象征着秩序和道德的约束。熟读诗书的五藏一方面无法拒绝与阿宗之间的爱情，另一方面又没有勇气突破秩序的枷锁。而究其原因，是因为外在道德的约束。从书本中学来的儒家伦理道德始终像一张无形的网，与父亲这个有形的枷锁一起，束缚着五藏的内心。

在小说中，阿宗因相思而病倒，五藏便以其"不考虑母亲的叹息，真是罪过"进行劝导，希望她不要只顾着自己的爱情，而应该考虑一下父母，试图以伦理道德加之于为情所困的恋人阿宗。而他本人则说，"我即便违背父亲，也绝不违背与你的诺言"。但是，第二天，当父亲以"孝"对其斥责了一番之后，他又马上换了一种说法：

> 父はゝにつかへずして、出ゆかんが、わりなき事とおもへば、たゞ今、心をあらためてん。罪いかにも赦したうべよ。
>
> （中文译文：不侍父母而出家门，有违人道，我今日即改心，请爹娘原谅孩儿过往之不孝。）

总之，五藏就像这样，在对恋人阿宗的情和从书本中学来的对父母的"孝"之间，摇摆不定。但是，值得注意的是，整个小说中从来没有提到他对父亲的敬或者爱，有的只是对父亲的畏惧，以及对道德的一种违背内心的遵守。这是因为五藏的道德并非发自内心，而是一种外在的强加。这种道德的学习与强加让当事者本身无法忠于自己的内心，也无法真正成就对父母的孝，而这成为悲剧产生的原因。

《雨月物语》和《春雨物语》中，多次提到"孝"这个词。在上田秋成的《旌孝记》中，上田秋成是肯定作为伦理道德的孝道的，但是他认为孝道不应该是外在道德的强加与约束，而应该是发自人的内心的。但是，上田秋成小说中所描绘的主人公和他们的孝都不是发自内心的。

在《白峰》中,崇德院一再向西行强调自己的"孝道"。但是,从"恐父帝之命"等文字可以看出,崇德院对父亲鸟羽上皇的孝仅仅是出于一种畏惧。一方面是对作为上皇的父亲本身的畏惧,而另一方面是对伦理道德本身的畏惧,即唯恐自己失德,成为世间的话柄。因此,崇德院在强调了自己并没有违反儒家的伦理道德"孝道"之后,继续用儒家(孟子)的革命理论来强调自己发起保元之乱的正当性。努力让自己所做的一切符合儒家道德规范的崇德院的孝其实是一种违背内心的虚假孝道,或者说只是一种形式上的孝。

朱子学者们主张格物致知穷天理,主张以外在的"理"规范人的内心的思想,与此相对,阳明学者更主张发自内心的情,主张情是理的基础。日本的阳明学者中江藤树在其《孝经启蒙》中,对《孝经》中的"资於事父以事母,而爱同。资於事父以事君,而敬同。故母取其爱,而君取其敬,兼之者父也"一句解释如下:

> 爱敬本为表里,无敬之爱,非天性之爱。无爱之敬,非天性之敬。故言爱,则敬在其中矣。言敬则爱在其中矣。事母之孝,爱为表,敬为里,故以爱为事母之孝也。[①]

从上面可以看出,中江藤树认为子女对父母的孝中,爱和敬是最重要的,没有敬的爱不是天性之爱,没有爱的敬也不是天性之敬。爱与敬互为表里,是孝道的最基本要素。而日本古学派的儒者伊藤仁斋同样在《童子问》中指出"孝以爱为本"。

但是,在上田秋成的小说中,几乎所有的主人公的孝都是被动与消极的对父亲的遵从,而非发自内心的爱。崇德院的孝便是如此。据西行的描述,崇德院是一个聪明的君主,懂得以"王道之理",即儒家的伦理道德治理国家,那么他应该比谁都清楚儒家的道德规范。但是,他的这种道德观念始终是通过读书学来的,是一种僵化的理念。因此,为了让自己的行

---

① 文本引用自『藤樹先生全集』第一卷(東京:弘文堂書店,1976年)所收『孝経啓蒙』(定稿本)。

动符合儒家的伦理道德，他一方面努力地克制自己的内心，对父亲不敢有丝毫违抗，另一方面则为自己已经做过的事情比如发动叛乱进行辩解，在儒家的经典中为自己寻找正当的理由。他是活在伦理道德之中的一个人，内心始终受到外在道德的束缚。在他对父亲的孝中，没有发自内心的真情与敬爱。

《蛇性之淫》中的丰雄和《尸首的笑容》中的五藏也是如此。一方面，对于真女子的心意，丰雄起初欣喜若狂，甚至引经据典，说孔子在热恋时也会忘记"孝"道，肯定自己内心的情欲。但是另一方面，他又始终无法摆脱伦理道德的束缚。因此在真女子提出成亲或者留宿的时候，他以"孝"和需要父兄的允许为由拒绝了真女子，最终违背了自己内心的"情"。而他的"孝"也是出于对父亲和兄长的一种畏惧。朱子学者认为读书可以知伦理，但是实际上让这些人通过受教育学到了"孝"，却没有发自内心的敬爱，而是一种对父权和秩序的畏惧。

第四节　《樊哙》的弑父、绝对自由的否定与道德的达成

《樊哙》是《春雨物语》中的最后一篇。樊哙原名大藏，臂力和胆识过人，在父兄经营的家中生活，听命于父兄。因生性好赌，有一次未经父兄允许拿了家里的钱，父兄闻讯追赶，樊哙失手将父兄杀掉，然后便踏上了逃亡的旅程。后来落草为寇，改名樊哙，随盗贼烧杀抢劫。之后偶然遇到一位高僧，受到感化，收心向佛。在《樊哙》中，主人公樊哙的父亲和哥哥同样也是被丑化的。樊哙虽然为人好赌，却也总小心翼翼地按照父亲和哥哥的吩咐辛苦劳作。但是，劳动换来的钱却总是为父亲和兄长的财富积累做贡献，而自己却一文钱也得不到。他被别人押送回乡的时候，父亲和哥哥的态度都非常冷淡。在父亲和哥哥的心中，樊哙不过是一个劳动工具。

（1）樊哙的形象塑造

表面上来看，樊哙是一个臂力过人和豪放不羁的人，他所做的一切都遵从自己内心的情感，而非外在的道德。他杀掉父兄，似乎印证了他

的豪放不羁。但是，大轮靖宏指出，其实樊哙从小说的一开始就被塑造成一个没有任何自由的弱者形象①，而且表面上豪放不羁的樊哙其实有很多羁绊。

需要指出的是，他与丰雄和五藏并不同，他不读书也不爱风雅，唯一的爱好是赌博，唯一的长处是臂力过人，而且经常吹牛。所以，在他的心中并没有什么道德，也不懂得什么礼教。与丰雄和五藏遇事便将"孝"字挂在口边不同，在小说《樊哙》中，主人公樊哙从来没有提过"孝"这个字，他对父亲和兄长的服从仅仅是为了生存。因此可以说束缚他自由的并不是道德，而是共同体的秩序以及一种类似生存本能的东西。他努力压制自己的内心跟随父亲和兄长从事生产，努力劳作，仅仅是为了换一口饭吃，满足自己最基本的物质需求，并偶尔需要一些钱满足自己在精神上的需求，即他唯一的爱好赌博。

赌博是不务正业者的游戏，而没有物质基础与脱离生活实际的风雅与赌博在本质上没有什么区别。上田秋成本人也曾在其作品《癎癪谈》中，将那些附庸风雅的俳谐师与赌徒视为同一类人，认为他们所做的事情都是不务正业的"徒事"。赌博之于樊哙，正如风雅之于丰雄或者五藏一样，只是一种精神上的寄托。但是，他们的这种精神寄托，实际上是以父兄的物质生产为基础的。这是丰雄之所以在爱情生活中，总是以"孝"的名义顾忌父兄的原因，同时也是表面上看来放荡不羁的樊哙之所以甘于顺从地听从父兄之命的原因。虽然樊哙不曾读书，他并不像丰雄那样会想到"孝"这个字所代表的儒家伦理道德，但是两人形象的实质是相同的。也就是说，正如前文所说，丰雄的"孝"并非出于内心的真情，而只是一种道德的强加，之于丰雄本人，对这种道德的接受是为了满足自己在物质上的基本需求。而上田秋成在《樊哙》中塑造了一个不读书的樊哙，他身上没有任何道德的包装，赤条条地出现在小说中。他对父兄的顺从仅仅是为了满足自己的物质需求和生存需要，父兄权力的膨胀也因此变得明晰起来。樊哙并未读书学习道德，但是却依然像丰雄和五藏等人一样，出于物

---

① 大輪靖宏：「春雨物語「樊噲」での達成：父を殺してから」，『上智大学国文科紀要』(6)，1989年，第89-107頁。

质的需要表现出对父兄的顺从，却不像他们一样将"孝"这个字挂在嘴边，说明了丰雄和五藏等人所说的孝道的虚伪，也即作为庭训的孝道的虚假性。

（2）致良知——道德的达成

在与父亲和兄长的争执中，樊哙失手杀掉了父兄。虽然樊哙弑父并非出于主观，但是在客观上消除了羁绊自由的存在。前面说过，父权是封建权力的核心，而之于樊哙，这个束缚不再存在。父兄的被杀象征着这个秩序的消解。但是，原本应该就此得到自由的樊哙，却并没有因此得到绝对的自由。无论他走到哪里，都背负着一个杀掉父兄的罪名，人们对他十分警惕，甚至试图报告官府将他捉拿。他虽然表面豪爽，但其实却惶惶不可终日。正如大轮靖宏所说，"无论在肉体上还是在精神上都没有得到所谓的自由"①。摆脱了父兄的束缚，他依然生活在整个社会的秩序当中，境况甚至不如以往生活在父兄为核心的家庭中，因为那时他尚能得到基本的温饱，而现在却时常为了如何填饱肚子而犯愁。父兄的被杀消解了他的羁绊，但是与此同时他也失去了赖以生存的物质基础和保障。最后，他加入了强盗的队伍，走上了抢劫与偷盗的道路。后来为了掩人耳目，他又剃度当了和尚。当了和尚之后，他也并不守佛家的规矩。前面已经说过，樊哙并没有受到过道德的教育。他不知道什么是好什么是坏，只要满足自己的内心便一切都好。他行凶抢劫，为所欲为，但是一个偶然的契机让他反省悔悟。有一次他又抢劫一个僧人，僧人把身上的金子给了他离开之后，又突然回来对他说自己其实刚才犯了私心，留了一分，后来转念悔悟，决定再回来交给樊哙。这件事让樊哙非常感动。

> 手にするしかば、只心さむくなりて、「かく直き法師あり。我親兄をころし、多くの人を損ひ、盗して世にある事あさましあさましあさまし」と、しきりに思ひなりて、法師にむかひ、「御徳に心あらたまり、今は御弟子となり、行ひの道に入ん」と云。
>
> （中文译文：樊哙将钱拿在手中，心中感动，想道："竟有如

---

① 大轮靖宏：「春雨物語「樊噲」での達成：父を殺してから」，『上智大学国文学科紀要』(6)，1989年，第89-107頁。

此直性法师。俺手刃父兄,伤了许多人的性命,以抢劫为生,实在丢脸。"遂面朝法师,"俺因法师之德改心,今愿拜您为师,入道向佛。")

这次发自内心的感动让樊哙收心,洗心革面皈依了佛门。李贽在《童心说》中指出,"夫童心者,绝假纯真,最初一念之本心也"。而樊哙这次收心,无疑是回归了最初一念之本心,这也是他最终成为一位真正的高僧的原因。发自内心的道德或者说是有情的理,是上田秋成的道德观。上田秋成绝对不是一个反道德的人,或者借大轮靖宏的话来说,他其实是一个"道德家"[①]。他反对外在道德的束缚,认为道德终须由内向外从人的内心达成。在《樊哙》中,主人公将象征秩序的父兄杀掉,再也没有任何可以束缚他的外在的东西。但是,在绝对的自由中,他并没有得到精神上的解放。最终遇到一个高僧,这个简单的契机让他做到了从内心向外的一种道德的达成,真心悔悟"弑父兄、偷盗"等恶行。上田秋成通过樊哙的例子说明,道德并不是由外在的道德强加到人的内心当中的,由内向外达成的道德才是真正的道德。

本章小结

本章主要对上田秋成小说(包括早期浮世草子作品、《雨月物语》和春雨物语》)中体现的审父意识进行了考察。作为理学的反扑,主张人性解放和肯定情欲的阳明学左派的学者否定作为封建道德中心的"父权"以及以父亲为中心的孝道,主张孝道应该是发自人性的自然,而非学而至。因此,他们进一步对作为权力中心的父亲进行了审视。这种审视的目光也出现在明代的文学作品当中,深受明代文学影响的日本近世文艺亦然。作为大众文艺的近世戏剧中出现了很多令人印象深刻的恶父形象,以审视的目光看待父亲这个角色,上田秋成文学亦然。如第四章所述,上田秋成认为孝道是儒家的基本道德,并不反对这一道德。但是,对于道德是否可

[①] 大輪靖宏:「春雨物語「樊噲」での達成:父を殺してから」,『上智大学国文学科紀要』(6),1989年,第89-107頁。

以通过学习而达成这一点,他提出了自己的质疑,并通过事例说明"孝"并非"学而致"。他主张发自内心的孝,而非强加的愚孝或者伪孝。在程朱理学的语境中,父权是封建秩序的核心,而孝道则是儒家伦理道德的基础,是对父亲和父权的绝对服从。在这样的语境下对"孝"的判断,便有了一种遇与不遇的因素介入。即父子之间在兴趣爱好和人生价值的观念上是否一致,便成为为人子者能否成为所谓的"孝子"的关键所在。在这样的情况下,上田秋成对父母的行为本身和象征着秩序的父权本身提出了质疑。以阳明学左派的学者的言说为观照可以发现,这些都与中国晚明主张肯定情欲和人性解放的阳明学左派的思想家的观点是相通的。

而在上田秋成的小说中,从早期的浮世草子作品开始,父子关系便呈现出不和谐的倾向,而这些作品中的一些父子形象(包括兄长形象的塑造),为后来《雨月物语》和《春雨物语》的创作提供了素材。《雨月物语》中就已经出现审父的倾向,而这种倾向在晚年的作品《春雨物语》中更加明显,甚至出现了渎父的倾向。但是即便如此,上田秋成对于颠覆秩序的"弑父"行为仍然持保守的否定态度。在上田秋成文学中,作为封建秩序中心的父亲的形象,也具有两面性,一方面让人感到束缚,另一方面秩序的稳定也能给人带来保护。在《春雨物语》的最后一篇中,主人公终于将象征着秩序的"父亲"和"兄长"杀掉,却没有得到真正的自由。这一点充分说明,"恶"在于以父亲为中心并要求子女绝对服从的程朱理学的"孝道观",是外在的强加以及权力对道德的绑架,而不是这个中心本身。通过这些考察,进一步证明了上田秋成的"孝非学而至"的孝道观以及他对父亲的审视,并可以肯定他的文学创作直接或间接地受到了晚明文学思潮的影响。

第六章

上田秋成文学中的烈妇形象
——殉情与殉道

在以男性为主导的封建社会中,女性整体上处于从属地位,但是女性的社会地位真正弱化是在程朱理学出现以后。高世瑜通过对中国历代正史中所录的列女传的考察,认为在中国的历史上,以宋金为过渡期,以元代为转折点,中国女性社会地位日益淡化,而贞节观念日益加强,明清时期贞洁观念最为严重。[①]明代则是女性道德教化空前加强的时期。道学家主张"饿死事小,失节是大",因此为了贞节而殉死的女性被称为烈妇,得到表彰。各种女性教育书籍的刊刻,又进一步促进了这种观念的渗透。日本学者森纪子指出,"近世(笔者注:此处指的是宋元明清)被称为庶民化的时代,道学的卑俗化正因其卑俗才拥有了一种残酷的过剩性,各种奇特的烈女传说被制作出来",但是她也同时指出,明代并非只有这种称赞杀身行为的思想家存在,主张明哲保身与安身的阳明学左派的创始人王艮便反对这种杀身殉道的行

---

① 高世瑜:《历代〈列女传〉演变透视》,《中国社会历史评论第1卷》,天津:天津古籍出版社,1999年,第136-146页。

为。①实际上，正因为明代程朱理学思想的僵化、卑俗化以及政府的思想控制，才出现了人性解放的思潮。这些主张人性解放的思想家们对女性有着近代化的思考。比如李贽便主张女性可以改嫁、主张男女平等，反对理学对女性的束缚与控制。而在日本，众所周知，直到平安时代中期，访婚制还是婚姻制度的主流。经历了战乱的无序，到了江户时代终于迎来了持续的和平时代。接受了朱子学为统治思想的江户幕府开始加强对女性的思想的束缚，通过出版各种女训书籍，表彰烈女等，加强对女性的道德教化。上田秋成文学中，也塑造了许多令人印象深刻的女性形象，或是如《吉备津之釜》中的矶良，对负心者毫不留情地复仇，或是如《浅茅之宿》中的宫木，为了完成与丈夫的约定葬身于战乱中，或是如《宫木之冢》里的另外一个宫木，因得知与自己相爱的男子遭人陷害怒而自杀身亡。本章将通过上田秋成在小说中塑造的这些女性形象，结合先行文本和同时代的其他作品，以晚明与日本近世思想家的女性观为参照，考察上田秋成文学中的女性形象，进一步考察上田秋成对于理与情的认识。

第一节 《吉备津之釜》论——在情与理之间

1. 小说开头所示的时代语境

《吉备津之釜》是《雨月物语》中翻案味道比较淡薄的一篇，但是怪异描写却一枝独秀，堪称怪异小说的典范之作。故事梗概如下：

富农井泽庄太夫的独生子正太郎放荡不羁，不爱操持家业，父母常常为此担心，便决定为他娶个贤惠的妻子，以图让他收心。正太郎的妻子矶良是当地的一个神主家中的独生女，贤惠慈孝。一天，正太郎从她那里骗得一些盘缠，带着情人阿袖私奔。矶良抑郁成疾，最终病死。而私奔至他乡的阿袖和正太郎则先后被矶良的生灵和死灵杀死。

仅仅从故事的梗概上来看，这只是一个负心汉和复仇女的鬼怪故事，小说中的正太郎被描绘成一个无可救药的浪荡公子，无论是谁，读完小说

---

① 森紀子：『転換期における中国儒教運動』，京都：京都大学学术出版会，2005年，第26页。

之后，都会对善良的矶良抱有同情。虽然在小说的后半部分，矶良的巨大变化足以让每个读者毛骨悚然，但是根据前半部分对正太郎形象的塑造和矶良之贤良的描写，读者会认为正太郎的结局也是罪有应得。可是，这篇明显将矛头指向负心的男主人公的小说，却在开头引用了一篇针对女人的妒妇论。其内容如下：

「妬婦の養ひがたきも、老ての後其功を知る」と、咨これ何人の語ぞや。害ひの甚しからぬも商工を妨げ物を破りて、垣の隣の口をふせぎがたく、害ひの大なるにおよびては、家を失ひ国をほろぼして、天が下に笑を伝ふ。いにしへより此毒にあたる人幾許といふ事をしらず。<u>死て蟒となり、或は霹靂を震ふて怨を報ふ類は、其肉を醢にするとも飽べからず。</u>さるためしは希なり。夫のおのれをよく脩めて、教へなば、此患おのづから避べきものを、只かりそめなる徒ことに、女の慳しき性を募らしめて、其の身の憂をもとむるにぞありける。「禽を制するは気にあり。婦を制するは其の夫の雄々しきにあり」といふは、現にさることぞかし。

（中文译文："妒妇难养，老后方知妒妇功"，咨此为何人之言语耶？害之不甚者，妨碍工商，损失家财，难免遭邻人诽议。及害之大者，致丧家亡国，为天下人耻笑。自古以来中此毒者，不知几许人也。对于死而成蟒，或起霹雳抱怨之类者，即便将其剁成肉酱也不为过。其例甚少。为夫者善修己身，自然可避此患，若因一时之轻浮，勾起女人之慳性，招来祸患之事亦常有发生。"制禽在于气，制妇则在于其夫之勇"，当真如此话所言。）

这段妒妇论本身并不难懂，其中有些语句出自明代随笔集《五杂组》卷八。画线部分对故事的发展起到了预告的作用，原本为贞妇形象的矶良变成恶鬼之后，以惊人的手段对丈夫和第三者实施了复仇，可谓"世间少有"，但是除此之外，这一段话中关于妒妇的议论，则完全站在男性的角度和封建卫道者的立场上阐述妒妇的危害，指出妒妇不仅会导致家破人亡而且会祸国殃民，是典型的"女人祸水论"的滥觞，似乎接下来是要讲述一个作为女人的反面典型的故事。虽然其中也有说到在这个过程中男性的不足之处，但是重在强调男性对女性的管制，而非对男性自身的省思。这样的开头与小说的正文之间产生了矛盾。从前面的梗概也可以看出，矶良起初是受害者，而且小说前半部分对矶良的种种贤妻良母的描写，也让读者在读到这一段时难免感到十分错愕。因此甚至有早期上田秋成文学研究者重友毅曾指出，这是"不应有"①的一段。

上田秋成在《射干玉之卷》（ぬばたまの卷）中明确反对文学的劝善惩恶和说教的功能，几乎可以断定这段说教性的文字并非为了惩戒妒妇，甚至亦不是为了惩戒男人的懦弱与轻浮。开头这篇妒妇的议论更像是故事的一个话语背景，即上田秋成创作这篇小说时社会主流话语对妒妇的认识。

在日本的近世，随着印刷技术和出版行业的发展以及随之而来文化知识的普及，除了上层平民男子之外，女子在寺子屋学习的比率也有了很大提高。当时出版了很多针对女子教育的教科书，并有很多以女子为教育对象的寺子屋。随着儒家伦理道德的渗透，一般家庭的女子即便不去寺子屋，家长对女子的道德教育也成为家庭教育的必修课。除了从中国传入的《女诫》等女性道德教育书籍之外，在江户时代流传最广且最具有代表性的是被称为"女大学"系列的女训类书籍，而在这其中流传最广的是收录于《倭俗童子训》中的《教女子法》②。享保元年，大阪的柏原清右卫门和江户的小川彦九郎合作出版了《女大学宝箱》。这本书主要以朱子学者贝原益轩的《教女之法》中的第十条有关七出的说法和第十六条的嫁女十三条为基础写成的以妇德为中心的十九条女性童蒙读物，并配以插图，图文并茂地说明了女子应该遵守的道德准则。

《教女子法》的第八条写到有关女子教育的问题，指出女子应该读的书和不应该读的书。

> 七歳より和字をならわしめ、又おとこもじ（漢字）をもならわしむべし。淫思なき古歌を多くよましめて、風雅の道をしらしむべし。是また男子のごとく、はじめは数目ある句、みじかき事ども、

---

① 重友毅：『雨月物語評釈』，東京：明治書院，1957年。
② 原题即为汉文，正文为假名文。

あまたおぼえさせて後、『孝経』の首章、『論語』の学而篇、曹大家の『女誡』などをよましめ、孝・順・貞・潔の道をおしゆべし。（中略）風雅なるよき事をならわしめて、心をなぐさむべし。（中略）『伊勢物語』『源氏物語』など其の詞は風雅なれど、かようの淫俗の事をしるせるふみを、はやくみせしむべからず。

（中文译文：自七岁应使习和字，又使习男字（汉字）。令其多读无淫思之古歌，使其识风雅之道。是又如男子，初令其多记有数目之句、短事等，稍后则令其读《孝经》首章、《论语》之学而篇、曹大家之《女诫》等，教孝顺贞洁之道。（中略）应使习风雅良事，以慰心灵。（中略）《伊势物语》《源氏物语》等，其词虽风雅，然不应早使见此种记录淫俗之事之文也。）

从上面可以看出，对于近世的女性，尤其是在上层的平民家中，读书习字已经成为常识。其中，宣扬孝道的《孝经》、《论语》的"学而篇"和班昭的《女诫》等更是被列为女子的必读书目。重视"理"之先验性，提倡"格物致知"的朱子学者们希冀以此教化女子掌握孝、顺、贞、洁的礼仪道德，以外在的道德学习矫正女子的内心。而作为日本古典的《伊势物语》和《源氏物语》则因其叙述的都是男女淫俗之事，被列在禁读的书目当中。

在这里特别提到的班昭所著的《女诫》作为女四书之首，是当时的女子教育中必不可少的阅读书目。《女诫》在"夫妇第二"中指出妻子对于丈夫的从属地位。所谓"夫不御妇，则威仪废缺""察今之君子，徒知妻妇之不可不御，威仪之不可不整，故训其男，检以书传"，女子在家庭生活中处于绝对的从属地位。在朱熹的《小学》中更是指出嫉妒是败家之始，可以作为男子休妻的七种理由之一。当然这里的七出并不是朱熹的独创，历代的儒家正统中，都将妇女的嫉妒视为妇女性格中的重大缺陷，认为嫉妒是败家和祸国的根源，而不嫉妒则是妇女应该遵从的美德之一。朱子学者从男女阴柔阳刚的角度，诠释男性对女性的统治地位，并以此说明女人嫉妒会给社会带来巨大危害。男性应该出于家族利益的考虑，对嫉妒的女人进行管教，甚至更可笑的是出现了很多所谓疗妒的药方，其中一般认为疗妒最有效的办法便是男性自身的强大足以制御嫉妒的女性。《疗妒羹》第一场开场便针对妒妇这样唱道:"乾坤偌大,难容也。妇人之妒,其微者,阿妇纵然骁,儿夫太软条。任他狮子吼,我听还如狗。疗妒有奇方,无如不怕强"。①本剧为明代剧作家吴炳所作,讲述了自幼父母双亡的小青被卖给了五十多岁且无子的富豪褚大郎为妾。褚大郎之妻苗婆生性嫉妒,将小青幽禁,且不让大郎接近小青。小青抑郁成疾,求助吏部员外郎杨不器的朋友韩生,韩生对嫉妒的苗婆拔刀相向。吏部员外郎杨不器同样五十多岁无子,他的妻子颜氏是一位贤良淑德的女性,常为此担忧。最后在颜氏的撮合下,小青嫁给了她的丈夫杨不器。整剧站在男性的立场上,对于妒妇,作者不吝使用"狗""狮子吼"等恶言恶语针对妒妇苗婆,而对于劝妻纳妾的颜氏,剧本中则使用了"贤德可风"一词进行表彰。而惩戒妒妇的情节,在明代的很多作品中都可以看到。比如明代陆容的《菽园杂记》中便曾经记载了这样一个故事:高谷无子,便置了一个小妾。其妇人是个妒妇,因此高谷无法接近那个小妾。一天,陈循到高谷家中做客,对高夫人一顿棒打,并斥之:"汝无子,法当去。今不去汝而置妾,汝复间之,是欲绝其后也。汝不改,吾当奏闻朝廷,置汝于法,不贷也"。然后叙述者总结道:"自是妒少衰"是"陈公一怒之力也"。②

在以程朱理学为统治思想的明代官方或主流儒学学者的著作中,有很多诸如这样的故事,在男权为中心的封建社会中,男人有三妻四妾被当成平常事,而许多女性都只能与别的女子共有一个丈夫却不能生妒。作为家族统治者和秩序中心的男子为了维持家庭的和谐,必须以男子气概制服女性,这便是道学家的伦理。而画线部的后半句指出要严惩妒妇,"剁成肉酱",更是一个极端的例子。小学馆全集的注释中指出这段的出典来自《五杂组》卷八所载的明太祖以妒妇汤惩治妒妇的例子。这个传说的内容如下:大臣常遇春的妻子善妒,因此明太祖便将常遇春的妻子大卸八块煮成肉汤给常遇春喝。这虽然只是一个传说,但是足以说明男权社会中男性

---

① 罗晶主编:《中国古典文学百部第35卷》,西宁:青海人民出版社,1998年,第376-377页。
② 陆容撰,佚之点校:《菽园杂记》,北京:中华书局,1985年,第42页。

的绝对统治地位。在家庭中出现矛盾，女性起了嫉妒之心时，他们并不反思自己，而只是认为女人嫉妒会危害到以男权为中心的家庭，甚至祸国殃民，于是便想方设法对女性进行管教。

日本的近世奉朱子学为官学，这样的思想也在近世的社会中不断地渗透。《女大学宝箱》的第八条对女性的嫉妒进行了详细的解释和规定。

> 嫉妬の心、努々発すべからず。男淫乱ならば、諫むべし。怒り怨むべからず。妬み甚だしければ其の気色・言葉も恐ろ敷く冷まじくして却って夫に疎まれ見限らるる物なり。若し夫不義過ち在らば、わが色を和らぎ声を雅らかにして、諫むべし。諫めを聞かずして怒らば、先ず暫く止めて、後に夫の心和らぎたる時、復諫むべし。必ず気色を暴くし、こえをいららぎて夫に逆い叛くことなかれ。

> （中文译文：嫉妒之心，万万不应发。男若淫乱，应谏之，不应怒怨。嫉妒甚者，其气色与言语皆厉且冷，反被丈夫疏远与抛弃。若夫有不义或过错，应和声悦色谏之。若不听谏而怒，应暂止，其后待丈夫心平气和之时，复谏。必不得有怒气，高声逆叛丈夫。）

这段文字告诫女性绝对不能有嫉妒之心。即便是男性在外淫乱，作为妻子也应该顺从，温柔地劝诫而不应该发怒，更不应该嫉妒。在男性掌握绝对话语权的封建时代，女性对男性的绝对服从是社会上一般的认识。上田秋成在小说的开头引用的那段妒妇论，比如妒妇败家祸国，比如男性应该以自己的"男子气概"钳制女性的嫉妒等等，正是以上这样的儒家话语背景中的一般认识。

正太郎和矶良这对夫妻的悲剧，或者说是矶良这个封建道德教化下的贤妻良妇的悲剧，正是发生在这样的话语背景当中的故事。女子不妒和男性对女性的制御是封建伦理中的"天理"，但是这种天理究竟能否真的控制人情与人欲，答案是否定的。《白峰》中的崇德院在世时是一个贤明的君主，对儒家各种忠义仁孝的道德谙熟于心，但是最终他却无法控制自己内心的怨恨和对权力的欲望，在死后变成怨灵，将整个日本推向了无可救药的战乱之中。以崇德院的预言和日本历史的走向来说，在情与理的冲突中，显然人情与人欲最终战胜了"天理"。

矶良也是一样，她最终完成了从生前的"贤妻良妇"向死后"妒妇"的大逆转。让鬼魂在死后完成生前的愿望以揭示人性中最本真的东西，也不是这一篇的独特现象。《白峰》的崇德院也是如此。生前的人生活在现实当中，不得已要服从现实的秩序和羁绊，但是死后的灵魂却可以摆脱一切束缚，完成自己的心愿。宗右卫门所说的"魂魄可以日行千里"从这个意义上来说是有着某种象征意义的，即说明了肉体可以被现实世界的秩序束缚，而灵魂却拥有一种不被现实世界的秩序制约的自由性。而这也正是上田秋成在文学中执着于鬼魂怪异世界的一个重要原因。

2. 从烈妇形象到妒妇形象的逆转——"天理"话语强权下的"人欲"的反扑

如果将女主人公矶良作为故事的主要人物，那么小说可以分为前后两个部分。一部分是正太郎离家出走之前，另一部分是正太郎离家出走，矶良离魂之后。女主人公前后的形象判若两人。生前的矶良堪称儒家女德的样本，将小说中对矶良的叙述与《女大学宝箱》进行逐一对照便可知道她的形象几乎完全符合《女大学》中对女性德行的要求。

（1）（礒良）はうまれだち秀麗にて、父母にもよく仕へ、かつ歌をよみ、琴にも工みなり。

（2）香央の女子礒良かしこに往てより、夙に起。おそく臥て。常に舅姑の傍を去ず。夫が性をはかりて。心を尽して仕へければ。井沢夫婦は孝節を感たしとて歓びに耐ねば（後略）

（中文译文：（1）矶良生来秀丽，侍父母至孝，且善咏和歌，精通琴艺。（2）香央女子矶良自嫁入井泽家以来，早起晚卧，常不离舅姑左右。揣摩丈夫之性，尽心侍奉。井泽夫妇悦其孝节，不禁欢喜……）

《女大学宝箱》中对女德做出了这样的规定。

第五条、女子は我が家にありては、わが父母に専ら孝を行う。理なり。されども、夫の家に行きては専ら嫜の命あらば、孝行を尽くすべし。親の方を重んじ、舅の方を軽んずることなかれ。嫜の方の朝夕の見まいを闕くべからず。

　第十条：女は常に心遣いして、其の身を堅倶謹み護るべし。朝は早く起き、夜は遅く寝、昼は寝ずしていえの内の事に心を用い、織り、縫い、績み、緝ぎ、怠るべからず。

　（中文译文：第五条：女子在自家时，专对自家父母行孝，理也。然嫁入夫家，则应专奉公婆之命，孝敬公婆。不得重自家父母而轻视公婆。早晚向公婆请安，不得有怠。

　第十条：女子应常细心，谨慎保护其身。清晨早起，夜晚迟寝，白日不寐，用心家务，不应有怠针线。）

前面已经提到，《教女子法》中指出，女子从七岁开始应该习字，学习一些诸如和歌之类的风雅之道，这是因为女子除了被要求在家庭中担负教育子女的功能之外，还被要求在夫妻生活中能够与男性找到一些共同的语言。矶良出身名门，不仅会吟咏和歌而且会弹琴，说明她从小受到良好的教育，是一个大家闺秀。另外，她不管是在娘家还是在夫家，都孝敬父母，早起晚睡，是一个"贤妻良妇"的形象。当她得知丈夫正太郎将阿袖从妓院赎出来并金屋藏娇的时候，她依然和颜悦色地劝说，而没有丝毫将自己心中的嫉妒表现出来，甚至当她知道自己的劝说也没有用处时，仍旧表现出极大的宽容与大度，甚至给作为第三者的阿袖寄送财物。

　朝夕の奴も殊に実やかに。かつ袖が方へも私に物を餉りて。信のかぎりをつくしける

　（中文译文：朝夕之事，特别勤恳。且私下亦往阿袖处寄送财物，尽信义之极。）

从上面的这句话充分可以看出，矶良非但不是一个嫉妒成性的女性，而且堪称封建女性中的道德楷模。朱子学是信奉唯物主义的学说，并不相信鬼神的存在。上田秋成本人曾经批判朱子学者不相信鬼神。对于朱子学者来说，后半部变成幽灵的矶良是不存在的。以朱子学者的无神无鬼论，矶良只存在于小说的前半部分，在小说的前半部分，矶良起早贪黑、伺候

公婆、不嫉妒、对丈夫和颜悦色，在丈夫离家出走后病死。因此若是官方立传，生前的矶良必然可以作为楷模成为政府彰显的对象。

那么是什么让这样一个道德楷模在离魂之后变成了一个杀人如麻的"恶女"呢？

汤显祖在《牡丹亭》的题词中写道："情不知所起，一往而深，生者可以死，死可以生。生而不可与死，死而不可复生者，皆非情之至也。"①在《牡丹亭》中，汤显祖塑造了一个因情而死又因情而生的女子杜丽娘，她的至情让她从生到死，又死而复生。冯梦龙在《情史类略》中也大力肯定情的重要性以及其可以超越生死的力量，"情史氏曰：人，生死于情者也；情，不生死于人者也。人生，而情能死之；人死，而情又能生之。即令形不复生，而情终不死，乃举生前欲遂之愿，毕之死后，前生未了之缘，偿之来生。情之为灵，亦甚著乎！夫男女一念之情，而犹耿耿不磨若此，况凝精翕神，经营宇宙之瑰玮者乎！"冯梦龙不仅指出情之超越生死的力量，同时指出了情的不可约束性，并不会因为肉体的死亡而随之消解。"自昔忠孝节烈之士，其精英百代如生，人尸而祝之不厌。而狞恶之雄，亦强能为厉于人间。盖善恶之气，积而不散，于是凭人心之敬且惧而久焉。惟情不然，墓不能封，椟不能固，门户不能隔，世代不能老。鬼尽然耶？情使之耳。"②

如果说爱情是一种人类无法控制的情感，可以超越生死。那么，作为爱的对立面的恨同样是一种可以让人超越生死的情感。在爱情生活中，爱生妒而妒又生恨，这一系列的情感其实并非礼教可以束缚的。冯梦龙认为妒是天性，是一种无法由外在的道德与制度进行束缚的自然情感。在日本最早的文学作品《古事记》中便有对嫉妒的记载，充分说明只要有人类的地方就有嫉妒的存在，嫉妒自古以来便是人类情感中比较普遍的现象，而这种情感在男女关系中表现得尤为突出。在礼教传入日本之前，这种嫉妒是不被视为问题，也并不被人为限制的。张龙妹通过对《古事记》和《日本书纪》中嫉妒成性的皇后形象的梳理，认为那些皇后的"不加掩饰的嫉

---

① 汤显祖著，徐朔方、杨笑梅校注：《牡丹亭》，北京：人民文学出版社，1963年。
② 高洪钧编著：《冯梦龙集笺注》，天津：天津古籍出版社，2006年。

妒行为以及天皇们的宽容，超出了中国读者的理解范围"①。不仅中国读者如此，想必日本近世受到程朱理学之儒家伦理道德教育的礼教囚徒恐怕也无法理解这种上古朴素的人性。而关于为什么日本古代的天皇会允许皇后对其他妃子的嫉妒，张龙妹则引用折口信夫的学说，认为"日本古代各国由神灵控制，在统一国家的过程中，也要把各国的神灵迎到自己的宫廷。神灵需要祭祀，对各国神灵最保险的祭祀方法就是使原本奉祀这些神灵的各国最高巫女成为自己的妻子。与巫女结婚，把她迎进自己的宫中，就等于拥有了这国神灵的护佑。那样的巫女妻子越多，就意味着他统一的国土越是辽阔。而能与这些巫女妻子和睦相处，是好色英雄的美德"②，指出"古代的嫉妒是嫡妻正当的愤怒"。从日本传统文化中找出了日本古代尤其是嫡妻能够率性嫉妒的原因。

《吉备津之釜》的时代背景设定在和平时代，社会秩序井然。而矶良出生在吉备津神社的神主的家庭，是吉备鸭别命的后裔。按照《吉备津之釜》的典据之一《本朝神社考》（林罗山）记载，吉备津神社的背景如下：

> 又曰。応神天皇二十二年。幸吉备。割吉备国。封御友别之子。（中略）即以织部县。赐兄媛。是以其子孙。于今在吉备国。社家者说云。孝灵天皇三子。其一者。备前一宫。其一者。备中一宫。其一者。备后一宫。又云。备中国吉备津宫里。有釜。每有祈事。巫人燂汤。而浸竹叶。以灌身。又诣神者。欲试事。奠粢盛於釜前。祝唱毕。燃柴。则釜如牛声时即吉。若釜不鸣。则即凶云。③

在《吉备津之釜》中作者不仅明言女主人公矶良是这个吉备津神社神主的女儿，而且在矶良定亲之前，父母也曾用釜占卜的方法为其占卜

---

① 张龙妹：《〈源氏物语〉中"妒忌"的文学文化史内涵》，《日本文学研究：历史足迹与学术现状：日本文学研究会三十周年纪念文集》，南京：译林出版社，2010年，第206页。

② 同上书，第207页。

③ 此处引自鹫尾顺敬编：『日本思想闘争史料』第一卷，東京：名著刊行会，1969年。原文为繁体。

吉凶。已有前辈学者论证《本朝神社考》为本篇小说的出典之一，此处不再赘述。在此，需要指出的是矶良的出身。结合林罗山的《本朝神社考》可以看出，出生于吉备神社的她其实有着神的血统。矶良这个名字在《太平记》和《本朝神社考》等作品中均有出现。神功皇后攻打三韩时曾召集日本的诸神，只有矶良没有应召。于是神功皇后命人奏神乐，她才终于出现。由于她常年居于海底，样貌非常丑陋。长岛弘明指出，矶良作为丑神的形象非常有名，在江户时代的小说中，矶良这个名字也经常作为相貌丑陋的代名词使用。①

这样一个神的后裔且具有巫女特征的矶良却生在了以朱子学为官学的近世，并被包装成一个生来相貌秀丽端庄且贤惠的形象。虽然有人依据矶良这个名字所象征的丑陋认定小说中的矶良其实也是一个丑妇，因此才无法得到丈夫正太郎的欢心。但是这种揣测不足为凭。原本丑陋的东西，其实象征着人性的自然，而表面的端庄秀丽代表的则是儒家伦理道德对人性的掩饰与包装。

有学者指出德川时代"神道思想非常稀薄，而且极其幼稚与贫瘠。到了后期在国学者的影响下，开始有几分鲜明起来，但是初期的作品当中几乎看不到对神道的真挚信仰"。②即便林罗山撰写的《本朝神社考》也是为了对抗佛教，排除所谓的神佛一体论，主张神道即是王道、王道即是儒道的神儒合一的思想。但是实际上其目的是崇尚儒教，试图将神道纳入儒家的伦理道德体系当中。也就是说，其实在近世前期，神道的信仰是非常淡薄的，甚至被儒家伦理包装起来。这一点从作为神主之女的矶良在儒家道德的教育下变成一个女性的道德典范也可以看出来。甚至连神主和神主妻子的神道信仰都不再那么笃厚和虔诚。

矶良和正太郎定亲之前，神主为其吉凶占卜，但是釜却没有发出一点声音（只秋の虫の叢にすだくばかりの声もなし），按照古代的规矩，结果应该是凶。死一般的寂静充分预示了这桩婚姻的不幸结局。神主本人虽

---

① 長島弘明：『雨月物語——幻想の宇宙』，東京：日本放送出版協会，1995年，第49頁。

② 神道研究会編：『神道講座』（第5卷），東京：原書房，1981年，第229頁。

然有点担心，但是妻子却"一点都不疑虑"，只是说道："御釜无声，想必是祝部等人身不洁之故"。①这个神主妻子的简单而无心的推测，充分说明了对神灵敬畏的缺失。而且她更看重的不是这个占卜吉凶的结果，而是世俗的理由。

既に<u>聘礼を納め</u>しうへ、かの赤縄に繋ぎては、仇ある家、異なる域なりとも易べからずと聞（く）ものを。ことに井沢は弓の本末をもしりたる人の流にて、<u>掟ある家</u>と聞けば、今否むとも承がはじ。

（中文译文：妾闻人言，既已<u>纳聘礼</u>，系其红绳，便是双方乃仇人之家或远隔异国，亦不可轻易更改。尤其是井泽家，原为精通弓箭之术的武家之后，<u>乃为有规矩之名门</u>，而今即便我们有意拒绝，恐对方也不肯应承。）

从神主妻子的这番话可以看出，即便是在神主的家庭当中，对神的敬畏和信仰也已经非常淡薄，对神的敬畏让位给了世俗的伦理、规矩和儒家的道德。如果说神道信仰代表了上古朴素的人性，那么因为儒家的强势话语权而导致的这种信仰的缺失和稀薄化则可以说是违背人性的。这正是矶良和正太郎这对夫妻的婚姻走向悲剧结尾的重要原因。

按照折口信夫和张龙妹对古代嫉妒的分析，嫉妒本应该是矶良的权力。因为矶良不仅是神的后裔，是巫女，又是正太郎的嫡妻。但是这种天然的权利到了近世之后却被关进了封建道德的牢笼。前面已经说过，嫉妒是人类最普遍的一种情感，尤其在爱情生活中更是不可避免。虽然在严格的秩序当中矶良的这种嫉妒的情感已经无法表露出来，但是并不代表她的内心真的没有这种情感。

在正太郎替情人阿袖赎身之后，矶良"怨之，或托舅姑之忿，谏言"。②虽然她依然像往日一样贤惠，公婆甚至感其孝节，哀其不幸。在劝说正太郎无果之后，她选择了接受第三者，甚至扮演出大度的态度，出钱接济第三者的生活。但是，其实已经在心中埋下了怨恨的种子。若非正

---

① 日文原文为：御釜の音なかりしは祝部等が身の清からぬにぞあらめ。
② 日文原文为：磯良これを怨みて、或は舅姑の忿に托て諌め。

太郎的再三欺骗，也许这种怨恨便一直被道德的牢笼关在心中。但是，正太郎的无可救药以及欺骗，让她心中的怨恨终于以生灵和死灵的方式，脱离有着许多世俗羁绊的肉体，爆发了出来。

  かくまでたばかられしかば、今はひたすらにうらみ歎きて、遂に重き病に臥にけり。井沢香央の人々彼を悪み此を哀みて、専医の驗をもとむれども、粥さへ日々にすたりて、よろづにたのみなくぞ見えにけり。

  （中文译文：矶良如今得知被人算计至此，心生怨恨，终日叹息，最终得了重病，卧床不起。井泽与香央两家恶彼哀此，求医问药，希望能治好病症。但她最后连粥食都吃不下，生命危在旦夕。）

  矶良毕竟是在男权中心的封建社会受到过女德的教育。她不动声色地压抑着自己的怨气，除了死亡无以抗争强大的秩序。杜丽娘对恋人的爱让她患病死亡，并在死后勇敢地去追求自己的爱情。而矶良的怨恨也让她先是发热，带着怨恨的生灵摆脱肉体和现实的束缚，最后死亡，又以死灵报复正太郎。

  离开肉体的灵魂做出自己生前无法做到的事情，在日本平安时代的文学中也不乏先例。张龙妹曾在其专著《源氏物语的救济》一书中指出，"在古代（日语中古代的概念与汉语不同，这里指万叶时代，作者在第一章中主要通过《万叶集》中的和歌对身与心的问题进行了考察），人们通过让'心'或'魂'从肉身中游离出来，代替肉身实现自己的想法，从不如意的现实中得到救赎"[①]。她通过对《源氏物语》的考察指出，日本到了平安时代，心的游离性降低，社会性要素扩大，并开始向肉身妥协，而出家便是从这种身心不平衡的关系中摆脱出来的一种路径。[②]她认为"平安朝假名文学中，感性的心被强加了太多知性的因素"，而对于六条妃子的生灵现象中所表现出的恶灵的一面，则是"作为因这种知性被压抑的内

---

① 張龍妹：『源氏物語の救済』，東京：風間書房，2000年，第2頁。原文为日文，译文为笔者译。括号内为笔者解释。

② 同上。

心的非合理性被强化的结果"①。早有先学指出，《吉备津之釜》在创作中除了受到《剪灯新话》中的《牡丹灯记》的影响之外，在对怨灵的描写方面，与《源氏物语》有很大的联系。如森田喜郎认为，《吉备津之釜》主要受到"夕颜"和"葵姬"两帖的影响，两帖题目所示的女主人公均被六条御息所的生灵杀害。《吉备津之釜》中矶良的生灵杀害正太郎的情人阿袖的描写，便是受到《源氏物语》中六条妃子杀害情敌夕颜和葵姬的影响。②《吉备津之釜》的创作正是利用了日本传统文学中"离魂"的母题。

比之平安时代，以朱子学为统治思想的江户时代的"社会性要素"更加扩大化，被视为"知性"的道德伦理，对人性的束缚也达到了前所未有的程度。程朱理学对女性的道德进行了各种规定，但是那些所谓贤妇的内心即灵魂和鬼神的世界却不是靠现世的道德可以约束的。朱子学者主张"存天理，去人欲"，试图以儒家的"天理"约束人的本性，而上田秋成通过矶良的事实说明这一切只是徒劳。阳明学者尤其是更激进的左派人士肯定人情和人欲的存在并提倡人性解放，这些观点被日本的儒家古学派和国学者继承，提倡人性是不能被约束。荻生徂徕在肯定人情的同时，也对人情的自由发展感到恐惧，但是对朱子学提出的以天理矫正人的内心的做法持否定和不信任的态度，他因此提出很多治国方略，希望以外在强制的法律约束人的行为。国学者们则希望摒除作为外来思想的儒家伦理道德，恢复日本上古时代朴素的人性。上田秋成正是处在这样一个主张人性解放的时代。这部作品用前后对照的手法，用贤德良妇的形象的逆转诠释了人性是不可束缚的。源自于中国晚明的人性解放思潮促使了上田秋成的自我意识的觉醒，并开始主动思考人性与道德之间的关系，中日两国文学中尤其是日本平安时代文学中的"离魂"这个母题为上田秋成诠释人性的问题提供了良好的土壤。

---

① 張龍妹：『源氏物語の救済』，東京：風間書房，2000年，第149頁。原文为日文，译文为笔者译。括号内为笔者解释。
② 森田喜郎：『上田秋成文芸の研究』，東京：和泉書院，2003年，第156-157頁。

3. 上田秋成同时代的儒学者的爱情观和中国晚明的人性解放思潮

当然，上田秋成并不主张人性的绝对的自由张扬。他反对本居宣长等人提出的所谓的复古主义，也不赞成本居宣长提出的"知物哀的情趣的恋爱"①。上田秋成在同时代的国学者中罕有地对光源氏和在原业平等风雅之人的滥情持有批判的态度。《吉备津之釜》中的正太郎也算得上是这样的一个"好色"之人。他携阿袖私奔，学着古人为其招魂，而不久之后又向矶良的鬼魂幻化的女子表示好感。这种不专一的爱情是"道德家"上田秋成不允许的。虽然在开头讲的是妒妇的危害，但是从小说叙事中对正太郎的各种无可救药的行为的叙述，可以明显地看出作者将矛头指向的是正太郎，而不是作为妒妇的矶良。

关于女性应该遵循的道德，主张人性解放的思想家与程朱理学站在了完全不同的立场上。即便是朱子学与阳明学兼修的熊泽蕃山亦对朱子学的女性观产生了质疑，并重新审视。他曾著有《女子训》②一书，这部书虽名为训，但其对于女性或者妒妇的观点却完全不同于朱子学者如贝原益轩等人所著的《女大学》之类的女训类书籍，并非一味地主张女性的顺从而不对男性进行任何审视。在本书的开头作者便以问答的形式对妒妇进行了辩护。发问的是一个女子，她承认嫉妒的确会带来家庭的不和谐与灾祸，但是却指出"然，古事中所见，妇人为贤女，男子之作法则鲜可称善。贤夫贤妇才应为世人之范本"③。

这个女子的疑问代表了很多人的疑问。熊泽蕃山肯定了这个女子的疑问和主张，回答道：

　　まことによき不審なり。つながぬ船のうきてながるるためしもあ

---

① 日野龍夫：『宣長・秋成・蕪村』（東京：ぺりかん社，2005）所収「険峻な恋と哀切な恋」。

② 上田秋成在其著作《茶癖醉言》中曾经提到自己读过《女子训》。山本秀树曾撰文对《女子训》进行了介绍，以诸本比较、与佛教相关内容的翻刻以及上田秋成的佛教观和《女子训》的关系进行了介绍。（山本秀樹：『熊沢蕃山「女子訓」紹介——秋成理解のための一資料』，『読本研究』第4辑下，1990年）

③ 日文原文为：婦人は賢女になり侍りて、男子の作法古事に見えたる人々よきとも申がたく侍らん。女により得かたなる教えのやうにおもひてうけひき侍らず、賢夫賢女の夫婦たらんこそ世人の手ほんともなりぬべけれ。

れば、婦人のあまりうつくしきに過て、夫の乱行をとどめざるはかへりてかろきかたにて侍り。妻もちたるかひもなき事也。夫を大切に思ふ心より制すると、ねたむ心にてふせぐとは似たるやうなれども大に心かはれり。いかりはらだつ心より制せばこそ嫉妬とも申し侍らめ。上らふしくうらなき心にてにくからずうちかすめ、夫のうきたるこころをしづむべきやうなる人をこそ貞女とは申し侍らめ。夫もはづかしき心よりみだりなるこころはやみ侍るべし。人の家のあるじにはかかる人をこそあらまほしけれ。①

（中文译文：这是一个很好的疑问。舟船不系，或会浮游漂走。妇人过于美貌，不阻丈夫之乱行反而轻率。为人妻者所无能为力也。以丈夫为重而制止，与因嫉妒而防堵似似而其实心大不同。由怒忿之心制止者称为嫉妒。以真诚相待之心，不心生憎恨，平复丈夫之轻浮之心者才称得上贞女。男子亦会因此感到羞耻，不再生乱心。那才是理想的一家之主。）

在上文中，蕃山虽然也强调女子不应该嫉妒和憎恨，而应劝说丈夫改邪归正，采取合适的方式对男人的这种轻浮行为进行制止，认为女人的嫉妒会导致家庭的不和，会给家族带来危害，但是他并没有在文中指责女性的嫉妒，而是认为男子作为一家之主，不应该有轻浮之心。虽然他也认为嫉妒会给人带来灾祸，带来家庭的不和谐。在这一点上，无论是朱子学者，还是阳明学者，还是朱子阳明兼修的蕃三，都没有什么区别。但是在接下来的文章中，他肯定"嫉妒"是一种"法界套气"，即上田秋成在小说中说到的女人的"悋性"，认为这是一种天性，是多数人都会产生的一种情感。

世中の人大かたかくあるものなれば、たとひ外ざまは道理に伏してしっとなきやうにても心より服せざれば家道和せず。

（中文译文：世间大多数人，即使表面上伏于道理，似无嫉妒之心，然心若不服，则家道不和。）

---

① 熊沢蕃山：「女子訓」，『蕃山全集』第二册，大阪：名著出版，1978年。

因此，他并不主张女性压抑自己内心的情感，而是致力于寻找女性产生嫉妒的根源，认为男性的轻浮是家庭矛盾更主要的原因，其观点如下：

①夫よければ貞女も知りがたく、父母舅姑慈なれば孝子孝婦もあらはれず。歳寒して松柏のしぼめるにおくるることわり也。②夫賢ならば今の人情時勢には妾もおき侍るまじ。曾子は後の妻をだにめとり給はず。後妻をめとらぬをよしとするにはあらねども、其身の時所位の勢によりて也。況や妾をや。③今の時所の人情をもはからで聖人もゆるし給へる道なりとて、妾をとりあつかふは多は好色の口実と見へ侍れば、世中の婦人の得かたといへるもことはり也。④今日本にて端正清浄なる人に妾のあるはまれ也。妾のなきをよしとするにはあらねども、時勢人情をしれば也。（中略）⑤人情にそむく事は君子はせずいはんや。今の人其道理もしらで聖法をえぼしに来て淫行をなし、家内不和子孫教にあらず。

（中文译文：夫良则贞女难知，父母舅姑慈则孝子贤妇不现。岁寒才知松柏迟萎，同理也。夫若贤，以当今之人情时势，亦不会纳妾。曾子甚至未曾续弦娶后妻。余非谓不娶后妻为善，乃因其身所处之时，其所位之势也。而况妾乎？而当今之人，不识人情，以纳妾为圣人允许之道而纳妾者，多为好色者之口实也。亦可谓妇人胜之也。今日之日本，端正清净之人鲜有纳妾者也。余非谓不纳妾为善，然知时势人情故而言之也。背人情之事，君子不为。然今日之人，不知此道理，以圣法为乌帽子行淫乱之事，致家内不和，子孙不教。）

在这一段中画线部分②③④可以看出，蕃山把嫉妒当成女人的一种正常的情感（人情），认为男人纳妾是女人产生嫉妒并导致家破人亡的根源。他认为，当今的日本社会（17世纪末期）不纳妾才是行为端正之人，而有些人以圣人之道为由纳妾，不过是为了满足自己的色欲而已。而在讲述了嫉妒乃是正常的人情之后，蕃山最后明确指出道学家打着圣人的旗号，实际上则是为了满足自己的欲望，而这才是家庭矛盾的根源。画线部分①婉转指出社会上之所以有贞女和所谓孝子贤妇的存在，其实是因为这些贞女的不幸。正是因为她们遇到了不好的丈夫、父母或者公婆，才将她们的贞洁与贤惠凸显出来，对这些贞女贤妇的反面丈夫进行了批判。上田秋成在晚年的随笔集《胆大小心录》和《丈夫物语》中都曾发表相似的言论：

> すべて、忠臣、孝子、貞婦とて、名に高きは、必不幸つみつみて、節に死するなり。世にあらわれぬは、必幸福の人々なり。
>
> （中文译文：所有忠臣、孝子、贞妇之类高名者，必遭受许多不幸，死于节义也。不显于世者，必为幸福之人也。）
>
> 『胆大小心録』
>
> 女はよき家にめとらるゝとも、又其家のをしへをいたゞきて、おのが心なる世はなき者也。たまゝ義と信との為に刃にふし、くびれなどするを、烈女とてかたりつたへれど、思へ、それぞ、身さいはひなきものゝ、死にせまりたる男だましひにてこそ。是にかぞへられて、いのちおとしなん。貞操にかへて、孝忠にたがふ罪かろからず。かく帰るべからぬ迷ひ路に入たるはいと苦しからめ。とくゆけ
>
> （中文译文：女子便是嫁入良家，又要受教于其家之教，不再有随心生活之日。偶因义信伏刃自死，被人作为烈女传颂，想来亦是因其身之不幸所逼，而不知女子之心意也。名列烈女取誉者，为贞操而送命，实违背孝忠，其罪非浅。今日吾儿入此不归之迷途，定将受苦。速去。）
>
> 『ますらお物語』

在上文第一段上田秋成指出那些道学家们彰显的贞妇其实很多都是不幸的，而真正和和美美的幸福夫妇与家庭却是默默无闻埋没于世间。而在《丈夫物语》中，作者则借女主人公的母亲之口，抨击了礼教对女性的束缚和朱子学的烈妇表彰，并尖锐地指出烈妇为了贞操而自杀其实有违孝与忠，讽刺儒家伦理道德本身的矛盾。在这一点上，与阳明学左派的创始人王艮提出的明哲保身之说亦有着惊人的相似性。王艮在《明哲保身论》中这样说道："若夫知爱人而不知爱身，必至于烹身割股，舍生杀身，则吾身不能保矣。吾身不能保，又何以保君父哉？此忘本逐末之徒，其本乱而

末治者否矣",也对明代卑俗化的程朱理学所提倡的"饿死事小,失节是大"的以身殉道的思想进行了批判。

上田秋成本人也正是蕃山所说的"行为端正"之人。上田秋成一生没有子嗣,收了一个养子亦不幸夭亡,但是上田秋成并没有因此而纳妾,与妻子厮守一生。主张男女平等,肯定女人的嫉妒之情感的,更早要追溯到中国的晚明。与上田秋成一样,李贽也践行着一夫一妻的男女平等观,主张男女平等和女性的解放。他在《初潭集》中抄录了几则妒妇的故事,其中有六则讲了善妒的妻子。但是他却批注说:"真泼妇也。然亦幸有此好汉矣",对能够容忍妻子嫉妒的丈夫表示出了赞赏之意。同样,深知嫉妒为天性的李贽亦与妻子恩爱一生,未曾纳妾。在对女性与情感的认识上,上田秋成与李贽有着相似之处。

第二节 从宫木形象塑造方法的变化看上田秋成文学中"情"的发现

在《雨月物语》和《春雨物语》中,各有一篇以宫木①为女主人公的小说,分别为《浅茅之宿》与《宫木之冢》。《浅茅之宿》中,丈夫胜四郎出外谋生,因战乱阻隔归途,七年未归,宫木苦苦等候丈夫归来却最终命丧黄泉。而《宫木之冢》则讲述了妓女宫木与风流公子河守十太兵卫的爱情故事。藤大夫爱慕宫木,设计将十太兵卫骗走并害死,宫木不得已委身于藤大夫,却在某日偶然听说十太兵卫的真正死因,于是一怒之下跳河身亡。《剪灯新话》中的《爱卿传》是这两篇小说的原型,而浅井了意的改编小说《游女宫木野》则是中介文本,这一点已经是众所周知的事实。除此之外,从故事类型上来说,妓女与风流公子的爱情遭第三者算计并导致妓女怒而自尽这样的故事,可以追溯到《警世通言》中的《杜十娘怒沉百宝箱》,而上田秋成的老师都贺庭钟曾经将这部小说改编,写了一篇名为《江口游女恨薄情沉珠玉之话》的小说,收录于《古今奇谈繁野话》中。在本节中,笔者将主要通过梳理《爱卿传》《游女宫木野》《浅茅之

---

① 在《宫木之冢》中有时写作宫城。

宿》《宫木之冢》中女主人公宫木（爱卿）形象塑造的不同进行考察，并通过《杜十娘怒沉百宝箱》以及《江口游女恨薄情沉珠玉之话》这两个中介文本，结合东亚人性解放思潮的语境，分析上田秋成文学中"情"的发现。

1. 从《爱卿传》《游女宫木野》到《浅茅之宿》——童心的发现

《爱卿传》是《剪灯新话》中的一篇脍炙人口的佳作。《游女宫木野》则是日本近世初期假名草子作家浅井了意根据《爱卿传》翻案而成的一篇作品。浅井了意在改编中将时空和登场人物巧妙地转换成日本的因素，并将原作中的诗歌转换成日本的传统和歌。虽然在细节部分有诸多不同①，但是故事情节和主题却都与原作几乎没有什么两样。因为故事情节基本相同，下面为了叙述方便，以《爱卿传》为中心简介故事情节如下：

爱卿是嘉兴的名娼，富家子弟赵六"慕其才色"，遂将其赎身，结为夫妻。爱卿嫁入赵家之后，"妇道甚修，家法甚整，择言而发，非礼不行"，由妓女变成了一个贤妻良妇。朝廷许授官职，赵六犹豫之际，爱卿顾全大局，劝其以功名为重。赵六遂离家，而留在家中的爱卿则尽心尽力侍奉婆母。后因战乱，爱卿不堪士兵侮辱，施计避开士兵，自缢身亡。后来赵六终于得以回家，与爱卿的鬼魂相见，得知爱卿因冥司感其贞烈，即将转世为男子。

《游女宫木野》和《爱卿传》一样，着重塑造女主人公宫木野的贞妇性格，甚至在强调妇德方面更胜一筹。在《爱卿传》中，对爱卿德行的着墨虽然较多，但是作为道德标签的词汇比如"妇德""贞节"等出现的次数并不多。爱卿嫁入赵家时，小说中称爱卿"妇德甚修"。之后再次出现便是爱卿的鬼魂感念赵子之诚出来相见时所咏的一首词中："要学三贞，须拼一死，免被旁人话是非"。然后，在爱卿对丈夫讲起自己的未来的归宿时这样说道："冥司以妾贞烈"。综上所列，这样的词汇在整篇小说中

---

① 大部分是因文化差异和作者的身份而致。如原作的赵六离家是为了求取功名，而改编中的清六则是代替母亲去看望垂危的舅父等。再如，原作中多强调功名，而改编中却以家庭中的道德孝道为主，与作者的身份有关。这些不同之处与本书关系不大，因此仅在注中列出供参考。

仅仅出现了三次，而在《游女宫木野》中类似这种"女人之道""贞节"之类的词汇却多到让人感到有些絮叨的程度，现将其引用《爱卿传》原文具体列举如下。

①たぐひなき女の道しれる人ぞや。（这是婆母初次见到宫木野时赞赏她的话，谓她懂得"女人之道"，原作《爱卿传》中没有相应叙述。）

②宫木野も今はひたすらに姑につかふる事わがまことの母のごとく、孝行の道さらにたぐひすくなふぞおこなひつとめける。〔（《爱卿传》）妇道甚修，家法甚整，择言而发，非礼不行。〕

③兵共その貞節をあはれみ、家のうしろの柿の木のもとにうづみけり。〔（《爱卿传》）万户闻而趋救之，已无及矣。即以绣褥裹尸，葬之于后圃银杏树下。〕

④宫木野は敵軍の手に身をけがされじとて経れ死に給ふを、兵どもその貞節を感じて後の柿の木もとに埋みし。〔（《爱卿传》）刘万户者欲以非礼犯之，娘子不从，遂以罗巾自缢，就于后圃葬之矣。〕

⑤君は才智かしこく、心の色ふかし。人に替りて身のおこなひよく道を守れり。〔（《爱卿传》）娘子平生聪明才慧，流辈不及。今虽死矣，岂可混同于凡人，便绝音响？〕

⑥藤井これをみるにかなしみ今更にて、わが老母に孝行ありし事、その身をころして貞節をまもりし事まで感じて泣ければ〔（《爱卿传》）赵子延之入室，谢其奉母之孝，茔墓之牢，杀身之节。〕

⑦むかしのならはしをすててただしき道を行はんとす。おもひかけずかかる禍に逢事も、前世のむくひ也。さりながら貞節孝行の徳により、天帝地府われを変じて男子となし〔（《爱卿传》）妾之死也，冥司以妾贞烈，即令往无锡宋家托为男子。〕

从以上比较可以看出，《游女宫木野》不仅继承了《爱卿传》的主题，而且进一步对女性的道德规范进行着墨，以达到教化世人的目的。

这与近世初期的假名草子的性质有关。作者瞿佑和浅井了意的身份不同决定了他们着墨的重点不尽相同。但是即便有这种差异，二者的主题却是相同的。

瞿佑生于元末明初，而浅井了意亦出生于日本战国时代结束后的近世初期。相同的时代背景让两人在同一个故事中寄予了同一个主题，那就是：通过妓女从良变成贤妇的故事，感叹与讽刺了战乱中社会的混乱无序与人们道德的沦丧，通过对道德的书写，寄托了对即将到来（或已经到来）的和平时代和秩序重建的希望。只是亲身经历过战乱的瞿佑把更多的笔墨用在讽刺和揭露战乱中人们道德的沦丧与失节，通过爱卿的口指出"盖所以愧乎为人妻妾而弃主背夫，受人爵禄而忘君负国者也"，而没有亲身经历过战争，生活在百废待兴的幕府初创期的浅井了意则将更多的笔墨用来宣扬道德，以对世人起到教化的作用。

如果说《游女宫木野》继承了原作中"道德"的一面，那么上田秋成的《浅茅之宿》则着重渲染了女主人公的情，这种情感包括对丈夫的不舍与依恋、想念与怨恨等。

在《浅茅之宿》中，上田秋成并没有对宫木的身世做任何介绍，男主人公胜四郎父母双亡，因此便没有了先行文本中的婆母这个人物，也因此斩断了将宫木塑造为"贞烈"妇女的一个重要前提。《浅茅之宿》中的人物关系只有一对夫妻关系，夫妻之间（尤其是妻子对丈夫）的情贯穿于作品的始终。可以肯定的是，上田秋成绝非有意通过这篇小说塑造一个贞节烈妇的形象。那么，既然宫木的死亡（文中未提及具体方式）原因不是出于守节，又是出于什么原因呢？

附近的老者漆间翁在向胜四郎讲述宫木的死因时，引述了万叶时代的女子真间手儿女的故事，并指出"逝者（宫木）之心又胜过古之手儿女之稚心①几分。"手儿女是《万叶集》中出现的一个为情而死的女性。据漆间翁所述，这个手儿女长相美貌，有很多人追慕，手儿女因此心生抑郁，以自己无法回报众人的恋慕之心为由，投海自杀。

显然，这里漆间翁所说的"稚心"指的是手儿女因为觉得自己无法

---

① 日文原文为：おさなき心。以下为与李贽的"童心"相区分，译为稚心。

回报众人而在心中产生的一种抑郁之情。当时的国学者如贺茂真渊等人普遍认为万叶时代的和歌表现了日本人古代朴素的心境。而这种抑郁也自然被当成一种发自自然的真情。漆间翁援引手儿女的事例自然是想说明宫木与手儿女的相似之处，并认为宫木的稚心更胜过古代的手儿女几分。这里体现了上田秋成不同于贺茂真渊与本居宣长的地方。贺茂真渊等人认为，只有在儒教传来之前的上古的日本才有朴素的心性，并试图在上古的人物故事中寻找儒教传来之前的所谓的日本的原初。但是上田秋成却反对复古主义，并认为人情中只有恋情是亘古不变的①，人的情感是不以时代的变化、政权的变化和儒家道德的束缚而改变的。所以，这里他借漆间翁之口，肯定上古女性的朴素心性的同时，指出当代的女子宫木亦不输于上古的女子。

上田秋成在小说中所说的"稚心"字面意思为"幼稚、幼小、不成熟的心"，但是同时代的国学者却经常将其作为文艺批评的用语使用，意为发自自然的朴素而不加雕饰的情感。上田秋成也经常用"稚心"来评价《万叶集》中歌人表达的情感，并以此作为判断和歌优劣的标准。例如，他对《万叶集》中的和歌《柿本人麻吕从石见国别妻上来时歌》（长歌并反歌）②评价如下：

今は見えず成には、ただただ思ひうらぶれて、あの山よ、横をればびけ、あなたの里の妹が家見んと、<u>稚きなげき</u>する也。思ひあま

---

① 日文原文为：人情は恋慕のみ神代より今にかはらぬは、法有とえへりとも見過ごしたま（ふ）（『楢の杣』四上）。

② 和歌内容如下：131 石見の海。つぬの浦廻を。浦無しと。人こそ見らめ。潟なしと。人こそみらめ。よしゑやし。浦はなけとも。いさなとり。海辺をさして。にき田津の。ありその上に。香青なる。玉藻おきつ藻。朝羽ふり。風こそ寄せめ。夕はふり。波こそ来よれ。波の共。かよりかくより。玉藻なす。より寝し妹を。露霜の。置きてし来れは。此道の。八十隈毎に。よろつ度。かへり見すれば、いや遠に。里はさかりぬ。いや高に。山もこえきぬ。夏艸の。おもひしなえて。しぬふ覧。妹か門見ん。なひけ此山。132 石見のや高津の山の木の間より我ふる袖を妹見つらんか。133 ささの葉の三山もさやにさやけとも我は妹おもふわかれ来にれは（『上田秋成全集』第三卷 『金砂』卷七）。和歌编号在文本上用字与助词有不同，因无关本文论述，不再标注校异。

れば、何事もをさなき昔の心にかへりて、わりなきねがひをする也。其心のままを、いにしへ人は打出し也。

（中文译文：现在已看不见妹子的身影，徒增思念之情，心中伤心郁闷，于是发出稚心之叹：啊，大山啊，请躺倒，我想再看一眼留在彼乡的妹子家。心中若起真情，万事均可回归古时之稚心，发出不合道理的心愿。将心中所思所想自然咏出，便是古人咏歌之道。）

柿本人麻吕用这首和歌表达了对妻子依依惜别的情感。在这首和歌中，柿本人麻吕与妻子分别，一步三回头与妻子依依惜别，但是大山终于阻挡了自己的视线。柿本人麻吕在和歌的最后一句直率地表达出自己对妻子的思念和愿望，希望阻挡自己视线的大山能像山上的草一样随风低俯，使自己能够看到在家中守候自己的妻子。大山自然不会像夏草一样随风摇摆，但是上田秋成在评价中认为这种率直的咏叹和愿望是一种发自"稚心"的咏叹。当人们情之所至的时候，便会回归到古人的"稚心"，进行在别人看来毫无道理的祈祷。古人会率真地将自己心中所想吟咏出来。从这里也可以看出，上田秋成所谓的"稚心"是一种没有任何雕饰的发自内心的自然情感。

在这一点上，这里的"稚心"与李贽提出的"童心"有着惊人的共通之处。李贽的《童心说》分前后两个部分，前一部分着重论述人性的童心之真，而后一部分则从文艺的角度论述在文学创作中语句发于"童心"的重要性[①]。李贽指出：

夫童心者，真心也。若以童心为不可，是以真心为不可也。夫童心者，绝假纯真，最初一念之本心也。若失却童心，便失却真心；失却真心，便失却真人。人而非真，全不复有初矣。童子者，人之

[①] 李贽认为古今的人情是不变的，只要童心长存则不必文必先秦盛唐，反对前后七子提倡的复古主义思潮，反对无病呻吟的形式主义的拟古文。上田秋成同样认为，"人情古今一也"，只要文章发自"稚心"，便不必拟古。与他的老师贺茂真渊主张复古、崇古不同，上田秋成积极肯定时代的前进，并反对当时国学者中间流行的复古主义思潮，曾对建部绫足的没有真情实感而纯粹从形式上模仿平安时代的拟古文进行了尖刻的批判。从文艺论的角度也可以看出上田秋成的"稚心"说与李贽思想的承继关系。与本章无关，仅作为注释列于此处。

初也；童心者，心之初也。（中略）其久也，<u>道理闻见日以益多，则所知所觉日以益广，于是焉又知美名之可好也，而务欲以扬之而童心失。知不美之名之可丑也，而务欲以掩之而童心失。</u>夫道理闻见，皆自多读书识义理而来也。

李贽认为"童心"是"真心""绝假纯真"，为"最初一念之本心"，是发自内心的真实的情感。若以道德的标准对这种情感进行判断，则必然有美有丑，人们通过读书知所谓的"礼仪"之后，便开始以道德的标准来判断美丑，扬美名而遮掩"不美"，压抑发自内心的感情，导致失去"童心"。李贽的《童心说》不仅表达了他对文学写作的观点，同时也表达了他的道德观和人类观，即作文应是发自内心的流露，而做人则应保持不加雕饰的童心。

那么，宫木的"童心"或曰"稚心"在小说中又是如何体现的呢？

不管是在《爱卿传》中还是在《游女宫木野》中，当她们丈夫犹豫是否离开时，小说的作者为了强调她们的贤惠与大度及明白所谓的道理，均未提及她们对即将离别的丈夫的留恋，她们反而会以功名或者"孝道"相劝，将道德置于情感之上。但是在《浅茅之宿》中却正好相反。对于外出谋生一事，男主人公表现出坚决的意志，而女主人公宫木则率直地表现出自己的不安与不舍，百般相劝无果（言葉を尽くして諫むれども），送别丈夫之后遭遇兵变。小说中对宫木的心理进行了如下刻画：

> いづちへも遁れんものをとおもひしが、「この秋を待て」と聞えし夫の言を頼みつつも安からぬ心に日をかぞへて暮しける。秋にもなりしかど風の便りもあらねば、世とともに憑みなき人心かなと、<u>恨みかなしみおもひくづをれて</u>、「身のうさは人しも告じあふ坂の夕づけ鳥よ秋も暮れぬと」かくよめれども、国あまた隔てぬれば、いひおくるべき伝もなし。
>
> （中文译文：宫木亦想逃往别处，但想到丈夫对自己说"等到今年秋天"，便打消了念头。心中不安，数着日子度日。秋天到了，丈夫却依然杳无音讯。宫木以为人心如世事一般难测，心中苦恨又心伤，遂咏和歌一首："妾身之忧伤，已难告君郎。逢坂啼暮鸡，今秋

亦已暮。"虽有此咏，但毕竟山重水隔，无从传达给丈夫。）

对于决意外出谋生的丈夫，宫木没有从道德的角度进行权衡，她表现出的仅仅是自己内心的不安与对丈夫的不舍。而丈夫离开之后，宫木的心情从先前对丈夫的"不舍"转向"不安"，进而转变为对失信丈夫的"恨"，并由此开始"悲伤"。这些都是女人真实情感的流露。

张龙妹在考察宫木送别丈夫时对丈夫的叮嘱一段时也指出，宫木的语言化用了《古今和歌集》中的和歌，宫木的语言中自然融入了重逢难期以及伤离别的传统主题，并进一步通过对胜四郎和宫木重逢时宫木的"丑陋"，指出她的"丑陋"形象源自她的"怨恨"。[①]

的确，在《浅茅之宿》中，作者不止一次地提及或者暗示留在家中等待丈夫归来的宫木对失约丈夫的怨恨之情。这才是一种自然情感的流露。这就是小说中所说的"稚心"，也是一种绝假纯真的"童心"。上田秋成在这篇小说中塑造的是一个保持"稚心"的真实女性的形象。

当然，在小说中也出现了"烈妇""三贞之操"这样的词汇，但是那只是客观的叙事，是主流话语对女主人公表象的一种判断。在宫木的内心描写以及宫木的话中体现的都是女人发自内心的真实的情感，诸如"留恋""不安"和"怨恨"等。也许，宫木出于真情对丈夫的等待客观上成就了"烈妇"的形象，在儒家正统的话语中宫木是一个为了丈夫而死去的贞节烈妇。但是在这里道德仅仅成为一个皮囊，而在这个皮囊当中装的是一个有情感的人。她发自本心的行为正好符合了这个道德的皮囊而已。宫木虽然也在战乱中死于非命，但是与爱卿和宫木野不同的是，这里的宫木是殉于情而非殉于道。这种情一方面是她对丈夫的爱，另一方面也是出于对丈夫误解而产生的恨。

由于两个作家生存时代的一致性，浅井了意的《游女宫木野》继承了瞿佑《爱卿传》的说教性，并在作品中寄了对和平有序的社会的期望，希望以儒家的伦理道德重建一个有秩序的社会。但是到了上田秋成的时期，或者说是到了李贽的晚明，和平社会持续已久，而封建秩序与僵化的

[①] 张龙妹：《〈剪灯新话〉在东亚各国的不同接受——以"冥婚"为例》，《日语学习与研究》2009年第2期，第70页。

道德的弊端日益显露出来，人性解放思潮涌现，作家也开始反思秩序与道德和人性之间的关系。

2.《宫木之冢》中宫木形象的塑造

《春雨物语》中的《宫木之冢》，也是一篇以宫木为主人公的作品。这篇小说中的宫木，原本出身于贵族之家，但是父亲因言获罪，母亲又因其贵族出身无自力更生的能力，因此在乳母花言巧语的劝说下，宫木被卖作游女（妓女）。在这里，她遇到了与她相爱的风流公子河守十太兵卫。但是，恶少藤太夫亦垂涎宫木的美貌，设计害死河守十太兵卫，并在妓院老板夫妇的帮助下，花言巧语地将宫木占有。宫木得知事实真相之后，一怒跳海身亡。宫木是妓女，虽然最后怒而跳海，但是在河守十太兵卫去世之后不明真相的情况下曾委身于藤太夫，并未从一而终。这与正统儒家表彰的烈妇形象相差甚远，但是整个小说体现出来的却是宫木忠实于自己内心的刚烈性格，虽非儒家之以死践道的烈妇，却是上田秋成笔下的以死殉情的烈妇。《宫木之冢》中的宫木与其他作品中的形象具体有何不同？上田秋成用意何在呢？下面将从妓女身份的设定、家庭描写和心理描写三个方面，结合本节开头所述的先行文本和中介文本，考察上田秋成创作本篇的意图和他的思想。

（1）妓女身份的设定

《浅茅之宿》中，作者没有讲述宫木的身世，她只是一个家庭中的妻子。在《宫木之冢》中，宫木这个女性又重新恢复了妓女的身份，如果说这仅仅是继承了最初的原典《爱卿传》和《游女宫木野》的身份设定亦未尝不可。但是上田秋成希冀通过对这个妓女形象的设定表达人情之真和人性的多样性，而将女主人公设定为妓女的形象，显然有他的考量。

众所周知，古代许多以爱情为主题的著名篇章中，女主人公往往都被设定成妓女，如《李娃传》《爱卿传》以及接下来会提到的先行文本《杜十娘怒沉百宝箱》和这篇作品在日本的翻案。在儒家道德为主导的封建社会，男女的结合不是以爱情为前提的，重要的是"父母之命，媒妁之言""门当户对"等这些与爱情无关的俗世伦理与规矩，夫妇关系被看成父子关系以及君臣关系的从属，而夫妻的结合的重要目的也不是感情，而是为了父系家族的延续与血脉的繁衍。可以说在古代主流的夫妻关系中，"情"让位于"理"和"礼教"，情是缺失的。在这样的夫妻关系中，不仅女性感到压抑，许多男性亦因此感到一种桎梏。但是，在以男权为中心的社会中，男子可以通过某种方式去摆脱（即便是暂时的）这种精神的桎梏，寻求爱情的慰藉，那个地方就是"青楼"（日语中称"遊廓"）。亦是因此，一方面妓女是一种被道学家视为"寡廉鲜耻""无道无义"的人，但是另一方面文人与妓女是一个常常被人提起的话题。到了日本的近世也是一样，青楼狎妓甚至成为一种时髦。

上田秋成的老师都贺庭钟在《英草纸》第四卷中的《三妓女异趣各成名之话》[①]中，对"妓女"与"良家妇女"的区别作出了如下分析：

> 良家はその丈夫の美醜賢愚を論ぜず、此につかへて案を挙ぐること、眉を斉くし、些しの外情ありても、婦道の棄物となる。遊女は引手多き嫖客の中、意にあたる人に誠をトめ、人を閲ること規模とす。良家は丈夫の静貞を取り、妓家はその興あるを取る。良家は情を寄する人あれども、肌を汚さざれば事とせず。妓家は枕席を交ふれども、意中の人にあらざれば、心胆とせず。
>
> （中文译文：良家妇女不论其丈夫美丑贤愚，侍奉丈夫则举案齐眉，便是有些许外情，亦为妇道之弃物。游女在众多嫖客之中，占意中人之诚，以阅人多寡自许。良家取丈夫之静贞，妓家取其兴。良家虽亦有寄情之人，然若无肌肤之亲便无事。妓家虽交枕席，然若非意中人，便不与之交心。）

这段话的出典尚不明确，是都贺庭钟的观点还是从别处引用的观点还有待考察。但是从上文可以看出，对于"良家"来说，夫妻之间最重要的是"举案齐眉"的"礼"而不是情，不管丈夫的美丑和贤愚，妻子只需要好好侍奉丈夫，守妇道即可。除此之外的"情"都是让位于"妇道"的。但是对于妓女来说却不一样。她们有很多客人和选择，但是她们只将自己的真心送给自己钟情的"意中人"。对于妓女来说，"情"是最重要的。

---

① 日文原题为：三人の妓女趣を異にして各名を成す話。

《江口游女恨薄情沉珠玉之话》中提到妓院产生的历史时也曾提到，"设非礼之地以安非礼"①，也说明了妓院是一个"非礼"的地方，也同时说明在封建社会中，妓院是一个可以让人们摆脱封建礼教束缚的地方。这个地方虽然"非礼"，但是往往却因此更能见到真情。

因此，为了塑造一个脱离封建的世俗道德、生于情而死于情的宫木形象，妓女身份的设定成为必然。

（2）家庭的缺失

《爱卿传》和《游女宫木野》中的女主人公虽然身份为妓女，但是她们都选择了向家庭的回归，完成从"非礼"到"有礼"的转变，在家庭中恪守妇道。《杜十娘怒沉百宝箱》中的杜十娘和《江口游女恨薄情沉珠玉之话》中的女主人公白妙也都表现出向家庭回归的愿望。

> 十娘因见鸨儿贪财无义，久有从良之志，又见李公子忠厚志诚，甚有心向他。奈李公子惧怕老爷，不敢应承。
>
> 《杜十娘怒沉百宝箱》

> 小太郎が志のあだあだしからぬを深く心に占思ひて、終身相従んことをいどみ求む。小太郎は只父なる人の怒りを恐れて白妙がことばに同意せず（後略）
>
> （中文译文：白妙见小太郎不徒之心，甚为中意，百般挑逗相求，欲以身相许。小太郎只恐父亲生气，不敢答应白妙的言语。）
>
> 『江口の遊女薄情を憤りて珠玉を沈る話』

不管是杜十娘还是白妙都表现出强烈的从良的愿望，甚至在后来的故事发展中她们帮着自己的恋人为自己赎身，显示出从良的强大意志。但是，她们分别看重的"忠厚志诚"和"不徒之心"（あだあだしからぬ）则隐隐约约地透露了故事的悲剧结局。"忠厚志诚"是儒家道德中的重要德目，而"徒心"则是解释《雨月物语》的最关键的词汇，在历来的解释中，丰雄的经历代表了由"徒心"向"实心"的转变。这里的徒心指的是

---

① 日文原文为：非礼の地を設けて非礼を安んずるの計ならんか。原作《杜十娘怒沉百宝箱》中没有此句。

不爱生产，爱好风雅之心。而这里所说的小太郎的"不徒之心"则说明此人是以家业为重的。"非礼"的妓女看上了重视儒家伦理道德和家业继承的男人，并希望他们将自己从"非礼"带上"正道"，进入有礼的封建体制内，这注定是一种徒劳，接下来等待他们的注定是被秩序和体制抛弃的命运。冯梦龙让李甲受到了惩罚，批判了封建礼教的虚伪。而都贺庭钟虽然多次在小说中提到"情"的重要性，但是却始终没有迈出以惩罚负心的男主人公来批判封建礼教的大胆一步。在这篇小说中，小太郎没有受到任何惩罚，反而回归"正道"，回家继承了家业。正如他所说"负女子之深情，实在遗憾。但她是浮花之身，我亦年轻浮气放荡，她死于侠，我归于慧利"①。即便是在白妙自尽之后，他都没有表现出丝毫歉疚之意。

可以说，封建家族制度是这两对男女的爱情走向悲剧的最主要的原因。妓女向往对家庭的回归，却受到以男权和父权为中心的家族制度的阻挠。李甲和小太郎对父亲的畏惧充分说明了父权对爱情的介入。

相爱的妓女与嫖客、爱财的老鸨、恶少的算计与横刀夺爱，从情节的设置上来看，《宫木之冢》与《杜十娘怒沉百宝箱》及其翻案作品《江口游女恨薄情沉珠语话》是同一个母题的衍生作品。但是，与后两者不同的是，在《宫木之冢》中，上田秋成几乎去掉了所有的家庭因素。首先，宫木的父亲因病早逝，这是她沦落成妓女的原因，当然这不是最重要的。宫木与十太兵卫相爱之后，她也没有像杜十娘和白妙那样表现出脱离妓院回归家庭的愿望。与上面引用相对应的《宫木之冢》的段落如下：

> かくて河守の色好みにあひそめて、後には「人にはみえじ」といふを、（河守が）「よし」とて、長にはかりて、「迎へとらむまでは」とて、「あそびのつらにはあらせじ」「この花折るべからず」と、しるし立てたりけり。
>
> （中文译文：如此，宫木对风流才子河守一见倾心，之后声言"不再见他人"，河守便与妓院老板商量，称"待小生迎娶她进门之前，勿再令其接客"，于是老板立下一个牌子，上书"勿折此

---

① 日文原文为：女が深情にそむきたるは残念なれども、彼は浮花の身のうへ、我も若年の浮気放蕩。彼は彼が侠に死し、我はわが儻にかへる。

花"。)

宫木与风流公子河守一见钟情，立志不再接客。到这里为止，可以说与杜十娘和白妙中的叙述是一样的。但是不同的是宫木并没有提出结婚，反而提出结婚的是她爱慕的男方河守十太兵卫。这一点是这篇小说与前两篇决定性的不同。与李甲和小太郎因为畏惧父亲而表现出来的犹豫不同，十太兵卫当即便与宫木的养父（妓院老板）商议，希望他能够答应在自己迎娶宫木之前不再让她接客。而且，虽然小说中对河守十太兵卫的身世并没有太多介绍，但是从后文中当藤太夫设计陷害十太兵卫的时候留在家中的老仆将其称为"主人"这一点上来看，十太兵卫是一家之主，那么可以断定他的父亲已经过世，或至少已经隐居。因此，他也没有父权的羁绊。

没有父权和家庭的羁绊，没有封建道德的约束，原本应该幸福的两人应该有一个幸福的结果。然而却事与愿违，两人的爱情也终以悲剧结尾。那么，原因又在哪里呢？

（3）宫木的"童心"

宫木出生在一个贵族的家庭，其父官拜中纳言，却因一点小罪被解职，被降为庶人，一家人流落到烟花之地神崎。因不懂得生计，仅有的一点积蓄也用完之后，父亲终于撒手人寰。母亲没有回娘家，而是决定带着宫木独自留在神崎。但是因为不懂得如何赚钱，生活日益窘迫。乳母去做一些针线活糊口，但是也仅能维持自己的生计，顾不上宫木母女。于是，乳母生计，巧言劝说宫木的母亲将宫木卖给了当地的一个妓院的老板某长者。宫木对自己的命运表现出老实的顺从，当幼小的她到了某长的家中（妓院）时，某长夫妇给她好吃好穿，宫木的反应如下：

<u>をさなき心</u>にはただ「<u>うれし</u>」とのたまひて、この夜より、懐かしきものに馴れむつれたまふ。

（中文译文：稚心只言"欢喜"，自此夜开始，便于妓院老板夫妇熟悉相亲。）

这里，宫木和她的母亲一样，表现出对别人毫无戒备的"童心"。正如阳明学左派所谓的"穿衣吃饭即是人伦物理"，宫木对这种最基本生活需求的满足老实地表现出"喜悦"之情,当晚开始便与妓院老板夫妇亲近起来,而始终没有用道德的标准衡量自己妓女身份的卑贱。

直到长大之后,宫木一直保持着这样的童心。遇到河守十太兵卫之后,她老实地表达出自己的爱意,"除此君之外不再为别人斟酒""不再见别人",体现了她忠实于自己内心的情感,并毫不掩饰地表达出来。当她得知河守去世之后,宫木伤心欲绝,想要"一起死"。但是当妓院老板劝她"好好供奉河守的亡灵,以报答其恩情"的时候,她选择了顺从。这里不是为了报答某长夫妇的养育之恩,实际上是真的想活下来以供奉爱人的亡灵。

后来,在藤太夫的花言巧语之下,她在不十分情愿的情况下委身于藤太夫。但是当她不经意间听到河守的真正死因是藤太夫买通药剂师下毒之后,一怒之下跳水自尽。

宫木的一生,没有体现出任何道德的约束,起初的"童心"贯穿了她的一生,她所有的选择都是发自"童心"的。

(4)道德的缺位与权力的横行

但是宫木的"童心"同时又对周围的各种人性之恶毫无戒备。乳母的花言巧语、长者夫妇的唯利是图、藤太夫的嫉妒与横刀夺爱并设计陷害河守十太兵卫、药剂师的图财害命,这一切都在作品中赤裸裸地表达出来,就像戏剧中脸谱一样,写得清楚,让读者一目了然。在整个作品中没有提及任何儒家的道德,但是这些人的做法却和《杜十娘怒沉百宝箱》以及《江口游女恨薄情沉珠玉之话》中相对应的人物所表现出来的没有任何不同。这两篇作品中的人物以忠孝仁义之名行不义之事,导致了男女主人公的悲剧。然而在《宫木之冢》中,由于道德的缺位描写,出场人物的人性恶被赤裸裸地描绘出来。没有了道德这个皮囊,抛却道德的人性本身的恶凸显出来。

另一方面,悲剧产生的根本原因是权力的横行。宫木的父亲获罪,是权力的制裁。而宫木的爱人河守被害,也是藤太夫以权力设计谋害。人生活在阶级社会中,便必然要受到权力的制约,而这种制约必然导致一些人的悲剧。权力与人性恶的结合让相爱的人最终无法走到一起。虽然当权力绑架道德并穿上道德的皮囊之后,人性恶变得隐蔽,但是上田秋成同时代的儒学者们提倡摒除道德回归古代的朴素，是否就真的能拯救爱情呢？上田秋成的答案是否定的。只要存在于人类社会，有权力的存在，有爱财爱色的基本需求就会产生恶，而爱财爱色又是"天赋的自然禀性"。只要有权力在，就会有人通过权力获益，也会有人因为权力而失意。这一切其实都与道德的有无无关，与儒家思想的传播无关。这也是他不反对道德本身，而只是反对权力对道德的绑架、反对道德的强加的理由，这正是上田秋成毕生思考的问题。

本章小结

本章主要对《雨月物语》中的《吉备津之釜》《浅茅之宿》和《春雨物语》中的女主人公的形象进行了考察。在日本近世，儒家宣扬的各种女性道德以各种女训书籍为载体进行传播和渗透，女性的思想和情感受到前所未有的约束和禁锢。但是与此同时，受到晚明文学思潮的影响，肯定情欲的思潮发展，也出现了主张男女平等、肯定女性自然真情的流露之类的主张。日本阳明学者熊泽蕃山的《女子训》虽然名为"训"，但是实际上却表达了诸如肯定女子"嫉妒"、否定男子纳妾之类的主张，与一般的女训类书籍迥异，是给上田秋成的创作带来重要影响的一部作品。上田秋成在《吉备津之釜》中，通过对女主人公矶良的形象塑造和她从贤妻良妇形象到恶灵（包括其生灵和死灵）的逆转，表达了情不能为理所束缚的观点。

上田秋成赞赏自然真情的流露，认为这种自然的真情是发自"稚心"的流露，与李贽的《童心说》表达了几乎完全相同的观点。第二节以先行文本中的宫木形象为观照，以李贽的《童心说》、同一母题的衍生作品《杜十娘怒沉百宝箱》和《江口游女恨薄情沉珠宝之话》及可以作为参考文本的《三妓女异趣各成名之话》等，考察了上田秋成在塑造宫木这个形象时与先行文本的不同，即"情"的书写的出现。在《浅茅之宿》中对宫木内心真实想法诸如怨恨、思念、不舍等情感的书写，以及与古代传说的对照，意在塑造一个拥有朴素稚心、殉于情而非殉于道的烈女形象。《春雨物语》中的《宫木之冢》同样塑造了一个为情而死的烈女。上田秋成在塑造这个悲剧女性的过程中，有意让儒家道德和封建家庭缺位，而女主人公宫木的"稚心"与欲望驱使的权力之恶则因此凸显。宫木的稚心是她殉情的根本原因，而欲望驱使的权力之恶则是悲剧产生的根源。上田秋成并不反对儒家道德本身，这是他让儒家道德在这篇小说中缺位的重要原因，因而撇清了儒家伦理道德本身在爱情悲剧中的责任。上田秋成反对的是道德的教化与强加，是受欲望驱使的权力对儒家道德的绑架。

第七章

上田秋成的佛教观与阳明学左派

与同时代的其他日本国学者相比,上田秋成是一个合理主义者,他并不主张完全摒弃从中国传入的佛教和儒家思想的精髓,相反认为这些已经成为日本文化的一部分,是割舍不掉的。他肯定佛教和儒家思想对日本文明的发展带来的积极影响,肯定佛教教义和儒家道德的精髓。但是,另一方面,他又在各种文章中否定形式上的佛教和儒家思想,认为这些思想的传入是人心变恶的根源,并对同时代的佛教徒和儒学者进行了辛辣的讽刺。那么,上田秋成对于佛教的认识究竟如何?与晚明思想有何关联?本章将主要通过对日本佛教历史的梳理、对上田秋成对佛教的认识及其文学作品中的高僧形象的考察,考察上田秋成的佛教观与阳明学左派思想的关联。

第一节 日本佛教的历史与上田秋成的佛教观

5世纪中叶,佛教经由百济传入日本,当时作为外来宗教的佛教成为新兴贵族阶层对抗旧贵族的手段。在之后的很长一段时间里,佛教信仰都只是少数贵族的权利,佛教承担着为国家和统治者祈祷长治久安的功能，一般庶民根本没有机会也没有资格信仰佛教。到了平安时代末期，随着贵族阶层的没落和新兴武士阶层的兴起，面向庶民的一种新兴佛教应运而生，在镰仓佛教的创始者法然上人等许多先驱者的不懈努力下，佛教在日本民间得到了广泛传播与渗透。对于以后很长一段时间一直生活在战乱当中的日本寻常百姓来说，在佛教中寻求的救赎成为他们在战乱中找到的一个心灵的安置点。但是，在长期的战乱当中，佛教团体也逐渐成为掌控一方、威胁统一的宗教势力，因此到了战国时代后期，织田信长、丰臣秀吉与德川家康三代通过武力摧毁宗教团体的势力，近世初期新兴的幕府又通过制定各种制度与法令，将佛教团体置于自己的统治之下。世俗权力统治之下的佛教团体必然要面临转向，各宗各派的教义逐渐脱离宗教原本的救赎功能，再次转变为世俗政权服务的工具，为世俗政权的幕藩体制培养国家期待的理想国民。

　　总而言之，德川家康统一日本结束了战乱之后，一度脱离权力控制的佛教再次被纳入世俗权力的统治之下。如果说德川时代的任何一种政治制度和文艺样式都能在中国明代找到它的源头，那么德川幕府的佛教政策也可以说是对明代初期佛教政策的仿效。为了巩固自己的统治，新生的世俗政权为佛教组织制定各种规章制度，将宗教纳入自己的政权体系之内。之于德川幕府，则是制定一系列的法度，建立所谓的佛寺"本末制度""檀家制度"和"寺请制度"等，加强对佛教组织和人民的控制。这些政策的确立对于维护社会的稳定，无疑具有重要的积极意义。但是，原本以拯救众生为使命的佛祖的使徒——佛教的僧侣以及佛教的组织，却因为世俗政权的干预而变得世俗化，僧侣阶层日益官僚化，堕落、腐败及有伤风化的现象越来越严重。佛教本身走向庸俗化、僧侣阶层的腐化问题在近世已经成为一个阻碍社会发展的重要社会问题。

　　现在日本学界越来越多的学者开始重新审视所谓的"近世佛教堕落论"，并从思想史的角度积极肯定近世佛教做出的积极贡献。从这一点上来说，笔者并不否定，或者说是完全赞同的。在与儒家思想、国学思想以及近世的各种思想的争论、互动及相互影响的过程中，日本近世的佛教也多有建树，这一点我们的确不能戴着所谓"近世佛教堕落论"的有色眼镜来看待。而且，近世民间佛教的世俗化、追逐现世利益也有积极的意义，不能一概否定。但是，另一方面，因佛教组织的官僚化而引起的僧侣阶层的堕落与腐败也是一个毋庸置疑的事实。儒家道德的渗透、文化知识的传播，导致在近世民众的内心深处，所谓的"信仰"已经让位于世俗的伦理道德，他们追求现世的各种利益，对佛教的信仰已经不再那么虔诚，佛教信仰变得形式化（所谓的"葬礼佛教"也是形成于这一时期的），这一点同样是无法否定的事实。也就是说，在思想史上，近世佛教的确为佛教的发展做出了积极的贡献，但是就近世的社会现实来说，佛教界又的确是"堕落"的，再次成为权力附庸的佛教又一次失去了其救苦救难的本义。

宗教的救赎，归根结底在于信徒发自内心的"信心"。"寺檀制度"的确立表面上让所有日本人都皈依了佛家，当时所有日本百姓都在形式上成为信仰佛教的信徒，葬礼也必然按照佛教的方式举行。但是，那始终也只是一种形式而已。"葬礼""结婚"等人生的仪式采用宗教（或佛教、或神道教）的形式，但是却并没有发自内心的"信心"。比如，《雨月物语》中的小说《吉备津之釜》，讲述了一个出生于神主之家的女孩矶良嫁给浪荡公子，结果遭到背叛而复仇的悲剧故事。矶良与正太郎订婚之前，作为神主的父母曾经按照神道传统的占卜仪式为其占卜吉凶，结果是"凶"，但是其母亲却以已经收了男方的聘礼等世俗规则为由，不顾占卜的结果，让矶良嫁给了并不喜欢她的浪荡公子正太郎。这一点可以说如实地反映了江户时代中期神道信仰的稀薄化。神主之家尚且如此，一般民众就更不必说。他们虽然依然会依照传统举行一些宗教的仪式，但是实际上并没有发自内心的"信心"。这正是导致悲剧的最根本原因。神道的情况如此，佛教的情况也十分相似。实际上，上田秋成在其初期的小说作品中就有大量关于僧侣腐化堕落的描写，而在晚年的随笔集《胆大小心录》（第71条）中，更是对当时的佛教徒以及信仰状况进行了辛辣的批判。他这样写道：

> 寂〻たる寺院は、仏も安座ましますかと思ひて、門に入ては心すめる也。高坐に登りて雄弁の僧と云も、坐を下れば、大かたは俗民にて、たのもしき人なしとこそ思ゆれ。ただ今にては、僧も天下の民の業とゆるされて、万事は見ゆるしたまふべし。あまりに不如意

の僧は、刑ありて、橋頭に人に面をさらされ、又重きは島に流さるゝ也。しかれども、不如法は改るとも見へぬは、不如法の世界の仏法にて。淫奔ならずとも、利慾にふかくして、財をつまんとするはいかにぞや。一身の往生の後は、此財往が為ぞ。これただ利慾は婦人の情にて、つむをのみよろこばしきなるべし。人情につのりて世法にうとき愚人と云べし。新地に寺院たつか、また廟にて、或は宗門をかへるは、売利の丁人の宅居に同じ。庵住して、さる不浄に交らぬ僧もあれど、此も稀也。談義とて法をかたりて、国に奔走するもあり。皆いたずら事にして、糊口のためにのみとぞ思はるる。

（中文译文：清寂之寺院，有佛安坐其中，入门去可得心安也。荣登高座雄辩之僧，从高座上下来，往往都是庸俗之民，无有可靠之人。只是，而今，僧亦被允许为天下民之职业，万事均可见谅。过于不如意之僧人，则被处刑，游街示众于桥头。又有重者，则遭流放偏远之孤岛。然仍不见不如法改过，皆因此乃不如法世界之佛法也。即便非淫奔之僧，亦多利欲熏心，敛财聚财所为何为？一己之身往生而后，为此财也。此利欲之心，为妇人之情。煽动人情，不通世法，可称愚人。原以为新建之地建了寺院，却又改成神庙，又或改宗易派，与卖利之市井商人无异。亦有隐居庵中，不交此不净之僧人，却不常见。以谈义为名宣讲佛法，奔走于诸国者有之。然均为徒事，无非为糊口也。）。

这一段话是分析上田秋成佛教认识时必然引用的一段话。在这段话中，上田秋成首先指出，寺院应该是一个清寂之处，是一个能让人进去之后便能感到心安的地方，从而肯定佛教机构存在的本质意义。接下来他又指出了种种与此相悖的状况，原本应当救赎人们心灵的佛教僧侣因为各种世俗名利而变得"庸俗"。有的僧人以身试法，被官府捉住游街示众或者被流放外地，作为救赎者的颜面尽失。他们早已经失去了虔诚的信仰之心，披着堂皇的"佛法"外衣，背地里却是为了满足自己的私欲。在这段文字中，上田秋成对近世佛教界的种种丑恶现象进行了揭露。在本书第三章中曾论述了上田秋成的财富观与阳明学左派的关系，当时指出他并不否定人们对正当利益的追求，提倡人们安守本分。但是，他所提倡的是通过"实事"（まめごと）追求自己的正当利益，否定高谈阔论的"徒事"（あだごと），而本居宣长的国学、朱子学者的儒学、僧侣的讲坛佛教，都是他批判的对象，是不务正业的体现。总之，在上田秋成看来，僧人奔走于诸国讲佛法，表面上光鲜高尚，其实不过是为了"糊口"。这与儒家的"道学家"和到处讲学广收门徒的国学者，甚至俳谐师之类的人都没有什么区别。他认为这些人所做的这些事都是不务正业的"徒事"，只不过是在"耍嘴皮子糊弄人"。僧人原本是救赎大众的使徒，到了日本的近世却成了一种赖以糊口的职业。而且，正如他指出的那样，今日建寺院，明日建神庙，又改宗易派，充分说明了当时人们信仰的意识淡薄，往往流于表面上的形式。上田秋成批判了近世僧人对名利的贪得无厌，认为这是一种"妇人之情"。

当然，毕生对女性抱有同情之心的上田秋成在这里并不是歧视女性。这里的"妇人"只是与"丈夫"（ますらを）相对的一个概念。"丈夫"是日本国学与儒家思想的互动中，尤其是在阳明学左派思想的影响下产生的一种哲学概念，指的是一种不虚伪、不做作、表里如一、率性而为的理想人格，而这里上田秋成所说的"妇人之情"则正好与之相反。在上田秋成看来，高谈阔论的僧人们早已忘记自己作为佛教僧人的本分，所有的一切都是为了名利，他们的这种行为是应该被"君子"所唾弃的。而真正不与这些世俗利益或肮脏的现象同流合污的僧人已经成了极少数。他在这里描述的这些现象可以说是当时日本佛教状况的真实写照。

如上所述，上田秋成毕生批判俗儒俗佛，其实从未像本居宣长等同时代的国学者那样全盘否定佛教的精髓。在他集中论述日本佛教历史及其教义精髓的历史评论著作《远驼延五登》（卷二）中，也曾引用袁宏的《汉纪》，这样写道："西域天竺国，有佛道焉。佛者，汉言觉也。将以觉悟群生也。其教也。以修善慈心为主，不杀生，专务清净。"然后，他又评论道："百济国始朝贡之法又与袁宏所云之处不同也"（百济国始て朝贡の法は袁宏か云所と又たがへり），否定佛教刚刚传入日本时的佛教状况，引用袁宏的话意在表达自己对佛教的认识，即佛教在于觉悟众生，也就是救赎人们的灵魂。然而，在上田秋成生活的时代，佛教的状况却如他批判的那样，早就已经背离了它的本质。

上田秋成否定俗佛却不否定佛教本身和佛教的精髓，那么在他看来，佛教的精髓亦即是真正的佛教信仰应该是什么样的呢？

第二节　上田秋成的佛教观与阳明学左派

本书第四章介绍的散文《旌孝记》集中表达了上田秋成的孝道观，与此同时也在一定程度上反映了他的佛教观。文中上田秋成为了诠释孝道而插入的三个故事中，第二个故事便谈到了佛教。这个故事介绍了一个高僧和他同为佛教徒的母亲的故事。由于这是一篇着重议论孝道的文章，因此在先行研究中几乎没有学者注意到这里面对佛教的议论。但是，这个故事是考察上田秋成佛教观时不可忽视的细节。故事内容如下：

镰仓的某个寺院里有一位高僧。他原本是渔家子弟，但因其"知识"闻名天下，得到藩政府的起用，奉命要前往藩国的菩提院讲授佛法。他将此事告诉母亲，结果非但没有得到母亲的赞赏，反而被训斥了一番。他的母亲这样对他说道：

> おもひきや、蜑の子のかくたふときになり昇りて、かうの殿の御召使をさへかうむらんとは。されど、それただ才能のかたの学びをえて、まこと仏の教へにはうときにやあらん。さきざきの便ごとに、文に巻そへて、黄がね白かねをおくりたまはること、いかなる心ぞや。今の子の立走りて、網曳き釣だにせば、たふとき、財宝をも何にかはせん。このおくらるゝは世の人の仏に奉りし物ならずや。さらば、道のためにこそちらすべきを、浅ましき世わたりする身の、是を納めて、いかばかりの罪をかむくはれん。親の為思はぬなり。

（中文译文：为母不承想你一介渔民之子，竟能荣登如此高位，还被藩国主公殿下招去讲授佛法。然而，你不过是得了一些才学，而非真正精通佛教。你每次来信必随信附上黄金白银，究竟是何用心？渔民之子，若勤恳劳作，拉网捕鱼，要那金银财宝何用？你献给我的这些金银,莫非就像是世人献给佛祖的那种财物?若是如此,则应为道而散财。为母乃卑贱渡世之身,若收此财物,则将受到重重的惩罚。你这样做,实乃不为母亲着想。)

母亲劝阻为了功名而离家前往藩国菩提院讲授佛法的高僧儿子。在扬名立业即被认为是孝道的那个时代,正如上田秋成本人在其小说和随笔等文章中批判的那样,很多所谓的高僧高谈阔论,其实下了讲台都不过是一些庸俗之人,并非精通真正的佛法。高僧的母亲对儿子说的正是这样的道理。在这个高僧的母亲看来,靠虚伪地讲授佛法获取的财宝和地位都没有任何意义,只有勤勤恳恳地"拉网捕鱼"(網曳き釣)维持生计,努力做与渔民的身份相符的"实事"(まめごと),才是佛教的根本,是真正的孝道。若非如此,便不是真正的佛教信徒,是"不为父母着想"的不孝行为。上田秋成在文中通过将这个知识闻名于天下的高僧和并没有受过什么教育、不懂什么高深佛法理论的母亲进行对比,指出高僧的母亲才是真正通晓佛教的教义,是真正信佛的佛教徒,并高度评价,将其称为"高贵之人"(とふとき人)。上田秋成通过这个故事,意在说明不管是在家修行,还是出家修行,高谈阔论与表面上的形式都不是真正的佛教,佛教的精髓在于发自内心的"信心"。只要心中存有发自内心的"信心",世俗生活与佛教之间就并不矛盾,而与之相对的世俗名誉与地位才是真正阻碍人们成佛、得到救赎的主要障碍。

综观整个东亚的思想环境,可以发现上田秋成的这种观点并不是特有的,而是具有一定的普遍性。比如,在阳明学左派学者李贽的著述中,就有一个蕴含着几乎相同道理的故事。

众所周知,李贽是一名虔诚的佛教徒,他在一生中潜心钻研佛教,在佛教界交友广泛,经常谈论自己对佛教的认识。他的僧人朋友当中,有一位僧人法名若无。有一天,他决定辞别老母,前往远方修行。于是,若无的母亲就给儿子写了一封信进行劝阻。书信的内容如下:

若无母书云:"我一年老一年,八岁守你,你既舍我出家也罢,而今又要远去。你师当日出家,亦待终了父母,才出家去。你今要远去,等我死了还不迟。"若无答云:"近处住一毫也不曾替得母亲。"母云："三病两痛自是方便，我自不欠挂你，你也安心，亦不欠挂我。两不欠挂，彼此俱安。安处就是静处，如何只要远去以求静耶？况秦苏哥从买寺与你以来，待你亦不薄，你想道情，我想世情。世情过得，就是道情。莫说我年老，就你二小孩子亦当看顾他。你师昔日出家，遇荒年也顾儿子，必是他心打不过，才如此做。设使不顾，使他流落不肖，为人笑耻。当此之时，你要修静，果动心耶，不动心耶？若不动心，未有此理；若要动心，又怕人笑，又只隐忍过日。似此不曾而不动心，与今管他而动心，孰真孰假，孰优孰劣？如此看来，今时管他，迹若动心，然中心安安妥妥，却是不动心；若不管他，迹若不动，然中心隐隐痛痛，却是动心。你试密查你心：安得他好，就是常住，就是金刚。如此只听人言？只听人言，不查人心，就是被境转了。被境转了，就是你不会安心处。你到不去住心地，只要去住境地。吾恐龙潭不静，要住金刚；金刚不静，更住何处耶？你终日要讲道，我今日与你讲心。你若不信，又且证之你师，如果在境，当住金刚；如果在心，当不必远去矣。你心不静，莫说到金刚，纵到海外，益不静也。

在若无的母亲给他的书信中，母亲指出真正的佛法是内心的修行，而不是流于表面上的佛教修行的各种形式。她指出，与空洞无物的佛教道理相比，在家照顾父母与孩子的世俗生活才是最重要的。而且这种世俗生活与佛教的教义之间并不矛盾，或者说这才是佛教的精髓。不论是镰仓的那个高僧为了功名远赴菩提院讲授佛法，还是若无要为修行远足，目的虽然不同，但都是在追求表面上的形式。而他们两人的母亲对他们的谏阻也可谓是异曲同工，都真正领略了佛法的精义。因此，秋成将那位高僧的母亲称赞为"高贵之人"，而李贽也盛赞若无的母亲，将其称为"圣母"，他这样评价道：

卓吾子读而感曰：恭喜家有圣母，膝下有真佛……念佛者必修行，孝则百行之先。若念佛名而孝行先缺，岂阿弥陀亦少孝行之佛乎？……必定亦只是寻常孝慈之人而已。

在这一段话中，李贽将这位母亲称为"真佛"，赞同她对佛教本质的认识。另外，李贽对道学家的批判也与上田秋成对高僧的批判异曲同工。

> 往往见今世学道圣人，先觉士大夫，或父母八十有余，犹闻拜疾趋，全不念风中之烛，灭在俄倾。无他，急功名而忘其亲也。

道学家们表面上高谈阔论各种道德，流于形式主义，实际上却连自己都做不到。李贽认为他们这些所谓的"道学圣人""先觉士大夫"，往往拿着儒家的道德作为幌子，实际上却是"急功名"而忘记真正的孝道。这些虚伪的道学家，与上田秋成在上段文字中所讲的高座谈论佛法的僧人可以说同出一辙。

在上田秋成的这个故事中，我们基本可以看出上田秋成的佛教观。他认为真正的佛法是在心里，而不是外在的形式，认为只有兢兢业业做好自己的本职工作才是真正的信佛之人，世俗生活与佛法并不冲突。当然，这种思想并不是上田秋成的独创，如上所述，李贽的思想和他列举的若无的故事，与上田秋成的思想非常相似，从这一点也可以看出阳明学左派的思想在近世的渗透。而早在近世初期，铃木正三就为在家修行的人撰写了一部《万民德用》，依据"世法即佛法"的理论，提出"职分佛行说"，即百姓日用即是佛法，提倡人们不拘泥于修行的方式，在职业生活中践行佛教信仰。这与阳明学左派提出的"百姓日用即是道"同出一辙。铃木正三本人通过写作假名草子等通俗文学作品，大力宣传这种思想，对井原西鹤等作家都产生了重要的影响。上田秋成在这个故事中所体现出来的思想，可以说也多少有铃木正三的影响。而这种重视"心"的修行，主张虔诚的"信心"（即发自内心的信仰），又可以说源于晚明的阳明学左派反理学思想，是源于晚明的中国、流行于东亚尤其是日本的一种普遍的思想潮流。

第三节　上田秋成文学中的高僧形象——以法然为中心

（1）上田秋成文学中的法然

如前所述，上田秋成批判佛教，对当时许多堕落腐化的僧人及其行径进行了辛辣的批判，但是与此同时他并不否定佛教的本质意义，主张佛教回归它的原初：即灵魂的救赎。将佛教从世俗的泥潭中拉回圣域，离不开不世出的高僧。在上田秋成文学中除了对佛教的批判与对俗僧的讽刺挖苦之外，也不乏对高僧的书写与赞颂。比如《雨月物语》中的《青头巾》、《春雨物语》中的《樊哙》都是直接以高僧形象为主要书写对象的作品。另外，法然也是上田秋成笔下的一位高僧。那么，在上田秋成文学中，法然的意义何在？他为何如此推崇法然呢？下面以《宫木之冢》中的法然为中心，考察上田秋成文学中的高僧形象，以期进一步明确上田秋成的佛教观。

上田秋成在其著述中对"门徒宗"多有批判。这里所说的门徒宗，指的是亲鸾开辟的净土真宗，又称"一向宗"等。上田秋成曾对门徒宗和一向宗进行了激烈的批判与讽刺。但是，对净土宗的开山祖师法然，上田秋成却不吝表达钦佩之意。也有学者认为，《浅茅之宿》中作为救赎者出现的老者漆间翁即是法然，因为法然的俗名即为漆间。而在晚年的作品《宫木之冢》中，法然同样作为女主人公的救赎者出现，作者对法然的描写也不吝溢美之词，引用如下：

　　（卷子本）ここに、其の頃法然上人と申して、大とこの世に出でまし、「六字の法名だに信じとなへなば、極らくに到ること安し」とて、しめしたまへば、高き卑しき、老もわかきも、ただ此の御前にありて、「南無あみだぶつ」ととなふる人多し。
　　　　（中文译文：正当此时，当时有一位大德出世，称作法然上人，示告世人曰："信唱六字法名，到极乐易。"于是，不论高卑老若，均聚于此高僧面前，唱"南无阿弥陀佛"。）

此处的"此时"，紧跟宫木得知爱人乃是被藤太夫设计毒杀之后，也是在她多次念佛向中山寺的观音菩萨祈祷无用之后。法然上人故事的插入自然而又巧妙。作者上田秋成在此将法然称为"大德",即高僧的意思,并紧接着以简洁的笔触概括了法然上人的教义和特点,并指出他在当时受欢迎的程度。为了叙述方便,将小说中插入的法然传说概括如下:

平安朝末期,有一位叫做法然的大德高僧出现,人们趋之若鹜。后鸟羽院有两位妃子也受到他的感染,皈依于门下。后鸟羽院虽然暗中生气,却束手无策,正巧代表旧佛教势力的叡山向朝廷提出弹劾法然,后鸟羽院以此为契机,将法然流放。

关于法然被流放的真正原因,日本学者木越治认为是"旧佛教势力对新兴的念佛教团的政治镇压"①。这一点也正好印证了上一章的论述,《宫木之冢》这部作品最重要的主题是揭露权力之恶,而有关法然的这段历史传说插入小说当中,有效地突出了小说的主题。

《宫木之冢》中插入的法然的故事,是否历史真实并不重要,作为插入故事中的"借古讽今"的素材,这个传说已经发挥了其凸显主题的功能。与其说作者是在讲历史,不如说这个故事本身也是作者的一种再创作。故事情节基本上取材自有关法然的绘卷,但是经过作者的整合与再叙述,已经成为为其创作主题服务的新故事。通过对文化五年本和卷子本的比较可以发现,虽然内容基本上相同,但是在词句和叙述上却有着细微的改变,而这些改变正体现了上田秋成创作的意图。以下是文化五年本和卷子本的内容。

(文化五年本)帝御いかりつよくにくませしに、叡山の法師等、仏敵と申て、上人をうたふ。是よしとて、土左の島山国に流しやらせ玉へりき。

(中文译文:帝愈发怨恨法然。此时,叡山的法师等人,将法然称为佛敌,起诉上人。帝以为此机甚妙,遂将上人流放土佐之岛山之地。)

---

① 木越治:『秋成論』,東京:ぺりかん社,1995年,第227頁。

（卷子本）帝御いかりつよくにくませしかと、いかにすへく思ひ過くしたまふに、叡さんより、仏敵也と申して、上人を訴へ出つ。是よしとて、土左の国へ流しやりたまふ。

　　（中文译文：帝愈发怨恨法然，却束手无策。正当此时，叡山方面起诉上人，将其称为佛敌。帝以此机甚妙，遂将上人流放土佐国。）

通过两个版本的比较可以发现，卷子本中有"束手无策"的表达。因此，与文化五年本相比，后鸟羽利用佛教的权力斗争满足私欲、泄私愤的语感更加强烈。后鸟羽所利用的，正是上田秋成批判的"智略"。利用"智略"达到满足私欲的目的，而真正的信仰在他身上并不存在。

法然这个传说的插入，是对日本近世佛教现实状况的讽刺，意在唤起人们对佛教本质意义的思考。

（2）上田秋成推崇法然的原因

上田秋成为何如此推崇法然上人呢？笔者认为主要有三个原因。第一是法然反对平安时期及以前的那种国家佛教，反对现世利益的诉求，主张"称名念佛"，众生能够平等地得到救赎，这一点是和上田秋成的佛教观相契合的。第二个原因则是法然主张女性亦可得到救赎。第三则是阳明学左派人性解放思想的直接影响。

首先，从法然主张"称名念佛"说起。法然上人生于平安时代末期的一个下层地方官之家，九岁时父亲死于兵变。同年，法然出家为僧，十三岁时登上比叡山在天台宗修行，以后凭借着过人的聪明才智，开创了净土宗。相对于全靠自力修行的圣道门，净土门主张他力修行，是靠他力成佛的"易行"之道。圣道门是难行之道，与此相对应的是渐而成佛，而法然的易行之道主张顿而成佛。

丁福保《佛学大辞典》中对顿悟的解释如下："有一类大心之众生，直闻大乘，行大法，证佛果，此为顿悟。初得小果，后回入大乘，而至佛果，此为渐悟。又自初虽入大乘，而以历劫之修行，渐成佛道，为渐悟。速疾证悟妙果，为顿悟。但以初义为通说。圆觉经曰：'是教名为顿教大乘，顿机众生从此开悟。'大日经疏曰：'无顿悟机不入其手。'顿悟入道要门论上曰：'云何为顿悟？答：顿者顿除妄念，悟者悟无所得。又云：顿悟者，不离此生即得解脱。'"而《佛学大辞典》中对"顿悟成佛说"一条做出如下解释："据学者推论，道生顿悟说之思想背景，有其独特之实相观；或因其欲与儒家思想相调和，或因受到老庄思想之熏染。"

虽然这里只是一个推测，但是从阳明学及其左派和老庄思想的密切关联，以及老庄思想在日本近世文艺中的流行，不难看出上田秋成之所以推崇法然及净土宗教义的思想背景及成因。

总之，净土宗的教义迎合了时代发展的需要，斩断了佛教与国家权力的关系，否定佛教镇护国家和现世利益，引导佛教向个人救赎的本义回归，促进了佛教在民间的普及，具有进步的历史意义。正如日本学者笠原一男所说，自从镰仓佛教诞生之后，（日本）佛教才终于不再区分贵族、武士和庶民，人们只要满足"信"这个最基本的宗教条件，就能得到佛教的救赎。[①]但是，与此同时，法然的主张也触犯了旧贵族的利益，他的门派立即遭到了镇压，而他本人也被流放。

在法然上人主张的称名念佛中，最常提到是"三心"说，即至诚心、深心和回向发愿心。这三心的实质，只有一个"信"字，不是流于形式上的"信"，而是发自内心的"信"。这与流行于日本近世初期的阳明学及其左派的思想在某种程度上是一致的。

（3）净土信仰和阳明学左派

净土信仰的出现早于阳明学左派，而法然上人也是比阳明学左派早几个世纪的日本高僧，因此阳明学左派对日本的净土信仰并无影响。但是，有一点是肯定的，不论法然上人的净土思想还是阳明学左派的净土信仰，都是源于宋代以来流行的净土信仰。而且，有关法然上人的传说一方面根植于日本近世思想的土壤，另一方面法然上人所倡导的教义与给日本近世思想带来重要影响的阳明学左派的思想有着许多共通之处。前面已经说到，所谓的宗教信仰，原本不应区分贵族和庶民、男性和女性，阶层和性别都不是信仰的必要条件，只有发自内心的"信"才是佛教信仰的必要条件，在这一点上，法然上人的主张与阳明学左派的主张在本质上是完全

---

① 笠原一男：『女人往生思想の系譜』，東京：吉川弘文館，1975年，第147頁。

一致的。但是回顾佛教的历史可以发现事实并非如此,佛教信仰不仅有着严格的阶层区分,而且女性在佛教信仰中也是受到歧视的。虽然随着女性解放运动的兴起,现代社会中女性的地位多有提高,但是,近代以前,除了少数女性之外,大部分女性都处于权力的最底层。无论东方还是西方,在各种神话和故事当中,女性都被视为一种神秘又污秽的存在。无论是阿拉伯世界的《一千零一夜》还是日本的《古事记》,类似的例子都不胜枚举。从传统上被视为污秽之存在的女性,在早期佛教中也被认为是不可救赎的。但是,法然上人却认为女性也有成佛和往生极乐的可能性,主张女性是可以被救赎的。这也是以上传说中后鸟羽院的两位妃子皈依其门下的重要原因。不过,生于平安末期的法然的女性往生论依然有其局限性。他的女性往生始终要借助"变成男子""转女成男"这样的手段,他所主张的因念佛的女性救赎只有"将女性变成男性的同类"才能完成。①

在这一点上,生活于江户时代中晚期的上田秋成的思想有着进一步的超越。与浅井了意的早期假名草子的同类作品不同,上田秋成并没有让他的女主人公转生为男性。也就是说,他所认为的救赎,是抛却一切形式的救赎,而这种救赎所要求的只有一个条件,那就是发自内心的"信"。

虽然法然的女性救赎思想具有局限性,但是他提出的女性往生论却是日本佛史上划时代的进步。对女性佛教信仰的宽容态度是上田秋成选择法然的一个重要原因,也是法然与日本江户时代流行的阳明学左派思想的共通之处。

而阳明学左派与法然的思想的另外一个共通之处则是净土信仰与念佛法门。圣严法师指出,"明末佛教,诸宗竞盛,而净土人才之多,仅次于禅,然其流行则较诸禅宗,更为普及"②,而陈永革同样认为,"从参究念佛到摄禅归净、从摄教归净到消禅归净,上述两大思想转向使晚明佛教表现出走向佛教净土信仰的全面皈依,并藉此实现禅、教、净三者的真正合流。晚明佛教对净土信的全面皈依,既可视为晚明佛教全面复兴的重要

---

① 笠原一男:『女人往生思想の系譜』,東京:吉川弘文館,1975年,第147頁。
② 圣严法师:《明末佛教研究》,北京:宗教文化出版社,2006年,第82页。

表征，同时也可视为中国佛教世俗化的逻辑完成"①。可以说晚明佛教最大的特点就是净土信仰的流行。晚明的高僧智旭曾说："念佛法门，别无奇特，只深信力行要耳。"②李贽称："念佛者，念阿弥陀佛也"，他的朋友袁宏道同样"提倡净土念佛法门"。如此看来，在受到晚明思潮重要影响的日本近世，上田秋成之所以尊重法然、推崇法然的净土思想，与晚明净土思想的流行不无关系。

第四节 宫木的"信心"——强烈的意志与现实顺应

在小说《宫木之冢》中宫木的处境是残酷的。如果说《浅茅之宿》中的宫木的困境是战争造成的，那么在《宫木之冢》中，将宫木逼向这种残酷境地的不是所谓的封建道德，而是权力本身的恶。然而，即便身处这样的环境当中，宫木的"信心"——无论是对爱情还是对信仰，都是矢志不移的。

在本书第六章第三节中通过梳理宫木这个文学形象的系谱，基本上可以分为两大类。一类是上田秋成文学内部的"宫木"形象，这包括早期浮世草子中的妓女藤野，《浅茅之宿》中的宫木，以及本节主要论及的《宫木之冢》中的另外一个宫木。另外一类则是给上田秋成的创作带来影响的周边作品中的"宫木"形象（这里为了方便也使用了宫木的称呼，主要包括《爱卿传》里的爱卿、《游女宫木野》中的宫木野等）。如第六章所述，以浅井了意作品为代表的这些外部的"宫木"形象，都殉身于儒家的道德或者是佛教的教义，而秋成文学内部的"宫木"形象却与此完全相反。她们忠于自己的"情"，或者说为了对爱情的"信心"，有着强烈的意志，甚至有时为了爱而选择顺应现实，即便这个现实是不为世俗道德所允许的。

这一点从《世间妾形气》中的藤野形象的塑造也可以看出来。为了和相爱的人一直在一起，她甚至选择再次卖身为妾，而当相爱的人离世之

---

① 陈永革：《近世中国佛教思想史论》，北京：宗教文化出版社，2012年，第70页。
② 本部分关于晚明佛教特征的论述，主要参考了释圣严、江灿腾、陈永革的著作。

后，她也没有随他自杀，而是觉得如果自己也死了，对不起那些曾经帮助自己的人，于是按照爱人的遗书，选择坚强地活下来，同时为死去的爱人祈求冥福。这里面体现出女主人公的意志的坚强和顺应现实的柔软。可以说，藤野性格中的"柔"与"刚"，都是为了完成她对爱情的坚定信仰。

《浅茅之宿》这篇小说是上田秋成第一次使用宫木这个名字，但是人物形象与藤野一脉相承。由于这篇作品在故事结构上受到《爱卿传》和《游女宫木野》这两篇作品的强烈影响，因此作为读者很容易忽略一个非常重要的事实。那就是在《爱卿传》和《游女宫城野》中，女主人公为了保全自己的名节与贞操，拒绝士兵的要求，选择了自杀。但是在《浅茅之宿》中，其实通篇没有关于宫木遭到乱兵的欺凌而选择自杀的描写。小说中只提到宫木在等待丈夫回家的过程中死亡的这个结果，却并没有说她为什么而死。先行研究之所以往往将其解读为自杀，不过是因为惯性思维。其实，在上田秋成文学内部的"宫木"系谱中，从妓女藤野开始到《宫木之冢》中的妓女宫木，肉体关系是否被侵害，即是否"贞洁"其实并不是女性能否成为"烈妇"的条件，不是问题的关键所在。高田卫曾经指出，爱情的主题超越肉体关系。而问题的关键正如高田卫所说，是"精神的一对性"。不管肉体关系如何，只要"精神的一对性"没有崩溃，那么女性就能成为真正意义上的"烈妇"。"信心"比"形式"更重要，这正是上田秋成思想最大的特点，也是中国晚明的阳明学左派思想给上田秋成思想带来的最大影响。或许也是出于这个原因，《浅茅之宿》中，上田秋成并没有使用儒家话语中的烈女这个称呼的音读（れっぷ），而是将其训读为"さかしめ"，从中也能看出上田秋成特意将自己笔下的这些对爱情忠贞的女性区别于儒家话语中的那些殉道的烈女。而当"信"遭到破坏与瓦解时，比如宫木苦等丈夫，却未见丈夫如约回来的时候，她心中对丈夫的"信"逐渐变为怀疑与怨恨，到最后这种所谓的"精神的一对性"轰然崩溃，"信"转为"疑"，而后消亡死去。最后，只有她一直等待的丈夫胜四郎在七年后终于回来，这种"精神的一对性"才终于再次复原，宫木的亡灵也最终得到了救赎。在这个过程中，作为传言者的漆间翁起到了重要的救赎作用。

如第六章所述，《宫木之冢》中的宫木也继承了上田秋成文学中一贯的女性形象，尤其是宫木这个系谱中的形象。在小说中宫木的童心、对爱情与信仰的坚定"信心"与操纵智略的恶人——乳母、医师和藤太夫等人形成鲜明的对比。所谓的"信心"不仅仅是信仰的问题，更重要的是她对自己感情始终如一。因此，从这一点上来说，秋成再次将"宫木"的身份设定为妓女是有着特别意义的。

这里的宫木除了表现出对爱人河守十太兵卫始终如一的爱情以及她坚定的意志，同时也展现出顺应现实的一面。比如，当她的母亲听从乳母的花言巧语将她送到游郭时，她表现出对现实的顺从。而河守十太兵卫去世之后，她虽然伤心不已，但仍在养父的威逼之下，与自己并不喜欢的藤太夫同床共枕。与文化五年本相比，卷子本通过加入养父母养育之恩的威逼，进一步突出了宫木在这个过程中的屈从不是发自本心的。文化五年本只简单地提到在藤太夫花言巧语下，宫木终于与他发生了关系。虽然肉体屈从了另外一个非自己所爱的男人，但是她的精神仍旧属于原来的爱人，因此"精神的一对性"并未因肉体的委曲求全而被破坏。

强烈的意志与对现实的顺应乍一看似乎是相互矛盾的两种不同性格。但是无论是在藤野的故事中，还是在《宫木之冢》中，她们对现实的顺应其实与强烈的意志一体两面，一刚一柔，是为了成全自己对爱人的"信"，或者说是为了保全与爱人"精神的一对性"。所以说，看似矛盾的两个极端，目的其实是一样的。

关于宫木这个人物形象的评价，日本学者稻田笃信使用了"狂"这个字。①正如稻田笃信所说，这个"狂"是阳明学左派思想中的重要关键词，而他的这个论断也可以说揭示了上田秋成文学创作的本质。森山重雄则引用稻田笃信的说法，又加上了一个"侠"字，与之前高田卫说的"爱情的主题超越肉体关系"一说相辅相成。前辈学者们在论及宫木形象时提到的这些词汇与说法，与中野三敏在上田秋成文学中找到的阳明学左派思想的影响是一致的。可以说，无论是"狂"还是"侠"，都是阳明学左派思想的关键词，是其思想最为本质的部分。上田秋成小说中的人物，虽然

---

① 稻田篤信：『江戸小説の世界——秋成と雅望』，東京：ぺりかん社，1991年，第50頁。

有时会顺应现实，但他们都忠实于自己的内心，不拘泥于外在的形式，具有超强的行动力，是一种实践性的人格。不论是这里的宫木，还是樊哙，或者是《菊花之约》里的左门，都是如此。他们的人格与阳明学左派的学者们提倡的理想人格有着相似之处。

第五节　佛教信仰既不带来现世利益也不带来冥福

上田秋成认为佛教的本质在于心灵的救赎，而反对用佛教来祈求现世安稳或者冥福的这种功利性信仰。这一点在《宫木之冢》中也非常明确地体现了出来。

藤太夫趁河守十太兵卫以接待天皇为由设计陷害他，家中老奴称自家主人不在家，无计可施，遂向"中山寺的观音自在菩萨"发誓，但是结果是主人依旧获罪禁足。同时，宫木听说爱人获罪禁足，心情郁闷，于是也"向佛祈祷"，甚至"抄写经文，供花洒水焚香，拜中山寺的观自在佛"，祈祷爱人平安无事。但是，事与愿违，爱人仍然被藤太夫买通的医师毒杀。总之，就像这样，小说中的人物虽然虔诚地向佛祈祷，但佛并没有给他们带来任何的现世利益。这里频繁提到的中山寺，是中世和近世的通俗文艺作品中经常出现的地名，如谣曲《满仲》和脍炙人口的歌舞伎名作《菅原传授手习鉴》，都是以中山寺为舞台背景的故事。中山寺据说为圣德太子所建，是日本最为古老的寺院之一。寺中供奉着十一面观音菩萨，自古以来作为安产、求子的观音被民间女性虔诚信仰。因此可以说这个中山寺正是平安佛教的代表，为国家和民众祈祷现世安稳是其最大的使命。但是，在上田秋成的小说中，所有人物的祈祷都没有灵验，正表达了作者对这种佛教的讽刺与否定。而当河守十太兵卫死后，宫木伤心至极，原本想随他而去，妓院老板（养父母）又以"连佛祖都救不了的命，乃是命中注定。好生祭奠，为他祈冥福吧"（御仏のいのりだに、験なき御命也。よく弔ひて御恵み報へ）为由劝阻，宫木因此打消了自杀的念头（到此处为止的情节承袭"藤野的故事"），后以"养育之恩、故去的母亲"等理由威逼宫木，宫木最终与藤太夫同床共枕。然而，就在此后，她得知爱人乃是被藤太夫毒杀。于是，活下来一心为爱人祈冥福的宫木在这个时候被推向了自杀的境地。

本章小结

本章主要通过《旌孝记》中体现的佛教观、上田秋成文学中的高僧法然的形象、《宫木之冢》等考察了上田秋成佛教认识的本质，进一步佐证了前人提出的观点，即上田秋成反对俗佛，反对在形式上僵化腐败堕落的近世佛教，但并不否定佛教救赎了人灵魂的本质。而上田秋成的这种思考扎根于同时代主张人性解放的思潮当中，来源于晚明以阳明学左派思想为主流的人性解放思想，具有重要的历史进步意义。

正如第六章所述，《宫木之冢》是一部以权力之恶为主题的作品，而这一点是上田秋成晚年一直在思考的哲学问题。中村博保指出，这部作品中所体现的"对抗权力之恶的生存方式"给读者留下了深刻的印象，同时"现实之恶（权力）与死亡激情（魂之永生）的对置，是他（笔者注：上田秋成）晚年致力思考的重要主题之一"①。卷子本所体现的上田秋成对权力与信仰的思考可以总结如下：权力为恶，需要"智略"的帮助，而宗教（此处则是佛教）等已经偏离了救赎人类灵魂的本质，成为政治权力的帮佣。通过各个版本的比较可以发现，最能体现这一思想的正是卷子本中国家权力与宗教的关系、人情与欲望的龃龉等问题，都是上田秋成晚年一直思考的问题。在写作卷子本时，他试图将这些思考寄予在"游女宫木"的故事当中，试图通过对她悲剧命运的书写，表达自己在这方面的思考。权力往往借助宗教与智谋，以正当化的理由或借口，满足人们的私欲并作恶。上田秋成否定这样的佛教，否定追求现世利益的佛教，提倡发自内心的"信"，而这些思想与阳明学左派的思想有着诸多的共通之处。

---

① 中村幸彦、高田衛、中村博保校注：『英草紙・西山物語・雨月物語・春雨物語』，東京：小学館，1995年，第513-514頁。

结　语

中国的明代是君主专制和思想控制空前加强的时代，同时又是一个庶民文化走向空前繁荣并产生人性解放思潮的时代。以朱子学为官方思想的日本江户时代，也是一个儒家伦理道德在社会上得以广泛传播和渗透的时代，同时在晚明反理学的人性解放思潮的影响下，也是一个肯定情欲和主情主义的时代。不论从思想状况上，还是从文学样式上，日本的江户时代都在跟随着中国的明代，亦步亦趋。但是在中国，正如明清文学研究者郭英德所说，虽然程朱理学在晚明一度蒙尘，肯定情欲的人性解放思潮占据了上风，但是到了清代，程朱理学则再度"以官方哲学的殊荣荣膺封建统治的精神支柱，支配和制约着各种样式的文学创作"，而"雍、乾以降理学化的封建文化彻头彻尾地沦为封建统治的御用工具"[①]，肯定情欲的人性解放思潮逐渐消解于强大的理学中。但是，它的血脉却延绵存在于大海对面的岛国日本，其在文艺界的影响在18世纪达到高潮，并于19世纪上半叶催生了近代思想的启蒙与近代化的改革。日本古代文艺中的传统元素，如"离魂"等故事的母题，为人性解放思潮在日本的生根发芽提供了良好的基础。本研究的对象上田秋成正是生活在朱子学作为统

---

① 郭英德：《明清文人传奇研究》，北京：北京师范大学出版社，1992年，第30页。

治思想的地位逐渐弱化、肯定情欲的儒家流派和国学思想在日本勃兴的时代。他一方面是一个精通日本古典文艺的国学研究者，另一方面在肯定情欲的人性解放思潮的影响下，对人性、情欲与道德的问题进行了深入的思考。这是上田秋成文学继承日本文学的传统，又具有近代之对人性深入思考的因素的根本原因。

本书以晚明文学思潮为参照，对上田秋成文学中的情与理进行了考察。本书主要达成了以下几个方面的成果：

第一，新材料的发掘与使用。其中包括作为出典的新文献、有作为出典可能性的文献以及可供与上田秋成文学进行比较和观照的晚明文献和日本同时代文献，这些全新的文献和材料主要包含以下几个方面：

（1）上田秋成文学的新出典（可能性），如第一章的《送区册序》、第二章的《乌宝传》。

（2）以王艮和李贽为中心的阳明学左派的著作。这些材料主要集中在阳明学左派学者对屈原的认识、财富的当求与可求、孝道非学而致、对女性的同情与女性解放的观点等方面。除此之外，作为参照和对比，亦查证了朱子学派在相应问题上的言说。

（3）上田秋成同时代的日本思想家的著作，主要涉及朱子学、古学派、荻生徂徕学派和日本阳明学派学者的著作。

（4）与上田秋成文学（小说）同一母题或类型相似的小说，如《杜十娘怒沉百宝箱》及其翻案小说《江口游女恨薄情沉珠玉之话》（都贺庭钟)，后者作为前者的翻案小说，两者比较研究虽然较多，但是将这两者与上田秋成的小说联系起来进行比较研究的还没有。另外还有作为参考文本的《三妓女异趣各成名之话》等。

第二，旧有材料的重新整合与分析使用。这些主要是作为上田秋成文学出典的先行文本和中介文本，如《送李愿归盘谷序》《货殖列传》《范巨卿鸡黍死生交》《白娘子永镇雷峰塔》《爱卿传》等，通过这些文本的比较分析，考察了上田秋成创作的意图与文本改变中所表现的思想特质。另外，对一些在历来上田秋成研究中未受到足够重视的相关道德读本，作为上田秋成创作的时代语境进行了分析与考察，如《六谕衍义》和《教女子法》等。

第三，联系上田秋成除小说以外的著作，尤以其散文创作、随笔及其古典文学研究为中心，将其作为上田秋成小说研究的佐证。将《雨月物语》作为一个整体进行考察，对《旌孝记》中的思想进行了更为详细的梳理。并通过总结中日两国不同派别的思想家对六谕的不同解释，梳理出上田秋成思想的特点及其与阳明学左派学者思想的相似性。尤其是罗近溪的乡约中对"孝"是天性的解释，有力地证明阳明学左派和朱子学者对孝的解释具有决定性的不同之处，而上田秋成在这篇文章中所表现出来的思想是具有阳明学左派思想的特质的。此外，主要参照李贽的《读若无母寄书》，以《旌孝记》和上田秋成文学中的法然形象为中心，考察了上田秋成的佛教观。

通过以上研究，笔者对上田秋成文学及其思想评价如下：

整个《雨月物语》并非简单的短篇小说集合体，而是一个有机的整体。他在《雨月物语》中描写了各个阶层和时代的人们，体现了上田秋成对人类社会发展的宏观思考以及对人性的洞察。欲望的发展导致社会走向动乱和无序，而在没有秩序的战乱中，人们并不能得到绝对的自由，相反却受到更多的束缚，身不由己。而在和平时代，作为共同体的故乡确立，有了人人必须遵守的秩序。和平时代的故乡这个共同体具有两面性，一方面让人感到压抑，另一方面也能给人带来保护。上田秋成主张回归共同体，反对芭蕉等人的流浪漂泊，除了他的散文作品《故乡》、游记作品《秋山记》之外，整个《雨月物语》都贯穿着故乡（共同体与情欲）这个主题。主张回归故乡从事"实事"的上田秋成，在义与利的问题上讽刺道学家的清贫主义，主张追求利益是人性的自然，认为财富当求但不一定可求，并认为财富是富国安民的根本。合理追求财富的思想在上田秋成同时代的徂徕学派的学者中比较普遍，而与中国晚明阳明学左派的学者李贽则有着惊人的相似之处。

在道德与人情这个问题上，上田秋成不反对儒家道德本身，但是却反对朱子学的存天理去人欲，反对用道德束缚正常的人情。同时，他也反对国学者主张的复古主义，并不主张欲望的自由发展。他提倡有情的理，即认为道德是一种由内向外自然发露的情感，而非通过道德的学习和强加让人掌握的知识。他并不反对孝道与贞节，却反对道德的教化与强加，并在其文学作品中对作为封建秩序中心存在的父亲（父权）与丈夫（夫权）所代表的权力进行了审视与丑化。他不反对道德本身，却反对权力对道德的绑架，绑架道德的权力才是一切恶的渊源，这一点在其晚年的作品《春雨物语》中体现得尤其明显。

对人性和人情的思考是上田秋成文学的最大特点。起源于中国晚明的主情主义和主张人性解放的文学思潮传入日本后，虽然没有成为官方的统治思想，却在民间作为一个非常重要的因素影响着整个江户时代的文艺，上田秋成的文学创作及其在文学中对情与理的思考，浓厚地体现出源自于中国晚明的文学思潮。而对人性和人情的深入思考，是上田秋成的小说之所以具有近代性的一个重要原因。

研究展望

本书主要以家庭（扩展至故乡共同体）的道德为中心，对上田秋成文学进行了考察。以下几个方面将是今后研究的主要课题。

（1）上田秋成文学研究的深化。明代的文学观与近世文学观之间的关系，比如寓言论，虽然中国自古有之，但是到了明代之后才被广泛展开议论，如李贽、李渔等人均有提及。关于上田秋成的寓言论和明代文学家的寓言论的关系，中野三敏已经取得优秀的成果，但仍有可挖掘的余地。而上田秋成文学中出现的孟子论、王霸之争等，都曾是明代文人与思想家曾经探讨的问题。王学左派的侠义精神（朋友、信义）等，对于理解《菊花之约》具有重要的启迪意义。

（2）以上田秋成和李贽为中心，探讨来华传教士汉文著作对东亚人性解放思潮的影响。晚明的人性解放思潮，一方面来自空前的思想控制，另一方面则是西方基督教传来的刺激。李贽曾与利玛窦有过交往，而上田秋成也曾以基督教的世界观对本居宣长的太阳神论进行过驳斥。利玛窦的《友论》一经问世，其全新的朋友论与信义观，在晚明的文人与思想家当中产生了强烈的共鸣，被文人争相传阅。另外，利玛窦的《畸人十篇》曾传入日本且被刊刻，荻生徂徕亦曾为之写过一篇跋文。中野三敏对上田秋成的笔名"剪枝畸人"中的"畸人"进行考察，从而试图证明上田秋成的思想受到阳明学左派思想的影响。那么,这里的"畸人"是否与天主教有关?这些作为上田秋成的周边人物与文艺,对上田秋成文学是否产生过影响,需要进一步考证。

参考文献

古籍、文本、资料汇编及注释类

日文部分（出版年份均统一为公历）

浅野三平校注：『雨月物語・癇癖談』，東京：新潮社，1979年

阿部秋生、秋山虔、今井源衛、鈴木日出男校注：『源氏物語』，東京：小学館，1994年

家永三郎ほか校注：『近世思想家文集』，東京：岩波書店，1966年

石川松太郎編：『女大学集』，東京：平凡社，1977年

上田秋成全集編集委員会：『上田秋成全集』（全12巻），東京：中央公論社，1990-1995年

上島鬼貫著，復本一郎校注：『鬼貫句選・独ごと』，東京：岩波書店，2010年

岡本綺堂：『中国怪奇小説集』，東京：光文社，1994年

荻生徂徠訓点：『六諭衍義』（国文学研究資料館蔵古籍），1721年

荻生徂徠：『荻生徂徠全集』第四巻，東京：みすず書房，1978年

神田秀夫、永積安明、安良岡康作校注：『方丈記・徒然草・正法目蔵随聞記・歎異抄』，東京：小学館，1999年

熊沢蕃山：『蕃山全集』第二冊，東京：名著出版，1978年

蔵並省二編：『海保青陵全集』，東京：八千代出版，1976年
国書刊行会編：『上田秋成全集』（全2巻），東京：国書刊行会，1918年
小島憲之ほか校注：『日本書紀』，東京：小学館，1994年
小島憲之ほか校注：『万葉集』，東京：小学館，1994年
後藤陽一ほか校注：『熊沢蕃山』，東京：岩波書店，1971年
佐成謙太郎編著：『謡曲大観』第一巻，東京：明治書院，1982年
菅野則子校訂：『官刻孝義録』第一巻，東京：東京堂出版，1999年
鈴木淳、中村博保校注：『近世歌文集』下，東京：岩波書店，1997年
高田衛、稲田篤信校注：『雨月物語』，東京：筑摩書房，1997年
高橋博巳編集・解説：『淇園詩文集』，東京：ぺりかん社，1986年
谷川健一ほか編：『日本庶民生活史料集成　第十六巻・奇談・紀聞』，東京：三一書房，1970年
沈徳潜評点，頼襄増評：『増評唐宋八家文読本』（早稲田大学付属図書館蔵古籍），1855年
辻達也校注：『政談』，東京：岩波書店，1987年
天理図書館編集：『古義堂文庫目録』復刻版，東京：八木書店，2005年
陶宗儀撰：『輟耕録』（早稲田図書館蔵古籍），京都：中野是誰刊刻，1652年
徳田武ほか校注：『繁野話・曲亭伝奇花釵児・催馬楽奇談・鳥辺山調綾』，東京：岩波書店，1992年
鳥越文蔵ほか校注：『浄瑠璃集　仮名手本忠臣蔵・双蝶蝶曲輪日記・妹背山婦女庭訓・碁太平記白石噺』，東京：小学館，2002年
中江藤樹：『藤樹先生全集』第一巻，東京：弘文堂書店，1976年
中村幸彦校注：『上田秋成集』，東京：岩波書店，1959年
中村幸彦校注：『近世町人思想』，東京：岩波書店，1975年
中村幸彦、高田衛、中村博保校注：『英草紙・西山物語・雨月物語・春雨物語』，東京：小学館，1995年
長澤規矩也編：『和刻本漢籍文集』（第1輯所収『五雑組』、第2輯所収『輟耕録』、第14輯所収『王心齋先生全集』），東京：汲古書院，

1972—1978年

日本国立国会図書館デジタルコレクション：『国史館日録』10（寛文八年正月至三月）

早川純三郎編：『徳川文芸類聚第2巻　教訓小説』，東京：国書刊行会，1914年

林羅山諺解，鵜石斎編：『古文真宝後集諺解大成』，早稲田大学付属図書館蔵古籍，1663年

松崎仁編著：『夏祭浪花鑑　伊勢音頭恋寝刃』，東京：白水社，1987年

松田修ほか校注：『伽婢子』，東京：岩波書店，2001年

森銑三ほか監修：『新燕石十種』第6巻，東京：中央公論社，1981年

森山重雄：『上田秋成初期浮世草子評釈』，東京：国書刊行会，1977年

吉川幸次郎ほか校注：『荻生徂徠』，東京：岩波書店，1973年

頼惟勤、尾藤正英ほか校注：『徂徠学派』，東京：岩波書店，1972年

鷲尾順敬編：『日本思想闘争史料第1巻』，東京：名著刊行会，1969年

中文部分

班昭等撰，梁汝成、章维标注：《蒙养书集成（二）》，西安：三秦出版社，1990年

方祖猷，梁一群等编校整理：《罗汝芳集》，南京：凤凰出版社，2007年

冯梦龙编，恒鹤等标校：《古今小说》，上海：上海古籍出版社，1992年

冯梦龙：《警世通言》，长沙：岳麓书社，2019年

《古本戏曲丛刊》编辑委员会编：《疗妒羹传奇卷》（上、下）（内部发行资料），1957年

郭汉城主编：《中国十大古典悲喜剧集》，上海：上海文艺出版社，1989年

高洪钧编著：《冯梦龙集笺注》，天津：天津古籍出版社，2006年

胡仔纂集：《苕溪渔隐丛话前后集》（全12册），北京：中华书局，1985年

黄宗羲著，沈芝盈点校：《明儒学案》修订本，北京：中华书局，2008年

李贽著，张建业主编：《李贽全集注》（全26册），北京：社会科学文献

出版社，2010年

陆容撰，佚之点校：《菽园杂记》，北京：中华书局，1985年

罗汝芳撰，耿全向、杨启元等辑评：《耿中丞杨太史批点近溪罗子全集二十四卷（二）》，济南：齐鲁书社，1997年

茅坤编：《唐宋八大家文钞》，上海：上海古籍出版社，1993年

梦觉道人，西湖浪子辑：《三刻拍案惊奇》，北京：北京燕山出版社，1987年

瞿佑：《剪灯新话》，上海：上海古籍出版社，1994年

四库全书存目丛书编纂委员会：《四库全书存目丛书 集部 第167册》．济南：齐鲁书社，1997年

陶宗仪撰：《南村辍耕录》，北京：中华书局，1959年

汤显祖著，徐朔方、杨笑梅校注：《牡丹亭》，北京：人民文学出版社，1963年

王守仁撰，萧无陂导读校释：《传习录校释》，长沙：岳麓书社，2020年

王艮撰，陈祝生等校点：《王心斋全集》，南京：江苏教育出版社，2001年

扬雄著，张震泽校注：《扬雄集校注》，上海：上海古籍出版社，1993年

一凡藏书馆文献编委会编：《古代乡约及乡治法律文献十种》，哈尔滨：黑龙江人民出版社，2005年

朱熹撰，蒋立甫校点：《楚辞集注》，上海：上海古籍出版社，2001年

朱熹辑著，刘文刚译注：《小学译注》，成都：四川大学出版社，1995年

张廷玉等撰：《明史五志》，北京：中华书局，1974年

论文、专著与辞书类

日文部分（按编著姓氏五十音图序，出版年统一为公历）

朝尾直弘、宇野俊一、田中琢編：『日本史辞典』新版，東京：角川書店，1996年

浅野三平：『上田秋成の研究』，東京：桜楓社，1985年

浅野三平：「源太騒動と綾足・秋成 上」，『女子大国文』（24），1962

年

浅野三平：「源太騒動と綾足・秋成 下」，『女子大国文』（25），1962年

赤井達郎編：『江戸時代図誌11中山道二』，東京：筑摩書房，1976年

今谷明：『日本国王と土民』，東京：集英社，1992年

飯倉洋一、木越治編：『秋成文学の生成』，東京：森話社，2008年

飯倉洋一：『秋成考』，東京：翰林書房，2005年

飯倉洋一：『上田秋成——絆としての文芸』，大坂：大阪大学出版会，2012年

飯倉洋一、濱住真有：「中井履軒・上田秋成合賛鶉図について」，『懐徳堂研究』第三号，2012年

稲田篤信：『江戸小説の世界——秋成と雅望』，東京：ぺりかん社，1991年

稲田篤信：『名分と命禄——上田秋成と同時代の人々』，東京：ぺりかん社，2006年

稲田篤信：『雨月物語精読』，東京：勉誠出版，2009年

稲田篤信：「江戸の学芸と明清漢籍——松斎・庭鐘・秋成の場合」，『台大日本語文研究』22，2011年

稲田篤信：「秋成のつづら箱——狂蕩と安分」，『人文学報』（稲田篤信教授退官記念号），2012（3）

稲田篤信：「和刻本『世説新語補』の書入三種」，『日本漢文学研究』第8号，2013年

稲田篤信：「中井履軒『世説新語補』雕題本考」，『日本漢文学研究』第9号，2014年

稲田篤信：「庶民の分度——上田秋成と『論語』」，『二松』32，2018

稲田篤信：『日本近世中期上方学芸史研究——漢籍の読書』，東京：勉誠出版，2022年

井上泰至：『雨月物語論——源泉と主題』，東京：笠間書院，1999年

井上泰至、田中康二編：『江戸の文学史と思想史』，東京：ぺりかん社，2011年

井上泰至：『雨月物語の世界　上田秋成の怪異の正体』，東京：株式会社角川学芸出版，2009年

池上裕子：『戦国の群像』，東京：集英社，1992年

今谷明：『日本国王と土民』，東京：集英社，1992年

井上克仁、黄俊傑、陶徳民編：『朱子学と近世・近代の東アジア』，台北：国立台湾大学出版中心，2012年

入間田宣夫：『武者の世に』，東京：集英社，1991年

雲英末雄、高橋治：『松尾芭蕉』，東京：新潮社，1990年

鵜月洋：『雨月物語評釈』，東京：角川書店，1969年

王欣：『「雨月物語」の漢字表記語について——中国白話小説の影響を探る』，武漢：武漢大学出版社，2008年

大石学編：『享保改革と社会変容』，東京：吉川弘文館，2003年

大橋健二：『日本陽明学奇蹟の系譜』，東京：叢文社，1995年

大輪靖宏：「春雨物語「樊噲」での達成：父を殺してから」，『上智大学国文学科紀要』（6），1989年

大輪靖宏：「春雨物語「樊噲」への道程——父を殺すまで」，『芸文研究』55，1985年

大輪靖宏：『上田秋成——その生き方と文学』，東京：春秋社，1982年

小椋嶺一：『秋成と宣長——近世文学思考論序説』，東京：翰林書房，2002年

笠原一男：『女人往生思想の系譜』，東京：吉川弘文館，1975年

角川日本地名大辞典編纂委員会編纂：『角川日本地名大辞典』，東京：角川書店，1985年

角田多加雄：「六諭衍義大意前史——六諭衍義の成立、その日本伝来について」，『慶応義塾大学大学院社会学研究科紀要：社会学心理学教育学』24，1984年

角田多加雄：「『六諭衍義大意』についての教育思想史的考察」，『慶応義塾大学大学院社会学研究科紀要：社会学心理学教育学』29，1989年

勝倉寿一：「秋成の紀行文——「去年の枝折」を中心に」，『福島大学

教育学部論集』人文科学40，1990年
勝倉寿一：『上田秋成の古典学と文芸に関する研究』，東京：風間書
　　房，1998年
加藤裕一：『上田秋成の紀行文――研究と注解』，東京：原人舎，2008
　　年
加藤裕一：『上田秋成の思想と文学』，東京：笠間書院，2009年
加藤楸邨編：『芭蕉の本　第2巻　詩人の生涯』，東京：角川書店，1970
　　年
木越治：『秋成論』，東京：ぺりかん社，1995年
岸本美緒：『明清交替と江南社会――17世紀中国の秩序問題』，東京：
　　東京大学出版会，1999年
金京姫：「『去年の枝折』の再検討」，『日本語と日本文学』38，2004
　　年
窪田空穂等監修：『和歌文学大辞典』，明治書院，1962年
倉本昭：「秋成和文の方法――『古文真宝後集』利用の一側面」，『近
　　世文芸研究と評論』45，1993年
小島康敬：『徂徠学と反徂徠学』，東京：ぺりかん社，1987年
小島毅：『朱子学と陽明学』，東京：放送大学教育振興会，2004年
子安宣邦：『徂徠学講義』，東京：岩波書店，2008年
佐藤泰正編：『文学における故郷』，笠間書院，1978年
神道研究会編：『神道講座』（第5巻），東京：原書房，1981年
重友毅：『雨月物語評釈』，東京：明治書院，1957年
島田虔次：『中国思想史の研究』，京都：京都大学学術出版会，2002年
島田虔次：『朱子学と陽明学』，東京：岩波書店，1967年
菅野則子：『江戸時代の孝行者――「孝義録」の世界』，東京：吉川弘
　　文館，1999年
鈴木よね子：「秋成散文の表現――『藤簍冊子』の自己言及」，『見え
　　ない世界の文学誌――江戸文学考究』，東京：ぺりかん社，1994年
鈴木満：「『輟耕録』から落語まで」，『武蔵大学人文学会雑誌』34
　　（3），2003年

諏訪春雄、日野龍夫編：『江戸文学と中国』，東京：毎日新聞社，1977年

高群逸枝著：『日本婚姻史』，東京：至文堂，1963年

高田衛：「評伝・上田秋成」，『国文学 解釈と鑑賞』（上田秋成と幻想の方法<特集>），1976（6）

高田衛：『江戸幻想文学誌』，東京：平凡社，1987年

高田衛：『春雨物語論』，東京：岩波書店，2009年

高田衛：『定本 上田秋成研究序説』，東京：国書刊行会，2012

高田衛責任編集：『論集近世文学5共同研究 秋成とその時代』，東京：勉誠社，1994年

田原嗣郎：『徂徠学の世界』，東京：東京大学出版会，1991

崔在穆：『東アジア陽明学の展開』，東京：ぺりかん社，2006年

張龍妹：『源氏物語の救済』，東京：風間書房，2000年

徳田武：「上田秋成と蘇東坡」，『江戸風雅』(2)，2010年

服部幸雄：『歌舞伎歳時記』，東京：新潮社，1995年

古井戸秀夫：「歌舞伎と教訓」，『雅俗』5，1998年

長島弘明：「秋成と『論衡』――命禄を中心に」，『近世文学と漢文学』，東京：汲古書院，1988年

長島弘明：「学会時評 近世」，『国文学 解釈と教材の研究』，1998（6）

長島弘明：『雨月物語――幻想の宇宙』，東京：日本放送出版協会，1995年

長島弘明：『秋成研究』，東京：東京大学出版会，2000年

長澤規矩也：『和刻本漢籍分類目録』，東京：汲古書院，1976年

中野三敏：『戯作研究』，東京：中央公論社，1981年

中野三敏：「江戸の中の李卓吾」，『大学出版』39，1998（10）

中野三敏：『十八世紀の江戸文芸――雅と俗の成熟』，東京：岩波書店，1999年

中野三敏：『近世新畸人伝』，東京：岩波書店，2004年

中野三敏：『江戸狂者傳』，東京：中央公論新社，2007年

中野三敏：「江戸儒学史再考──和本リテラシーの回復を願うとともに」，日本思想史学会編：『日本思想史学』40，2008年
中野三敏：「秋成とその時代」，『文学』，2009（1）
中野三敏：「近世に於ける李卓吾受容のあらまし」，『国語と国文学』88-6，2011（6）
中野三敏：『江戸文化再考』，東京：笠間書院，2012年
中村幸彦：「上田秋成とその時代」，『国文学 解釈と鑑賞』（上田秋成──幻想の方法〈特集〉），1976（7）
中村幸彦：『中村幸彦著述集』第一巻，東京：中央公論新社，1982年
中村幸彦：『中村幸彦著述集』第六巻，東京：中央公論新社，1982年
中村幸彦：『近世町人思想』，東京：岩波書店，1975年
中村博保：『上田秋成の研究』，東京：ぺりかん社，1999年
南方熊楠：『南方熊楠全集』第一巻，東京：平凡社，1971年
日野龍夫：『宣長と秋成──近世中期文学の研究』，東京：筑摩書房，1984年
日野龍夫：『江戸人とユートピア』，東京：岩波書店，2004年
日野龍夫：「近世文芸思潮研究」，『文学・語学』76，1976（4）
日野龍夫：『江戸の儒学』，東京：ぺりかん社，2005年
日野龍夫：『宣長・秋成・蕪村』，東京：ぺりかん社，2005年
日本近世文学学会編集・発行：『上田秋成 没後二百年記念』（内部発行資料）2010年
野口武彦：『王道と革命の間──日本思想と孟子問題』，東京：筑摩書房，1986年
野間光辰：「いわゆる源太騒動をめぐって」，『文学』，1969（6・7）
東恩納寛惇：『六諭衍義伝』，東京：文一路社，1943年
ひろたまさき編：『日本の近世16民衆のこころ』，東京：中央公論社，1994年
平石直昭：『一語の辞典 天』，東京：三省堂，1996年
前田勇編纂：『江戸語の辞典』，東京：講談社，1979年
溝口雄三：『中国前近代思想の屈折と展開』，東京：東京大学出版会，

1980年

溝口雄三：『中国思想のエッセンス１　異と同のあいだ』，東京：岩波書店，2011年

源了圓：『徳川思想小史』，東京：中央公論社，1973年

宮川康子：『自由学問都市大坂──懐徳堂と日本的理性の誕生』，東京：講談社，2002年

室町時代語辞典編修委員会：『時代別国語大辞典　室町編』，東京：三省堂，1985年

森田喜郎：『文学にみられる「運命」の諸相』，東京：勉誠出版，2002年

森田喜郎：『上田秋成文芸の研究』，東京：和泉書院，2003年

森山重雄：『幻妖の文学：上田秋成』，東京：三一書房，1982年

森紀子：『転換期における中国儒教運動』，京都：京都大学学術出版会，2005年

劉岸偉：『明末の文人──李卓吾　中国にとって思想とはなにか』，東京：中央公論社，1994年

安岡正篤：『陽明学十講』，東京：明徳出版社，1981年

山本秀樹：『熊沢蕃山「女子訓」紹介──秋成理解のための一資料』，『読本研究』第4輯下，1990年

山本綏子：「『藤簍冊子』「故郷」における自己像」，『鯉城往来』4，2001年

山本綏子：「『藤簍冊子』「旌孝記」論──秋成和文の屈折」，『鯉城往来』13，2010年

湯浅邦弘：『江戸時代の親孝行』，大坂：大阪大学出版会，2009年

湯浅邦弘：『懐徳堂事典』，大坂：大阪大学出版会，2001年

横田冬彦編：『身分的周縁と近世社会５　知識と学問をになう人びと』，吉川弘文館，2007年

吉村武彦：『古代王権の展開』，東京：集英社，1991年

和漢比較文学会編：『和漢比較文学叢書７近世文学と漢文学』，東京：汲古書院，1988

鷲山樹心：『上田秋成の文芸的境界』，東京：和泉書院，1983年

Tetsuo Najita著；子安宣邦訳：『懐徳堂——18世紀日本の「徳」の諸相』，東京：岩波書店，1992年

『国文学 解釈と教材の研究』（特集上田秋成——ゴーストと命禄の物語），1995（6）

中文部分（按照编著者姓氏拼音序）

阿部泰记：《中日宣讲圣谕的话语流动》，《兴大中文学报》2012年第32期

（美）艾梅兰著，罗琳译：《竞争的话语：明清小说中的正统性、本真性及所生成之意义》，南京：江苏人民出版社，2005

安旗、阎琦：《李白诗集导读》，北京：中国国际广播出版社，2009年

卞孝萱、张青华、阎崎：《韩愈评传》，南京：南京大学出版社，1988年

陈来：《中国近世思想史研究》，北京：商务印书馆，2003年

陈永革：《近世中国佛教思想史论》，北京：宗教文化出版社，2012年

钱伯城：《泛舟集》，北京：中国社会科学出版社，1997年

（日）大庭修著，徐世虹译：《江户时代日中秘话》，北京：中华书局，1997

董嘉蓉：《〈雨月物语〉中译策略与方法研究——以〈菊花之约〉、〈梦应鲤鱼〉、〈蛇性之淫〉为中心》，北京大学硕士论文，2021年

杜洋：《日本近世国学中的"异端"：基于对上田秋成思想的研究》，北京：学苑出版社，2016年

勾艳军：《日本近世小说观研究》，天津师范大学博士论文，2008年

郭英德：《明清文人传奇研究》，北京：北京师范大学出版社，1992年

郭英德：《明清文学史讲演录》，桂林：广西师范大学出版社，2005年

郭英德：《痴情与幻梦——明清文学随想录》，北京：生活·读书·新知三联书店，1992年

高世瑜：《历代〈列女传〉演变透视》，《中国社会历史评论第1卷》，天津：天津古籍出版社，1999年

黄中模：《屈原问题论争史稿》，北京：北京十月文艺出版社，1987年

（美）黄仁宇：《万历十五年（增订纪念本）》，北京：中华书局，2006年

金连缘译：《残菊物语、雨月物语》，北京：中国电影出版社，1982

（日）酒井忠夫著，刘岳兵等译：《中国善书研究（增补版）》，南京：江苏人民出版社，2010年

李丰春：《中国古代旌表研究》，昆明：云南大学出版社，2011年

李树果：《日本读本小说与明清小说——中日文化交流史的透视》，天津：天津人民出版社，1998年

李芒、黎继德主编：《日本散文精品 咏事卷》，昆明：云南人民出版社，1999年

李树果译：《日本读本小说名著选（上、下编）》，天津：天津人民出版社，2005年

李卓：《中日家族制度比较研究》，北京：人民出版社，2004年

罗晶主编：《中国古典文学百部第35卷》，西宁：青海人民出版社，1998年

牟宗三：《宋明儒学的问题与发展》，上海：华东师范大学出版社，2004年

敏泽：《李贽》，上海：上海古籍出版社，1984年

彭娟：《颂父与渎父：自审亦他审——明清家族小说审父母题的双向理路》，《中国矿业大学学报（社会科学版）》2012年第3期

彭娟：《明清家族小说中的渎父母题》，《齐鲁师范学院学报》2012年第3期

彭娟：《明清家族小说的渎父倾向》，《湖南工业大学学报（社会科学版）》2012年第3期

乔光辉：《〈剪灯新话〉与〈雨月物语〉之比较——兼论"牡丹灯笼"现象》，张伯伟编：《域外汉籍研究集刊》第3辑，北京：中华书局，2007年

任继愈主编：《佛教大辞典》，南京：江苏古籍出版社，2002年

阮春晖：《阳明后学现成良知思想研究》，湖南大学博士论文，2012年

圣严法师：《明末佛教研究》，北京：宗教文化出版社，2006年

舒大刚：《至德要道 儒家孝悌文化》，济南：山东教育出版社，2012年
宋克夫：《宋明理学与明代文学》，北京：中国社会科学出版社，2013年
王凯符、张会恩主编：《中国古代写作学》，北京：中国人民大学出版社，1992年
王青：《日本近世思想概论》，北京：世界知识出版社，2006年
王宝峰：《李贽儒学思想研究》，北京：人民出版社，2012年
王晓平：《近代中日文学交流史稿》，长沙：湖南文艺出版社，1987年
王晓平：《唐土的种粒——日本传衍的敦煌故事》，银川：宁夏人民出版社，2005年
汪俊文：《日本江户时代读本小说与中国古代小说》，上海师范大学博士论文，2009年
萧延恕：《宋词风流佳话——宋词本事研究》，长沙：岳麓书社，1995年
许结：《论扬雄与东汉文学思潮》，《中国社会科学》1988年第1期
许慎撰，段玉裁注：《说文解字注》，上海：上海古籍出版社，1981年
应再泉、徐永明、邓小阳编：《陶宗仪研究论文集》，杭州：浙江人民出版社，2006年
杨经建：《论中国当代文学的"审父"母题》，《文艺评论》2005年第5期
杨经建：《论明清文学的叙事母题》，《浙江学刊》2006年第5期
余英时：《士与中国文化》，上海：上海人民出版社，2003年
（日）上田秋成著，阎小妹译：《雨月物语》，北京：人民文学出版社，1990年
衣若兰：《史学与性别：〈明史·列女传〉与明代女性史之建构》，太原：山西教育出版社，2011年
张龙妹：《〈源氏物语〉中"妒忌"的文学文化史内涵》，《日本文学研究：历史足迹与学术现状：日本文学研究会三十周年纪念文集》，南京：译林出版社，2010年
张龙妹：《〈剪灯新话〉在东亚各国的不同接受——以"冥婚"为例》，《日语学习与研究》2009年第2期
周以量：《从读本小说的表现手法看江户小说的汉译》，《世界语境中的〈源氏物语〉》，北京：人民文学出版社，2004年

周以量：《比较文学视域下"雨"、"月"意象的解析——以〈雨月物语〉为例》，《"文化转向"与外国文学》，北京：北京大学出版社，2013年

左东岭：《李贽与晚明文学思想》，北京：人民文学出版社，2010年

张崑将：《德川日本"忠""孝"概念的形成与发展——以兵学与阳明学为中心》，上海：华东师范大学出版社，2008年

张错：《批评的约会——文学与文化论集》，上海：上海三联书店，1999年

赵靖主编：《中国经济思想通史（修订本）》，北京：北京大学出版社，2002年

中田妙叶：《〈雨月物语〉研究——试论日本近世叙述文学与中国文化的关联及其文学意义》，北京大学博士论文，2003年

致　谢

谨以此书献给

我学术道路上的领路人

北京外国语大学日本学研究中心　张龙妹教授。
日本东京都立大学、二松学舍大学　稻田笃信教授。
北京大学外国语学院日语系　金勋教授。

我的家人

我的父亲，一位曾希望孩子读理科的数学老师。
我的母亲，一位经历了饥荒的岁月、只上过三年小学的农村妇女。
我的妻子，一位坚守在"最后一百米"的社区工作者。
我的女儿，一位被她的父亲寄予了文艺的梦想却拥有无限可能的新时代小学生。

以及，所有给予我帮助的人和这个因多样而美好的世界。